터무니없는
스킬로 🛒
이세계 방랑 밥

5 믹스 프라이
× 해양의 마물

에구치 렌 지음
author・Ren Eguchi
마사 일러스트
illustration・Masa
이신 옮김

드라짱

우리는 커다래진
스이 위에 올라타
바다를 나아갔다.

『우후후, 스이 대단해?』

"응, 대단해.
스이가 있어서 정말 다행이야."

터무니없는
스킬로 🛒
이세계 방랑 밥
5

믹스 프라이

✕

해양의 마물

에구치 렌 지음
author • Ren Eguchi
마사 일러스트
illustration • Masa
이신 옮김

인물 소개

무코다 일행

드라 짱
사역마

보기 드문 픽시 드래곤. 작지만 성체. 역시 무코다의 요리를 노리고 사역마가 되었다.

스이
사역마

갓 태어난 슬라임. 밥을 준 무코다를 따르며 사역마가 된다. 귀엽다.

페르
사역마

전설의 마수 펜리르. 무코다가 만든 이세계 요리를 노리고 계약을 요구하여 사역마가 되었다. 채소를 싫어한다.

무코다
인 간

현대 일본에서 소환된 샐러리맨. 고유 스킬 '인터넷 슈퍼'를 지녔다. 특기는 요리. 겁쟁이.

신 계

루사루카
신

물의 여신. 공물을 노리고 무코다의 사역마인 스이에게 가호를 내린다. 이세계의 음식을 정말 좋아한다.

키샤르
신

대지의 여신. 공물을 노리고 무코다에게 가호를 내린다. 이세계 미용 제품의 효과에 매료되었다.

아그니
신

불의 여신. 공물을 노리고 무코다에게 가호를 내린다. 이세계의 술, 특히 맥주를 좋아한다.

닌릴
신

바람의 여신. 공물을 노리고 무코다에게 가호를 내린다. 이세계의 단것, 특히 도라야키에는 정신을 못 차린다.

◀ 다음

수상쩍어 보이는 왕국의 '용사 소환'에 휩쓸려 검과 마법의 이세계로 오게 된
현대 일본의 샐러리맨 무코다 츠요시.
무코다는 어찌어찌 왕성을 나와 여행을 떠나게 되었으나, 고유 스킬 '인터넷
슈퍼'로 가져온 상품과 무코다의 요리를 노리고
'전설의 마수'부터 '여신'에 이르기까지 터무니없는 녀석들이 모여들더니
사역마가 되거나 가호를 내려주는 것이었다.
던전을 공략해서 레벨이 오르고
새로운 힘―'외부 브랜드'가 개방된 무코다.
'후미야' 과자에 사역마들과 닌릴, 루사루카가 만족하는 한편에서
다음에는 '술 가게' 브랜드를 열게 하겠노라며 남신들은 어떤 계획을 세운다.
이러저러하여 네이호프에서 의뢰 해결을 마친 무코다 일행은,
슬슬 바다로 향하려 하는데……?

고유 스킬
『 인터넷 슈퍼 』
언제 어디서든 현대 일본
의 상품을 구입할 수 있는
무코다의 고유 스킬.
구입한 식재료에는 스테이
터스를 높이는 효과가 있다.

목 차

6 ×   장
1 ×   한   담
1 ×   번   외

다음 ▶

제 1 장 도기 공방에서 쇼핑

네이호프 마을에 체재 중인 우리는 오늘도 모험가 길드에 들렀다.

아침의 혼잡한 시간대를 피해서 조금 느지막이 온지라 바로 접수창구를 이용할 수 있었다.

접수창구에 길드 카드를 제시하자 곧바로 예란 씨가 나타났다.

"키클롭스 토벌 의뢰 보고인가?"

"네. 그거랑 말씀하신 것도 제대로 가져왔습니다."

"오오, 그런가 그런가. 그럼 창고 쪽이 좋겠구먼. 나를 따라와 주게나."

우리는 예란 씨를 따라 창고로 향했다.

창고에는 마흔 전후로 보이는 해체 담당 직원이 있었고, 마침 한창 해체 작업 중이었다.

"아, 길드 마스터. 어쩐 일이십니까?"

"이제 곧 그쪽 일도 끝날 테지? 그게 끝난 다음이어도 괜찮다네. 호레스."

"그럼 잠시만 기다려주십시오. 금방 끝내겠습니다."

그렇게 말한 호레스라는 직원은 익숙한 손놀림으로 해체를 진행해나갔다.

"무코다 씨, 미안하네만 잠시 기다려주겠나?"

"네, 괜찮습니다."

기다리는 건 괜찮지만…… 으으, 그로테스크해.

공간을 가득 채우는 녹슨 쇠 같은 피 냄새도 코를 찔렀다.

역시 해체 현장은 좀처럼 익숙해지지가 않는다.

5분 정도 기다렸을 때, 해체를 마친 호레스 씨가 우리 쪽으로 다가왔다.

"오래 기다리셨습니다. 그래서, 무슨 용건이신지?"

"그래. 무코다 씨, 키클롭스는 그대로 가져왔는가?"

"네. 아이템 박스에 넣어두었습니다. 여기에 꺼내면 될까요?"

"자, 자자잠깐! 키클롭스라고? 그런 커다란 걸 여기 꺼내놓으면 방해만 된다고. 어디 보자, 공간에 여유가 있는 곳이어야 하는데…… 그래, 저기 저쪽 자리에 꺼내줘."

키클롭스라고 말하자 호레스 씨가 당황하며 허둥지둥 그렇게 말했다.

"그러면 여기에 꺼내놓겠습니다."

나는 그가 말한 곳에 키클롭스를 꺼내놓았다.

"오오, 이거 대단한데. 상처가 거의 없잖아. 이 정도로 상처가 적은 것도 드문데. 이거 괜찮은 가죽이 나올 것 같습니다."

그야 그럴 테지.

모두에게 상처를 내지 말아달라 말했고, 그 말대로 쓰러뜨려줬으니까.

"안구는 어떠려냐?"

호레스 씨가 키클롭스의 눈꺼풀을 당겨 눈을 확인했다.

"으음, 이쪽은 상처가 살짝 났군. 거래 가격이 조금 내려가기는 하겠지만, 뭐 문제는 없을 겁니다."

뭐? 안구에 상처가 났다고?

어째서…… 아, 정수리에 한 전격 공격.

페르 쪽을 보자 이야기를 들은 것인지 부루퉁한 얼굴을 하고 있었다.

『흥. 네가 가죽에 상처를 내지 말라고 하지 않았느냐. 눈 같은 건 모른다.』

"아니, 파는 데 문제는 없을 것 같으니까 괜찮아."

『거래 가격이 내려갈 거라고 하지 않았느냐?』

"뭐, 그야 그렇지만. 그게, 우리는 돈에 궁하지 않으니까 딱히 상관없어."

『흥.』

페르는 자신이 사냥한 사냥감의 가치가 낮다는 말을 들은 기분이라 그런지, 자존심에 자극을 받은 모양이었다.

뭐, 그렇게 신경 쓸 필요 없는데.

가격이 내려가든 말든, 지금 우리는 돈에 곤란하지 않으니까.

그리고 그 대부분은 페르가 벌어다 준 것이기도 하고.

"펜리르는 정말로 사람 말을 할 줄 아는구나……."

호레스 씨가 놀란 표정을 하고서 그렇게 중얼거렸다.

아, 그렇구나.

우리한테는 당연한 일이지만, 처음 본 사람은 그야 놀랄 법도 하겠지.

"아, 미안. 그게, 듣기는 했지만 실제로 보니 놀랐다고 할까 뭐라고 할까……."

"하하하, 이해합니다. 저도 처음 페르와 만났을 때는 엄청나게 놀랐으니까요."

"사람 말을 이해하고 말할 수 있는 건 그야말로 전설상의 마물 정도니까 말일세. 그쪽의 펜리르나 에이션트 드래곤(고대룡) 정도 일 테지."

『그래. 그 녀석들은 우리보다 장수하니 말이다. 시간이 남아도 는 영감이랑 할멈뿐이니 사람 말 정도는 하지.』

에이션트 드래곤을 두고 영감과 할멈이라니…… 페르 씨.

예란 씨는 "후훗 후훗 후훗" 웃고 있고, 호레스 씨는 "에이션트 드래곤을 영감에 할멈이라고 부르다니" 같은 말을 하고 있었다.

뭐랄까, 정말 죄송합니다.

"아, 저기 이것도 해체를 부탁드려도 될까요?"

이야기를 돌려야겠다 싶어 드랭을 나오기 전에 페르와 드라 짱 이 사냥해 왔던 블랙 서펜트 한 마리, 자이언트 도도 한 마리, 코 카트리스 두 마리를 아이템 박스에서 꺼냈다.

딤 그레이 라이노와 검치호랑이는 먹을 수 없으니 보류다.

"오, 블랙 서펜트에 자이언트 도도에 코카트리스잖아. 물론 되지."

"고기는 돌려받고, 나머지는 매입을 부탁드립니다."

"그래, 알았어. 키클롭스랑 이것들을 해체하면…… 내일 이 시 간쯤에 가지러 오겠어?"

"알았습니다."

"그럼, 그때 키클롭스 토벌 보수와 매입 대금을 건네는 것으로 하면 괜찮겠나?"

"네, 괜찮습니다."

이야기가 정리되었고, 우리는 모험가 길드를 뒤로했다.

내일은 모험가 길드에 들른 다음 마을 관광이다.

도자기의 도시라고 하니, 좋은 식기류 같은 것도 사고 싶다.

『이쯤이면 괜찮겠나? 인기척도 없으니 적당할 거다.』

"응, 그러네. 여기라면 괜찮을 것 같아."

우리는 모험가 길드를 뒤로한 다음 도시 밖으로 나왔다.

어제 확인한 스이의 새로운 스킬 '초거대화'를 확인하기 위해서다.

페르에게 부탁해 인적 없는 넓은 곳으로 이동했다.

페르가 데려와 준 곳은 네이호프에서 조금 떨어진 초원이었다.

"스이, 잠깐 좀 나와 볼래?"

그렇게 말을 걸자 스이가 가죽 가방에서 뿅 튀어나와 주었다.

『주인, 왜 그래?』

"어제 있지, 스이가 새로운 스킬이 생긴 것 같다고 했었잖아?"

『응. 아주 커질 수 있는 거 말이지?』

"그래, 맞아. 그 아주 커질 수 있다는 거, 스이가 얼마나 커질 수 있는지 확인해두고 싶거든. 그 스킬을 지금 한번 시험해봐 줄래?"

『응, 좋아. 그럼 모두 스이한테서 좀 떨어져야 해.』

『어이 어이, 떨어지라니. 얼마나 커지는 건데?』

"드라 쨩, 그걸 지금부터 확인하려는 거야. 스이 말대로 조금 떨어지자."

나랑 페르랑 드라 쨩은 스이가 말한 대로 조금 거리를 두었다.

『그럼, 할게.』

그렇게 말한 스이는 점점 커져갔다.

우리는 그 모습을 넋 나간 듯 바라보고 있었다.

그야말로 '초거대화'다.

위아래로 5미터 정도, 옆으로 10미터 정도 되는 초거대 슬라임이 거기에 있었다.

『주우이인, 스이느은, 이이렇게 커어지일 수우 있어어.』

초거대화했기 때문인지, 스이의 염화 목소리가 낮은음이 울리는 듯한 느낌으로 들렸다.

『크, 크다…….』

너무나도 커진 스이의 모습에 드라 쨩이 살짝 얼었다.

『이것이 휴즈 슬라임이라는 것이냐? 내가 만났던 휴즈 슬라임보다도 커다랗다만.』

페르가 그렇게 말했다.

그 페르가 놀랄 정도의 크기인 거구나.

"페르도 놀랄 크기라는 건, 역시 스이가 특수 개체이기 때문인 걸까?"

『그럴 테지. 그렇게 생각할 수밖에 없다.』

"역시 스이는 특별한 슬라임이구나."

『스이느은 특별해애? 마안세에!』

쿠웅 쿠웅 쿠웅 쿠웅.

스이가 흥분해서 초거대 슬라임인 상태로 뛰어올랐다.

"아앗, 스이, 진정해! 이제 그만 원래대로 돌아와도 돼."

『네에.』

어떤 원리인지는 알 수 없지만, 원래 크기로 돌아오라고 말하자 스이는 슈슈슉 줄어들어 원래 크기로 돌아왔다.

『어땠어? 스이, 아주 커졌지?』

"응, 엄청나게 컸어."

『우후후. 스이 있지, 그 크기까지라면 어떤 크기도 될 수 있어. 대단하지?』

응? 그 말은 그 크기까지라면 자유자재로 크기를 조절할 수 있다는 건가?

그건 진짜 대단한데.

『하지만, 스이는 여기에 들어갈 수 있는 크기가 제일 좋아.』

스이는 자신이 좋아하는 가방을 촉수로 콕콕 찌르면서 그렇게 말했다.

"나도 그 크기가 좋아. 만났을 때부터 그 크기였으니까, 스이라는 느낌이 들거든."

『에헤헤, 주인도 똑같아. 스이는 이 크기가 제일 좋으니까, 이 크기로 있을래.』

"그렇게 해주면 고맙겠어. 하지만 내가 크게 변했으면 좋겠다고 할 때는 크게 변해줘."

『알았어.』

아…….

스이가 거대화했던 자리를 보니, 훌륭할 정도로 풀들이 눌려 있었다.

풀이 다 눌려서 공간도 생겼으니, 여기서 밥을 먹고 가도록 할까?

"저기, 이제 슬슬 식사 시간이니까 여기서 밥 먹을까?"

『오, 그거 괜찮은걸. 날씨도 좋고. 여기서 밥을 먹다니, 최고야.』

드라 짱이 주변을 날며 신이 난 투로 그렇게 말했다.

『그래. 좋은 생각이구나.』

『밥～.』

"그럼 준비할 테니까 잠깐 기다려줘."

나는 무얼 만들까 고민을 시작했다. 드라 짱이 말한 대로 날씨도 좋고, 이렇게 기분 좋은 초원에서 먹는다고 하면 바로 그거겠지?

나는 아이템 박스에서 주문 제작한 바비큐 그릴을 꺼냈다.

날씨도 좋으니 초원에서 BBQ를 해볼까요.

굽는 것은 전에 만들었던 생소시지와 블러디 혼 불과 와이번 고기로 할 생각이다.

그리고 이번에는 내 몫으로 채소도 조금 구워야겠다.

아무래도 고기만 먹으면 질리니까, 산뜻한 것도 먹고 싶어진다.

고기는 양념에 재우는 편이 좋지만, 지금 여기서 양념을 만들려면 시간이 걸리니…… 아, 그 소스라면 고기를 재우는 양념으로 써도 괜찮으려나.

나는 인터넷 슈퍼를 열어서 재료를 구입했다.

우선은 숯과 그리고 채소는 죽순, 피망이 좋겠지. 아스파라거
스도 맛있겠는걸. 그리고 옥수수면 되려나.

다음은 그거 그거. 그 소스…… 아, 있다.

다른 불고기 소스보다 조금 비싼 종이 팩에 담긴 소스다.

고기를 절이는 양념으로 써도 된다고 쓰여 있어서 시험 삼아 해
본 적이 있는데, 꽤 맛있었단 말이지.

이번에는 이걸 쓰자.

좋아, 그럼 우선은 밑 준비다.

블러디 혼 불과 와이번 고기는 구입한 소스에 절이고.

표고버섯은 밑동을 잘라내기만 하면 OK다.

아스파라거스는 필러를 이용해 아래쪽의 단단한 껍질을 벗긴다.

피망과 옥수수는 그대로 구우면 되니 그대로 두고.

특제 바비큐 그릴의 서랍 부분에 숯을 넣고 점화.

망 위에 소시지와 채소류를 올려놓았다.

피망과 아스파라거스에는 올리브 오일을 발라두었다.

다음은 그 옆에서 메인인 고기를 굽는다.

음, 고기 쪽은 다 익었네.

"다들, 고기 다 익었어."

바닥이 깊은 접시에 고기를 가득 담아서 모두에게 내주었다.

다들 기세 좋게 먹고 있다.

더 달라고 할 테니 계속해서 고기를 구워야지.

아, 채소류도 익은 것 같은데?

옥수수는 아직이니까 그대로 두고.

채소류는 소금과 후추만으로 간을 해서 먹는다.

"오오, 피망 달고 맛있어. 아스파라거스도 통째로 먹으니까 단맛이 나고 맛있네. 표고버섯 통구이도 맛있는걸."

『한 그릇 더.』

예이예이.

나는 구워진 고기를 모두의 접시에 추가로 담아주었다.

그렇게 다 함께 바비큐를 만끽하고 있으려니……

"응? 누가 오는데?"

멀리 사람 그림자가 보였다.

『신경 쓸 것 없다. 꼬맹이 놈들이다.』

페르는 역시 눈치채고 있었나 보네.

하지만 그다지 경계하지 않는다는 건 대단치 않은 상대라는 뜻인가.

그보다 꼬맹이라니, 어린아이란 거야?

이러저러하는 사이에 페르가 말한 꼬맹이 놈들의 모습이 분명하게 보이기 시작했다.

가죽 갑옷과 로브를 입은 그들은 10대 중반 정도의 다섯 소년 소녀였고, 신출내기 모험가라는 느낌이 들었다.

"실례합니다. 여기서 잠시 쉬어가도 괜찮을까요?"

다섯 소년 소녀 중에서 리더로 보이는 소년이 그렇게 말했다.

다섯 명의 소년 소녀에게서는 그 나이다운 발랄함이 느껴지지 않았고, 한눈 보기에도 지친 모습이었다.

"나는 무코다라고 해. 일단은 나도 모험가야. 너희들도 모험가지? 대체 무슨 일이 있었던 거야?"

너무나도 지친 모습의 소년 소녀들에게 무심코 그리 묻자, 리더인 소년이 이야기를 꺼냈다.

"무코다 씨 말씀대로 저희는 모험가예요. 그렇다고는 해도 모험가가 된 지 반년밖에 안 됐고, 얼마 전에 F랭크로 올라간 참이지만요……."

이야기를 들어보니 그들은 네이호프 마을에 사는 소꿉친구 사이고, 파티 이름은 '스톰 브링거(태풍의 사자)'라고 했다.

그들은 모두 열다섯 살로, 리더인 검사 소년 안톤, 마찬가지로 검사인 소년 필립, 궁사 소녀 브리짓타, 마법사 소년 파울, 마찬가지로 마법사 소녀 리비아로 구성된 5인조 파티였다.

최근에 겨우 F랭크로 승격하여 마물 토벌 의뢰를 받을 수 있게 되었다고 한다.

그리고 그들이 받은 F랭크 의뢰는 브라운 보아 토벌이었다.

네이호프에서 도보로 하루 거리인 레니에라는 자그마한 마을에서 한 의뢰로, 최근 브라운 보아가 출몰하여 밭을 망치고 있으니 토벌해주었으면 한다는 내용이었다고 한다.

"브라운 보아라면 우리 다섯 명으로도 충분히 토벌할 수 있다고 생각했는데……."

브라운 보아라는 것은 약 1미터 정도 되는 멧돼지 마물로, 같은 멧돼지 마물인 레드 보아의 절반 정도 크기다.

나도 언뜻 본 적은 있는데, 포획이 그리 어렵지는 않기 때문에 브라운 보아 고기는 마을에서도 일반적으로 팔고 있다.

페르의 말에 따르면 그다지 맛이 없다고 해서 우리 식탁에는 오른 적이 없지만.

아무튼 의뢰를 받아 레니에 마을로 갔는데, 나타난 것은 브라운 보아만이 아니었다고 한다.

"브라운 보아라고 들었는데, 레드 보아도 나왔어요."

마을에 나타난 브라운 보아는 순조롭게 쓰러뜨렸지만, 그 직후에 레드 보아가 등장했단다.

레드 보아에 관해서는 듣지 못했고, 자신들의 랭크로는 다 함께 힘을 합쳐도 과연 쓰러뜨릴 수 있을지 어떨지 알 수 없어 모두 패닉 상태에 빠지고 말았던 모양이다.

어찌어찌 싸우기는 했지만, 역시 F랭크.

무척 위험한 상황이었다고 한다.

"정말로 위험했어. 그때 파울이 기지를 발휘하지 않았다면 멤버 중 누군가는 크게 다쳤을 거야."

아무래도 마법사인 파울이 기지를 발휘해 흙 마법인 피트폴(뭐, 간단히 말하자면 함정이다)을 써서 레드 보아를 구멍에 빠뜨렸고, 그것으로 겨우 위험을 면했다는 모양이다.

다음은 구멍에 빠진 레드 보아를 다 함께 납작하게 두들겨 패서 쓰러뜨렸다고 한다.

"교관과 선배 모험가한테 '의뢰 수행 중에는 예상외의 일이 일어나기도 한다. 그걸 명심해둬라'라는 말을 귀가 따가울 정도로 듣기는 했지만, 막상 그 상황이 되니까……."

안톤이 그렇게 말하자, 모두가 고개를 끄덕였다.

"처음으로 도시 밖의 의뢰를 맡았다며 들떴기 때문이기도 해. 처음이니까 더 조심했어야 했는데."

그렇게 반성의 말을 꺼낸 것은 브리짓타였다.

과연. 예상하지 못했던 적과 만나 몸도 다음도 기진맥진한 상태라는 건가.

모험가라고 해도 나는 페르와 드라 짱과 스이에게 의지하는 부분이 크다.

그래서 아무런 말도 할 수 없었고, 말해서도 안 된다고 생각했다.

하지만······.

"저기, 다들 배고프지 않아?"

그렇게 묻자 꼬르륵하고 다섯 소년 소녀의 배가 요란스럽게 울렸다.

나는 아이템 박스에서 접시를 꺼내고, 거기에 구운 고기와 소시지와 채소를 담아 내주었다.

"자, 이거 먹고 기운 내."

내가 해줄 수 있는 건 이 정도뿐이다.

처음에는 곤란해하며 망설였지만, "사양할 것 없어"라고 하자 모두 우걱우걱 먹기 시작했다.

"마, 맛있어!"

"맛있다!"

"정말, 이거 맛있는걸!"

"맛있어요!"

"맛나다."

역시 한창 먹을 때답다.

제일 먼저 고기부터 집어서 허겁지겁 먹고 있다.

우리 고기는 좋은 걸 쓰고 있으니까.

고기를 한입 가득 넣고 씹는 모두에게 나무 컵에 물을 따라 나눠주었다.

"아직 더 있으니까, 천천히 먹어."

『어이, 나도 아직 더 먹을 거다.』

『나한테도 그 고기 채운 거 더 줘.』

『스이도.』

소년 소녀들의 먹성을 보고 자극을 받았는지, 페르와 드라 짱과 스이가 재촉을 했다.

"네네."

나는 모두의 접시에 구운 고기와 소시지를 담아주었다.

"그 마물들은 무코다 씨의 사역마인가요?"

리비아가 흥미진진해하는 느낌으로 그렇게 물었다.

"맞아, 내 사역마야. 이쪽의 커다란 게 페르고, 자그마한 드래 곤이 드라 짱. 이 슬라임은 스이라고 해."

페르와 드라 짱과 스이를 모두에게 소개했다.

"오오, 역시 드래곤이구나! 그건 어린 드래곤인가요?"

약간 뇌가 근육일 것만 같은 모습의 필립은 드래곤인 드라 짱에게 흥미를 보였다.

"아니, 드라 짱은 이래 봬도 성체야. 픽시 드래곤이라고 하는 희귀종이지."

"호오, 픽시 드래곤이라는 거 처음 들어봤어. 하지만 역시 드래곤은 드래곤인 거죠? 아자! 처음으로 드래곤을 봤어!"

필립은 처음 드래곤을 봤다며 기뻐했다.

"사역마, 사역마를 데리고 있는 모험가⋯⋯⋯⋯ 앗! 혹시 당신은⋯⋯."

"파울, 왜 그래?"

"아니, 나 얼마 전에 모험가 길드에서 소문을 들었어. 사역마를 데리고 있는 A랭크 모험가가 네이호프에 온다고⋯⋯."

"""""A랭크?!"""""

파울 이외의 네 명이 나를 빤히 바라보며 한목소리로 그렇게 말했다.

아니 뭐, 일단은 이래 봬도 A랭크이기는 하지. 내가.

거의 페르와 드라 짱과 스이 덕분이지만.

그다음은 밥을 먹으며 소년 소녀들에게 여러 가지로 질문 공격을 받았다.

나로서는 자신의 힘으로 A랭크가 된 것이 아닌지라 이리저리 답을 피했지만.

하지만 조금 죄악감이 들었다.

모두들 반짝반짝 빛나는 눈으로 바라봐 주잖아.

이럭저럭 밥도 배불리 먹었으니, 식사 시간도 그만 마무리다.

"아, 그렇지. 너희는 이제 어떻게 할 셈이야?"

그렇게 묻자 이대로 네이호프까지 걸어서 돌아갈 거라는 답이 돌아왔다.

"무코다 씨께 맛있는 밥을 얻어먹은 덕분에 기운이 났으니까 좀 더 힘내볼게요."

"맞아, 조금 전까지는 엄청나게 지쳤었는데, 맛있는 걸 먹었더니 기운이 났어."

"그러게. 노력하면 해지기 전에는 마을에 도착할 거야."

"그래. 안 되면 문 앞에서 야영하고 내일 아침에 도시로 들어가면 되고."

"응. 마을 앞까지는 갈 수 있을 것 같아."

으음, 역시 걸어서 가면 그 정도는 걸리는 건가.

아무리 그래도 모두를 페르 등에 태우는 건 무리인데…….

아!

"스이, 이 다섯 명을 태울 수 있을 만큼 커져서 이동하는 게 가능할까?"

『응, 할 수 있어. 근데 페르 아저씨만큼 빠르게는 못 가.』

"그렇구나. 그럼, 이 다섯 명을 태워줄래?"

『좋아. 그럼 커질게.』

그렇게 말한 스이는 왜건 차량 정도의 크기로 빠르게 변했다.

"우와아, 슬라임이 커졌어."

커다래진 스이를 본 다섯 소년 소녀는 매우 놀랐다.

"그럼 다들 스이를 타도록 해."

""""""네?""""""

"아니, 너희 모두 그렇게 지쳤는데 걸어서 돌아가려면 힘들잖아. 우리도 네이호프로 돌아가려던 참이니까, 같이 가자. 자, 어서 타. 어서."

그러자 머뭇머뭇하는 느낌으로 다섯 명은 스이를 타고 기어 올라갔다.

"떨어지지 않도록 조심해."

나는 물론 페르 등에 탔다.

"그럼, 돌아가자."

나의 그 말과 함께 우리는 네이호프를 향해 출발했다.

다섯 명을 태운 스이는 빨랐다.

물론 페르 같은 속도는 낼 수 없지만, 마차의 배는 될 만큼 빠르게 나아갔다.

그 속도에 스이 위에 올라탄 다섯 명은 호들갑을 떨었다.

"다들, 도시가 보이기 시작했어."

다섯 소년 소녀는 모두 "뭐? 벌써?!"라며 놀랐다.

스이 덕분에 우리는 날이 아직 밝을 때 마을로 돌아올 수 있었다.

커다래진 스이를 탄 채로 문까지 다가가자 문지기 병사가 스이의 크기에 살짝 겁을 먹었다.

하지만 어쨌든 A랭크인 만큼, 나를 기억하는지 문제없이 도시 안으로 들어갈 수 있었다.

물론 다섯 명은 문 앞에서 내려 오도록 하고, 스이를 원래 크기로 돌아가게 했다.

"무코다 씨, 그럼 내일 점심쯤에 모험가 길드 앞에서 만나는 걸로 하면 될까요?"

"응, 그렇게 해줄 수 있을까? 그나저나, 미안하네. 모처럼 쉬는 날에 도시를 안내해줘야 하게 돼서."

이런저런 이야기를 하다 내일은 이 다섯 명에게 도시를 안내받기로 정해졌던 것이다.

"우리 본가도 손님을 데려가면 좋아할 거예요."

"우리 집도 모험가 중에서도 제일 잘 버는 A랭크 모험가를 데리고 가면 놀라기는 할 테지만 기뻐할 거야."

안톤과 브리짓타의 본가는 공방을 운영하고 있어 그곳을 안내받기로 했다.

이런저런 식기류를 사고 싶으니 찬찬히 보게 해주시면 감사하겠습니다.

"그럼, 내일 보자."

그렇게 인사하고 다섯 소년 소녀와 헤어졌다.

내일은 모험가 길드에서 보수와 매입 대금을 받고서 다섯 명에게 안내를 받으며 도시 산책이다.

◇ ◇ ◇ ◇ ◇

다음 날 아침에 모험가 길드로 가자 직원이 연락을 했는지 접수창구까지 가기도 전에 바로 예란 씨가 나타났다.

"오, 기다리고 있었다네. 그럼 돌려주기로 한 고기도 있으니 창고 쪽으로 갈까?"

우리는 예란 씨를 따라 창고로 갔다.

창고에는 호레스 씨가 있었다.

"그럼 내가 매입 대금에 관한 상세한 설명을 하겠네. 아, 그 전에 고기 쪽을 건네둘까. 호레스, 준비는 됐는가?"

"네, 물론입니다. 어디, 블랙 서펜트와 자이언트 도도, 그리고 코카트리스 두 마리분의 고기야."

그렇게 말하며 꺼내준 고기를 차례차례 아이템 박스에 넣었다.

새 계열 고기가 떨어졌던 참이었는데 이걸로 조금은 확보가 되었고, 블랙 서펜트 고기도 오랜만에 손에 넣어 안심이다.

"매입 대금 내역을 설명하겠네. 우선은 키클롭스인데, 가죽이 금화 180닢일세. 이건 정말로 상처가 적고 상태가 좋으니, 높은 가격으로 사겠네. 그리고 안구가 금화 58닢일세. 이건 아주 조금 상처가 있었던지라, 미안하지만 그만큼 매입 대금이 내려갔다네."

그러고 보니 안구에 관해서는 어제 그런 이야기를 들었었다.

그건 어쩔 수 없지.

뭐, 돈에 곤란하지 않으니까.

게다가 매입 대금이 내려갔어도 58닢이니 충분하고도 남는다.

"다음으로 마석일세. 이건 금화 215닢이라네."

호오, 역시 A랭크.

하나에 금화 215닢이라니.

"그리고 키클롭스 토벌 보수가 금화 350닢일세."

오오, 키클롭스 소재와 토벌 보수만으로도 금액이 꽤 되는걸.

여기서 용건을 마친 다음 이 도시를 안내받을 예정이고, 그때 이런저런 식기류 등도 살 생각이니 그때의 군자금으로 쓸 수 있겠어.

"그리고 나머지 블랙 서펜트가 가죽과 독주머니와 마석 등등을 포함하여 금화 80닢. 그리고 자이언트 도도, 이건 마석을 갖고 있지 않았던지라 금화 12닢일세. 코카트리스는 고기를 제외하면 깃털뿐이라, 그게 은화 4닢이네."

목적은 고기였는데, 매입 대금이 꽤 되는걸.

"전부 해서 금화 895닢과 은화 4닢일세. 이번에도 대금화로 지불해도 괜찮겠나?"

"네. 그렇게 부탁드립니다."

금화 895닢에 은화 4닢인가.

꽤 큰돈이 되었다.

"그럼, 이게 대금인 대금화 89닢과 금화 5닢과 은화 4닢이라네. 확인해주게."

"그러니까, 하나, 둘, 셋…… 네, 맞습니다."

"쌓여 있던 안건이 이렇게 빠르게 정리될 줄이야. 이제야 마음이 놓이는구먼. 무코다 씨, 정말로 고맙네."

"아뇨 아뇨, 그런 약속이었으니까요. 게다가, 모두들 의뢰는 즐겁게 수행했고요."

그렇게 말하며 페르들 쪽으로 시선을 보냈다.

"호옷호옷호옷. 그런가 그런가. 무코다 씨는 기대받는 모험가이니, 앞으로도 열심히 해주게나."

기대받는 모험가라는 말을 들은들…….

그 기대가 너무 무겁습니다.

거의 페르와 드라 짱과 스이 덕분인지라.

"그럼 이만."

인사를 마친 우리는 모험가 길드를 뒤로했다.

길드 밖으로 나오자 다섯 명의 소년 소녀가 이미 기다리고 있었다.

"여어, 다들 빠르네."

"네, 조금 일찍 모였거든요."

"그럼 바로 안내를 해줄 수 있을까?"

"물론이죠. 그럼 우선은 이쪽입니다."

안톤이 가리킨 방향으로 다 함께 걸어갔다.

처음에 안내받아 간 곳은 이다 상회라는 도자기 전반을 취급하는 가게였다.

"감정이랑 물품 구성에 있어서는 네이호프에서도 이 가게가 제일이지."

다섯 명이 입을 모아 그렇게 말한 가게였다.

글쎄 네이호프에 있는 도기 공방의 물품은 전부 갖추고 있다는 모양이었다.

"무코다 씨, 저기가 이다 상회예요."

안톤이 그렇게 말하며 가리킨 가게는 모두가 말했던 대로 커다란 가게였다.

안에 들어가자 바로 가게 사람이 다가왔다.

"어서 오십시오. ……어라? 분명 자네는, 세벨리 공방의 넷째 아들인……."

"네, 안톤입니다. 오랜만에 뵙습니다. 이다 씨."

"오오, 그래 그래. 안톤이라고 했었지."

"선배 모험가인 무코다 씨에게 도시 안내를 해드리는 중인데, 여기를 소개해드리고 싶어 왔습니다."

두 사람의 대화를 들어보니 이 사람이 이 상회의 주인인가 보다.

안톤은 넷째 아들이었구나.

여기는 장자 우선인 세계이니, 넷째라면 집을 이을 수도 없고 힘들겠어.

뭐, 그런 이유도 있어서 모험가가 된 것일 테지만.

"무코다 씨, 이쪽은 이 상회의 주인인 이다 씨입니다."

"이다 씨, 이쪽은 A랭크 모험가인 무코다 씨입니다."

안톤이 사이에서 양쪽을 소개해주었다.

"호오~, A랭크 모험가님이신가요? 그것참, 그것참."

뭐가 그것참인지는 알 수 없지만, 뭔가 록 온 된 듯한 기분이…….

"무, 무코다라고 합니다. 잘 부탁드립니다."

"오늘은 어떤 도자기를 찾으시는지요?"

이다 씨, 두 손을 비비는 모습이 물건을 팔고야 말겠다는 의욕으로 가득해 보였다.

뭐, 살 마음이니까 상관없지만.

"특별히 정하지는 않았지만, 구경하고 마음에 드는 건 구입할 생각입니다. 아, 안톤과 브리짓타네 공방은 나중에 들를 예정이니까, 안톤과 브리짓타네 물건을 제외한 것들을 보여주셨으면 합니다."

그렇게 말하자 이다 씨는 브리짓타도 있다는 사실을 깨닫고서 "드뱅 공방의 아가씨도 계셨군그래"라며 고개를 끄덕였다.

"그럼 세벨리 공방과 드뱅 공방 물건을 제외하고 보여드리겠습니다. 이쪽으로 오시죠."

이다 씨의 안내를 받으며 다양한 도자기를 구경했다.

다섯 명이 추천한 가게인 만큼, 종류도 풍부해서 이리저리 시선이 가고 말았다.

"정말 훌륭한 물건들이 많네요."

"고맙습니다. 저 자신이 도자기를 좋아해서 이것저것 사 모으다 보니 이렇게 가게까지 열게 되었답니다."

이다 상회는 정말로 물건의 종류가 다양해서, 일본의 ○○자기 같은 느낌의 투박한 도자기도 있는가 하면, 유럽의 섬세한 하얀 도자기 같은 것도 있었다.

무늬나 색도 다양해서 아무리 보고 있어도 질리지 않았다.

물어보니, 각 공방이 마법 등도 도입해가면서 이런저런 궁리를 하여 독자적인 제작 방법을 만들어내고 있다고 한다.

그래서 공방마다 작풍이 전혀 다르다는 것이다.

"오⋯⋯."

이것저것 구경하는 사이에 크고 바닥이 깊은 접시가 눈에 띄었다.

이거, 페르들 접시로 괜찮겠는걸.

지금 쓰고 있는 건 나무 접시나 전에 잡화점에서 산 싸구려 도자기 접시다.

스이는 몰라도, 페르와 드라 짱이 고개를 처박고 기세 좋게 허겁지겁 먹으면 달그락달그락 움직이는 게 안전성이 없단 말이지.

지금은 꽤 익숙해진 모양이지만, 조금 더 제대로 된 접시를 쓰는 게 좋겠다는 생각을 하기도 했었고.

방금 발견한 것은 일본의 'ㅇㅇ자기' 같은 느낌의 접시 중에 두께도 있고 적당한 무게감도 있는 게 괜찮을 것 같다.

게다가 색도 괜찮다.

화려하지는 않지만 차분한 색조가 멋스러웠다.

으음, 괜찮은걸.

사버릴까.

페르들에게 어느 색이 좋은지 물어보고 싶지만, 이번에는 가게에서 취급하는 물건이 깨지기 쉬운 것들인 데다 통로 폭도 좁아서 페르와 드라 짱은 밖에서 기다리게 하고 있었다.

스이는 가죽 가방 안에서 낮잠 중이고.

어쩔 수 없네. 내가 정해도 되겠지.

각자 다른 색으로 하는 편이 구분하기 쉽고 좋을 거야.

어떤 걸로 할까…… 아, 이 차분한 청록색 그릇이 괜찮은걸.

그리고 이 짙푸른 유리색이랑 옅은 보라색도 괜찮네.

"마음에 드신 물건이 있습니까?"

"네. 이 접시가 괜찮다 싶은데……."

"역시 안목이 높으시군요. 그건 지금 인기 상승 중인 필미노 공방의 작품입니다."

호오호오, 인기 상승 중이라니.

"이건 한 장에 얼마인가요?"

"이쪽은 큰 접시라 금화 18닢입니다."

금화 18닢이라.

꽤 비싼걸.

하지만 일본의 도자기도 유명한 곳의 물건은 비싸기도 하잖아.

뭐가 어찌 됐든 마음에 들었으니까, 그래. 사자.

"그럼 이거랑 이거랑 이거 주세요."

"감사합니다."

"저기, 좀 더 구경해도 괜찮을까요?"

"그럼요. 물론이죠."

그 후에도 이것저것 구경을 하고, 나는 내가 쓸 머그잔과 컵 다섯 개 세트와 찻잔&잔 받침 다섯 개 세트도 사기로 했다.

머그잔과 컵은 일본 도자기풍이고 찻잔&잔 받침은 유럽 도자기풍이다.

머그잔은 갈색으로 투박한 느낌이 마음에 들었고, 컵은 재색으로 색을 덧칠하지 않고 그대로 구운 느낌이 마음에 들었다.

찻잔&잔 받침은 흰 바탕에 푸른 꽃무늬가 들어가 고급스러운 느낌이 들어서 좋은 홍차나 커피를 마실 때 쓰면 괜찮겠다 싶었다.

전부 다 하면 합계 금화 73닢과 은화 8닢이었는데, 구매 금액이 꽤 컸던지라 우수리 은화 8닢은 서비스로 깎아주었다.

이다 씨는 기분 좋은 얼굴로 "또 와주십시오"라며 미소로 배웅을 해주었다.

다섯 소년 소녀들에게는 "역시 A랭크는 벌이가 다르구나"라든가 "역시 A랭크는 부자"라든가 하는 말과 함께 반짝반짝하는 시선을 받아 어쩐지 근질근질했다.

"그럼 다음은 안톤네 본가 공방에 데려가 주는 거지?"

"네, 이쪽입니다."

우리는 안톤의 본가인 세벨리 공방으로 향했다.

"여기예요."

안톤의 본가인 세벨리 공방은 네이호프의 중심부에서 도보로 30분 정도 떨어진 곳에 있었다.

앞쪽이 점포로 꾸며져 있었고, 그 안쪽 부지에 공방 등의 건물이 있다는 모양이었다.

"들어오세요."

다 함께 점포 안으로 들어갔다.

이번에도 페르와 드라 짱은 밖에서 대기하게 했다.

"아, 도련님. 어쩐 일이십니까?"

가게 안으로 들어가자 점원이 바로 나타났다.

"올로프구나. 그게, 선배 모험가인 무코다 씨를 안내해드리려고 왔는데, 아버지 좀 불러다 줄래?"

"예, 잠시 기다려주십시오."

"무코다 씨, 아버지를 불러올 때까지 조금만 기다려주세요."

아니, 바쁠 테니까 굳이 부를 필요는 없는데.

잠시 기다리자 점원인 올로프 씨가 다부진 체구의 50대 전후로 보이는 남성을 데리고 돌아왔다.

"여어, 안톤. 모험가 선배를 데려왔다고?"

"아, 아버지. 이쪽은 A랭크 모험가인 무코다 씨야."

"A랭크라고?! 어떻게 네 녀석이 그런 고 랭크 모험가를 아는 거냐?"

내가 A랭크라는 말을 들은 안톤의 아버지가 깜짝 놀랐다.

저기, 죄송합니다. 저는 실력이 동반되지 않은 A랭크 모험가입니다.

"아니, 이런저런 일이 있어서 어제 알게 됐어. 그리고, 지금 이 도시를 안내하고 있는 참이야. 우리 집이 공방을 한다고 했더니 꼭 좀 보여달라시길래 같이 왔어. 이후에는 브리짓타네도 갈 예정이야."

"호오, 그런 거냐."

"무코다라고 합니다. 안톤이랑 우연히 알게 돼서 이곳 안내를 부탁했습니다. 갑자기 찾아와 죄송합니다."

"아뇨, 아닙니다. 괘념치 마시고 얼마든지 보십시오. 아무리 그래도 공방은 보여드릴 수 없지만, 이 가게는 저희 직영이라 다른 가게에 아직 선보이지 않은 신작 같은 것도 있으니까요."

공방 쪽은 기업 비밀이라고 할까, 각 공방의 독자적인 기술이 있기 때문에 어느 공방이나 관계자 이외의 사람은 출입이 금지되어 있다고 한다.

그러고 보니 이다 씨가 각 공방이 마법 등도 도입해가며 이런저런 궁리를 해서 독자적인 제작 방법을 만들어내고 있다고 했었지.

확실히 그렇다고 하면 간단히 보여줄 수 있을 리 없겠지.

여기는 직영점이라 신작도 진열되어 있다고 하니 바로 구경해보도록 할까.

안톤의 본가인 이 세벨리 공방에서 만드는 것은 일본의 도자기 느낌이었고, 색도 수수한 것이 많았다.

실로 내 취향이다.

안톤의 아버지도 함께하며 이런저런 설명을 해주었다.

그중에서 특히 마음에 든 것이 아버지의 신작인 남색 컵이었다.

"이 색을 내느라 고생했지요. 게다가 이건 특수 제작한 거랍니다. 유약에 몇 가지 마석 가루를 섞어서 썼지요. 그래서 이 컵에 음료를 따르면 안의 음료가 차가워지는 방식으로 되어 있답니다."

무려 자동 냉각 컵이라고 한다.

모양도 좋고 색도 좋고, 그야말로 내 취향.

여기에 맥주를 따라 마시면 맛있겠지.

이거 갖고 싶은걸.

"이건, 얼마인가요?"

"이거라면…… 음, 금화 28닢입니다."

컵 하나에 금화 28닢이라는 말을 듣고 처음에는 깜짝 놀랐다.

하지만 잘 생각해보면 마석을 몇 개나 썼다고 하니, 그 가격도 납득이 갔다.

아니, 마석을 썼다고 생각하면 이것도 깎아준 가격일지도 모르겠는걸.

이건 일단 찜해두고, 다른 걸 보도록 하자.

이것저것 구경하고 아버지의 제자분이 만들었다고 하는 옅은 베이지색 커다란 접시가 마음에 들어 다섯 장 세트로 구입하고, 마찬가지로 제자분이 만든 이끼가 낀 듯한 짙은 녹색의 그릇이 덮밥 그릇으로 쓰기에 딱 좋을 것 같아서 다섯 세트 구입했다.

이곳 세벨리 공방은 네이호프에서도 유명한지, 내가 구경을 하는 사이에도 다른 도시에서 찾아온 상인이 물건을 사러 왔다.

그 상인이 하는 이야기를 슬쩍 들었는데, 귀족들 중에도 여기 세벨리 공방의 도자기 애호가가 있다고 한다.

응응, 이곳 도자기는 분위기 있어서 좋으니까.

이리저리 고민한 끝에 나는 안톤의 아버지가 만든 컵과 제자분이 만든 접시 다섯 장과 대접 다섯 개를 구입하기로 했다.

아버지의 컵이 금화 28닢, 제자분의 접시 다섯 장이 금화 15닢이었고, 대접 다섯 개가 금화 20닢. 다 합해서 63닢이었는데, 금화 60닢으로 깎아주었다.

"어쩐지 죄송하네요."

"아뇨, 아뇨. 우리 물건을 A랭크 모험가님이 써주신다니 감사한 일입니다. 앞으로도 저희 도자기를 애용해주십시오."

"네, 소중히 쓰겠습니다."

아주 좋은 쇼핑이었다.

"어이, 안톤. 제대로 안내해드려야 한다."

"안다고."

우리는 안톤의 본가인 세벨리 공방을 뒤로하고 브리짓타의 본가인 드뱅 공방으로 향했다.

◇ ◇ ◇ ◇ ◇

브리짓타의 본가인 드뱅 공방은 세벨리 공방에서 걸어서 15분 정도인 곳에 있었다.

"엄마, 다녀왔어요."

"어머, 브리짓타잖아? 어쩐 일이야?"

드뱅 공방도 세벨리 공방과 비슷한 구조로, 앞쪽이 점포이고 그 안쪽 부지에 공방 등의 건물이 있었다.

가게는 브리짓타의 어머니가 보고 있는 모양이었다.

"저기 있지, 이번에 알게 된 모험가인 무코다 씨에게 도시를 안내하고 있는 중이야. 그래서 우리 집이 공방을 한다고 말했더니 꼭 좀 보고 싶다고 하길래 안내해 왔어. 참고로 무코다 씨는 A랭크 모험가야."

"A랭크?! 어머 어머 세상에, 애 아빠를 불러올 테니 잠시만 기다려주세요."

그렇게 말한 브리짓타의 어머니는 공방 쪽으로 달려갔다.

도중에 "여보, 큰일이야! A랭크래, A랭크! 가게에 A랭크 모험가님이 오셨어!"라는 목소리가 들려왔다.

그 소리를 듣고 브리짓타가 손으로 얼굴을 가리고 부끄러운 듯이 "엄마……" 하고 중얼거렸다.

가족의 저런 모습을 보면 부끄러워지지.

여기는 모른 척해주자.

가게에서 잠시 기다리고 있으려니 브리짓타의 어머니가 아버지를 데리고서 돌아왔다.

"이쪽이 A랭크 모험가인 무코다 씨야. 실례가 없게 해."

"알았다니까. 브리짓타의 아비인 드뱅입니다. 딸이 신세를 지고 있습니다."

"무코다라고 합니다. 갑자기 찾아와 죄송합니다."

"아뇨, 무슨. 저희 물건이라도 괜찮다면 얼마든지 구경하십시오."

"이제부터는 내가 설명할 테니까, 아빠랑 엄마는 그만 들어가도 돼."

브리짓타가 그렇게 말했지만, 내가 무얼 구입할지 신경이 쓰이는지 아버지도 어머니도 그 자리를 떠나지 못했다.

"정말이지 아빠도 엄마도 참……. 무코다 씨, 죄송해요."

"아냐 아냐, 괜찮아."

가게 안을 둘러보니, 이곳 드뱅 공방에서 만드는 것은 흰색을 바탕으로 한 유럽풍 도자기에 꽃무늬가 많은 고급스러운 느낌이었다.

"우리는 아버지 대부터 시작한 공방에 가족 경영이라 규모도 크지 않고, 안톤네 세벨리 공방처럼 유명하지도 않지만, 여기를 처음 세웠을 때부터 애용해주시는 분이 많아요."

호오, 그렇구나.

하지만 고급스러운 느낌에 이 꽃무늬는 여성에게 인기 있을 것 같은데.

"아, 이거 좋은데."

시선을 사로잡은 것은 세로로 긴 컵에 손잡이가 달린 머그잔 다섯 개 세트였다.

이거라면 따뜻한 음료만이 아니라 차가운 음료를 담아내도 이상하지 않을 것 같다.

꽃무늬도 그다지 화려하지 않고, 위쪽에만 있는 것도 마음에 들었다.

"이건 말이죠, 다섯 개 세트에 금화 네 닢입니다."

뒤에서 그런 말이 들려왔다.

"아빠……."

공방으로 돌아가지 않고 가게에 머물고 있던 브리짓타의 아버지였다.

"괘, 괜찮잖아. A랭크 모험가님이 내 작품을 골라주는 거라고."

그런 대화를 흐뭇하게 바라보며, 저렴하다고 생각하는 나.

브리짓타의 말대로 여기 드뱅 공방은 유명한 곳은 아닌 모양이다.

하지만 전부 예쁘고 좋은 물건들뿐이다.

좀 더 이것저것 구경해야지.

구경하는 사이에 브리짓타의 아버지가 어느샌가 끼어들어 설명을 해주었다.

그런 아버지를 보고 브리짓타의 표정이 굳어졌다.

여러 가지를 구경하고 내가 구입하기로 정한 것은 맨 처음에 본

머그잔 다섯 개 세트와 케이크를 담기에 딱 좋은 크기의 작은 접시 다섯 장 세트, 그리고 큼직한 접시 다섯 장 세트와 수프 접시 다섯 장 세트, 그리고 수프 볼 다섯 개 세트와 찻잔&잔 받침 다섯 개 세트였다.

전부 흰색에 선명한 꽃무늬가 그려져 있어서 무척 예뻤다.

특히 찻잔& 잔 받침은 한층 세밀하면서도 선명한 꽃들이 그려져 있어서 매우 아름다웠던지라 충동 구매해버렸다.

브리짓타 아버지의 이야기에 따르면 이 작품은 최근 만든 것 중 제일의 역작이라고 한다.

머그잔 다섯 개 세트가 금화 4닢, 작은 접시 다섯 장 세트가 금화 3닢과 은화 5닢, 큰 접시 다섯 장 세트가 금화 6닢, 수프 접시 다섯 장 세트가 금화 6닢, 수프 볼 다섯 개 세트가 금화 6닢, 찻잔&잔 받침이 금화 10닢으로, 전부 해서 금화 35닢에 은화 5닢이었는데, 우수리는 떼어내고 금화 35닢으로 해주셨다.

"많이 사주셔서 감사드립니다."

"아뇨, 아뇨. 저야말로 이것저것 구경시켜주셔서 고맙습니다. 좋은 눈 보양이 되었어요."

이런저런 식기류를 갖출 수 있게 되어 다행이었다.

그나저나, 역시 도자기의 도시네.

다양한 도자기를 볼 수 있어서 정말로 즐거웠다.

가끔은 이런 쇼핑도 좋구나.

브리짓타의 아버지와 어머니에게 배웅을 받으며 우리는 드뱅 공방을 뒤로했다.

쇼핑을 하고 났더니 시간이 꽤 많이 지났다.

『어이, 이제 슬슬 배가 고프다.』

『나도야.』

『스이도.』

중심가로 돌아가는 도중에 페르와 드라 짱과 스이가 염화로 그렇게 이야기했다.

음, 아침밥을 느지막이 먹었다고는 해도 역시 배가 고플 시간인가.

『집에 돌아가면 밥 줄 테니까, 조금만 참아줘.』

『알았다.』『알았어.』『응.』

그래, 그렇다면 모처럼 쉬는 날에 함께 어울려주기도 했으니 다섯 명도 식사에 초대하도록 할까.

"저기, 오늘의 답례로 우리 집에서 밥 먹고 갈래?"

"그래도 되나요?"

안톤이 그렇게 답한 후 다른 멤버와 이야기를 나눴다.

"""""그럼 사양하지 않겠습니다."""""

다섯 명은 그리 말하며 미소 띤 얼굴로 답했다.

모두 어제 먹은 BBQ가 맛있었던지라 기대된다고 했다.

책임이 막중하다.

너무 기다리게 할 수는 없으니 시간을 오래 들일 수는 없고…….

집에 도착하기 전까지 메뉴를 생각해야지.

집에 들어가 다섯 명을 거실로 안내했다.

"어, 엄청난 집이네요……."

필립이 그렇게 말했다.

"빌린 집이지만 말이지. 내가 여기 머무는 동안만 빌린 거야."

그렇게 말하자 다섯 명은 "A랭크는 대단하네" 같은 말을 했다.

다른 A랭크가 어떤지는 모르겠지만, 나는 페르랑 드라 짱이랑 스이가 돈을 벌어다 주고 있으니까.

"그럼 밥을 할 테니까, 이거 마시면서 잠시 기다려줘."

다섯 명을 거실에 앉히고 마실 걸 내준 다음 잠시 기다려달라고 했다.

바로 브리짓타네인 드뱅 공방에서 산 머그잔을 사용했다.

오렌지 주스를 내주었는데, 달다며 벌컥벌컥 마셨다.

페르 일행에게는 과일 주스를 평소의 바닥 깊은 접시에 담아서 내주었다.

이다 씨네에서 산 바닥 깊은 접시는 지금부터 만들 밥을 담아서 내줄 생각이다.

그럼 나는 서둘러 밥을 지어야지.

주방으로 돌아온 나는 서둘러 식사 준비에 나섰다.

이리저리 생각한 결과, 코카트리스 허니 머스타드 샌드위치로 정했다.

그 다섯 사람은 이 마을 밖으로 그다지 나가본 적이 없는 것 같으니, 갑자기 쌀을 먹게 하는 것도 어떠려나 싶어서 빵으로 결정했다.

마침 코카트리스가 손에 들어왔기도 했고.

단맛이 도는 맛은 그 다섯 명도 좋아할 것 같고, 카페에서 나오는 식사 같아서 좀 세련된 느낌이잖아?

게다가 이건 꽤 간단하니까.

우선은 재료 조달이다.

간장과 레몬즙(병에 담긴 것)은 있으니, 홀 그레인 머스타드랑 벌꿀이랑 그리고 양상추랑 식빵이지.

좋아, 만들어볼까.

코카트리스 고기의 껍질 쪽에 포크로 콕콕 구멍을 내고 소금 후추를 뿌린다.

그리고 허니 머스타드 소스를 만든다.

홀 그레인 머스타드와 간장과 벌꿀과 레몬즙을 넣어서 섞으면 된다.

다음은 달군 프라이팬에 기름을 두르고 코카트리스 고기를 껍질 쪽부터 굽는다.

껍질이 노릇노릇하게 잘 익으면 뒤집어서 뒷면을 굽는다.

구울 때 기름이 배어 나오는데, 그건 키친타월로 꼼꼼하게 닦아내면 기름지지 않게 된다.

고기가 구워지면 만들어두었던 허니 머스타드 소스를 넣고서 잘 섞어주면서 익히면 완성이다.

허니 머스타드 소스를 넣으면 머스타드 알갱이가 튀니까 조심해야 한다.

완성된 허니 머스타드 치킨 소테를 잠시 식히는 사이에 빵을 오븐에 넣어서 가볍게 데우고 양상추를 씻어서 적당한 크기로 찢어둔다.

데워진 빵에 양상추를 깔고 그 위에 허니 머스타드 치킨 소테를 얹고서 빵을 올린 다음 그걸 반으로 잘라주면 완성이다.

그것을 페르들에게 줄 몫은 페르들용으로 산 접시에 담고(바닥이 깊지만 문제없겠지) 안톤 일행 다섯 명 몫은 안톤네 세벨리 공방에서 산 접시에 담았다.

물론 페르들 몫은 수북하게.

다음은 유리 피처에 오렌지 주스를 따라둔다.

감사하게도 이 집에는 식기까지 비치되어 있었다.

그중에 유리제 피처도 있었기 때문에 사용하기로 했다.

약간 비싸 보이니 조심해서 써야 하지만.

왜건도 있어서 사양하지 않고 쓰기로 하여, 거실로 완성된 코카트리스 허니 머스타드 샌드위치를 운반했다.

"오래 기다렸지?"

나는 접시들을 각자에게 나눠주었다.

페르와 드라 짱과 스이는 배가 고팠는지 기세 좋게 먹고 있다.

아니, 이런, 페르 같은 경우는 잘라놓은 절반 크기를 한입에 먹고 있잖아.

이거 바로 더 달라고 하겠네.

"아, 다들 마실 건?"

""""""주세요.""""""

오렌지 주스가 정말 마음에 든 모양이네.

다섯 명의 머그잔에 오렌지 주스를 따라주었다.

"마, 맛있어!"

코카트리스 허니 머스타드 샌드위치를 가장 먼저 베어 문 필립이 그렇게 말했다.

"어제 것도 맛있었지만, 이것도 맛있어."

그렇게 말하며 우걱우걱 먹고 있다.

"정말이야. 맛있어! 살짝 단맛이 나는 게 최고야!"

안톤도 지지 않겠다는 듯 한입 가득 베어 물었다.

"응응, 정말 맛있다. 달콤한 맛이 나지만, 달기만 한 게 아니야. 처음 먹어보는 맛이지만 정말로 맛있어."

그렇게 말하며 냠냠 먹고 있는 브리짓타.

"단맛이랑 매운맛이랑 신맛이랑 다양한 맛이 나는데, 그게 맛있게 잘 어우러졌어. 응, 엄청 맛있어."

그렇게 말하며 응응 고개를 끄덕이면서 먹고 있는 것은 다섯 명 중에서도 가장 냉정해 보이는 파울이었다.

"이거 엄청나게 맛있어! 우걱우걱…… 더 주세요!"

리비아, 벌써?

빠르네.

〃한 그릇 더.〃

페르와 드라 짱과 스이도 추가 주문이다.

"그럼 잠깐 기다려봐."

나는 서둘러 주방으로 돌아가 추가분을 더 만들었다.

◇　◇　◇　◇　◇

"후우~ 잘 먹었다. 잘 먹었어."

"맛있었어."

"응, 맛있었어."

"그래, 맛있었어."

"배가 빵빵해."

식사를 마치고 다섯 명은 오렌지 주스, 나는 아이스커피를 마시며 거실에서 휴식 시간을 가졌다.

다섯 명 모두 만족한 모양이다.

페르와 드라 짱과 스이도 배불리 먹고 만족한 것 같았다.

페르가 뒹굴 누웠고, 드라 짱은 페르에게 기대듯이 잠들었고, 스이도 페르 옆에 붙어서 자고 있는 모양이었다.

나도 식사를 하기는 했지만, 모두에게 추가로 줄 음식을 만들면서 먹어야 했다.

뭐, 권한 건 나였고 "맛있다"고 해준 건 기쁘니 상관없지만.

"다들 내일은 의뢰를 받을 거야?"

"네, 그럴 예정이에요. 다 함께 얘기했는데, 이번에는 '의뢰 수행 중에는 예상하지 못한 일이 일어나기도 한다'라는 걸 명심하고, 무슨 일이 있어도 당황하지 않도록 노력할 거예요."

안톤은 그렇게 대답했다.

어제 그런 일이 있었는데, 내일 벌써 의뢰를 받을 셈인 걸까?

F랭크 모험가, 열심이네.

48 터무니없는 스킬로 이세계 방랑 밥 5

"우리 같은 건 꾸준히 의뢰를 받지 않으면 랭크가 올라가지 않으니까."

그렇게 중얼거린 것은 필립이었다.

"맞아. 작은 것부터 꾸준히 해나가야지. 얼른 D랭크가 되고 싶기도 하고."

어서 D랭크가 되고 싶다고 말한 것은 브리짓타.

D랭크가 되면 뭐가 달라지더라?

"맞아. 얼른 D랭크가 돼서 던전에 가고 싶으니까."

응? D랭크가 돼서 던전?

파울, D랭크랑 던전이 무슨 관계가 있는 거야?

"그러게~. 어서 던전에 가고 싶어."

리비아까지 그런 말을 했다.

D랭크랑 던전이 관계가 있는 겁니까?

"아, 저기, D랭크가 돼서 던전이라니, 둘이 무슨 관계가 있는 거야?"

그렇게 묻자 다섯 명은 무슨 말을 하는 거지? 라는 표정을 하고서 나를 바라보았다.

"어? 모르세요? 모험가 길드에서는 던전에 들어가는 건 D랭크 이상을 장려하고 있어요."

안톤이 그렇게 답했다.

호오? 그런 거야?

전혀 몰랐어.

그러고 보니, 내가 드랭 던전에 들어갔을 때는 일단 C랭크였으니까.

그런 기본적인 건 듣지 못했고, 이쪽도 묻지 않았단 말이지.

안톤의 말에 따르면 그건 어디까지나 장려 수준이기 때문에 D 랭크 이하라도 들어가지 못하는 것은 아니라고 한다.

"하지만 랭크가 낮은 채로 들어가 본들 결국 개죽음을 당할 거예요. 우리는 그런 바보가 아니니까, 제대로 길드가 추천하는 D 랭크가 된 다음에 들어갈 생각이에요. 게다가 들어갈 때도 강습을 제대로 받고서 들어가려고 해요."

안톤에게 물어보니 글쎄 처음 던전에 들어가는 모험가를 위해 모험가 길드에서는 강습회도 열고 있다고 한다.

나, 그런 얘기 처음 듣는데.

아니 혹시 드랭에서도 했었던 거야?

그런 게 있는 줄 알았으면 강습을 받았을 텐데.

엘랑드 씨, 그런 말은 한 마디도 안 했는데.

젠장, 드래곤에 미친 한물간 장년 엘프 자식 같으니.

"던전이라고 하니까 말인데, 최근 뭔가 소문을 들었거든……? 아, 생각났다! 이번에 네이호프에 오는 A랭크 모험가가 드랭의 던전을 답파했다는 얘기!"

파울이 내 얼굴을 보면서 그렇게 말했다.

파울의 말을 듣고 모두가 휙 내게로 시선을 보냈다.

"저, 정말인가요?"

안톤이 주저주저하며 물었다.

"어, 뭐, 그게, 일단은."

그렇게 답하자 다섯 명이 흥분해서 떠들기 시작했다.

그리고 "대단해!"라든가 "멋져!"라든가 하는 칭찬을 퍼부었다.

다섯 명 모두 반짝반짝 빛나는 눈으로 나를 보고 있어.

살짝 죄악감이 들어서 사실을 가르쳐주었다.

"아니, 페르랑 드라 짱이랑 스이 덕분에 답파할 수 있었던 거야. 내 경우에는 사역마가 엄청나게 강해서, 사역마에 의지하고 있거든."

"테이머니까 당연한 거잖아요? 그렇게 강한 사역마가 있다는 건 일류 테이머라는 뜻이고요. 그건 즉, 모험가로서도 일류라는 거잖아요? 존경해요!"

안톤이 그렇게 말하자 다른 모두도 응응하고 고개를 끄덕였다.

어, 어라? 그, 그런가?

이어서 모두에게 질문 공격을 당했다.

"던전 안은 어땠나요?"

"어떤 적이 있었어요?"

"드롭 물품은?"

"어떤 함정이?"

"보물 상자 속에는 뭐가?"

모두의 질문에 답하며 던전에서의 경험을 이야기해나갔다.

"어라? 벌써 시간이 이렇게 됐네."

시간이 빠르게 흘렀고 주변은 어둑해져 있었다.

"다들 오늘은 우리 집에서 자고 가는 게 어때?"

"아뇨, 내일은 일찍 일어나야 하니까 돌아갈게요. 다들, 그렇지?"

"안톤 말대로야. 무코다 씨 얘기를 들었더니 갑자기 의욕이 솟구쳤어."

"브리짓타, 나도 그래. 얼른 던전에 가고 싶어."

"브리짓타 말에 동의해. 나도 던전에 어서 가고 싶어."

"파울, 그러기 위해서는 D랭크가 되어야만 한다고. 우리 열심히 하자."

마지막으로 리비아가 그렇게 말하며 마무리했고 모두 응응하고 고개를 끄덕였다.

나의 드랭 던전 이야기를 듣고 의욕이 넘치는 모양이다.

"그래? 그럼 조심히들 돌아가."

"네. 무코다 씨, 오늘은 정말 감사했습니다."

"아니, 나야말로 이곳저곳 안내해줘서 고마웠어."

이리하여 다섯 명은 돌아갔다.

다섯 소년 소녀는 모두 던전을 목표로 하는지, 내게 여러 가지를 물었다.

게다가 던전이라고 하면 일확천금, 그리고 모험가의 꿈이라며 열정적으로 이야기하기도 했다.

묻지도 않았는데, 드랭 이외의 던전 이야기도 해주었을 정도다.

나로서는 쓸데없는 정보였지만.

그렇지만 거실에서 자던 페르가 슬쩍 눈을 뜨고서 듣고 있는 걸

봤단 말이지.

또 던전 던전 하고 시끄럽게 굴 것 같아.

하아~.

◇ ◇ ◇ ◇ ◇

어제는 도자기를 이것저것 샀으니, 오늘은 어떻게 할까.

아침밥을 다 먹고서 오늘은 어찌할까를 생각하고 있으려니……

『자, 던전에 가자.』

페르가 벌떡 일어나더니 그렇게 말했다.

"뭐? 갑자기 무슨 소리야?"

어제 던전 이야기를 들었다고 해서 바로 가지는 않는다고.

『어제 던전 이야기를 하던 걸 들었다. 그 꼬맹이들의 이야기로
는, 여기서 걸어서 열흘 정도인 곳에 던전이 있다던데. 나라면 열
흘도 안 걸려 금방 갈 수 있다.』

아니 아니 아니, 갈 수 있다든가 그런 문제가 아니라고.

분명 어제 안톤 일행에게 들은 이야기에 따르면 네이호프에서
남쪽으로 가면 에이블링이라는 던전 도시가 있다고 했지만.

그거랑 이거랑은 다른 거라고.

애초에 페르가 바다에 가겠다고 해서 바다의 도시 베를레앙을
향해서 여행을 하고 있는 거잖아.

"던전이라니, 바다는 어쩌고? 페르가 크라켄이니 시 서펜트가
맛있다고 해서 바다에 가자는 얘기가 됐던 거잖아."

『으음, 그렇지만 바다냐 던전이냐 묻는다면, 나는 던전에 가고 싶다.』

뭐어? 무슨 소릴 하는 거야?

바다에 가고 싶다고 말해놓고.

게다가 나한테도 예정이라는 게 있다고.

"그건 안 돼. 바다라고 했으니까, 처음 예정대로 베를레앙에 갈 거야. 나도 바다 식재료를 잔뜩 사들일 생각이니까."

해산물 BBQ도 하고 싶고.

『음, 바다의 식재료라……. 그런 말을 들으니 그것도 버릴 수가 없구나.』

그래, 그렇지. 먹보가 맛있는 걸 놓치면 안 되잖아.

해산물을 잔뜩 먹어치워야지.

『좋다, 그렇다면 바다에 간 다음에 던전이다. 그래, 그렇게 하자.』

아니, 그러니까, 그렇게 하자가 아니라고.

던전에는 안 간다고.

안 간다고 하면 안 가는 거야. 이번에는 정말로 안 갈 거야.

드랭에서도 안 가겠다고 했는데 결국 들어가고 말았잖아.

"이제 던전은 됐잖아. 얼마 전 드랭 던전에 들어갔었으니까. 결국 답파까지 해버렸고. 이제 그거면 충분해."

『무슨 말을 하는 거냐? 레벨을 올리려면 던전이 제일이다. 무엇보다 좋은 운동이 된다. 일거양득이 아니냐.』

"뭐가 일거양득인데? 안 갈 거야."

『흥, 그런 말을 하는 건 너뿐이라고 생각한다만. ……어이, 드라,

스이. 너희들 던전에 가고 싶지 않으냐?』

어? 여기서 드라 짱이랑 스이한테 이야기를 돌리는 거야?

그건 치사하잖아.

『던전이라고? 물론 가고 싶지!』

『스이도 던전 가고 싶어!』

『그래. 그렇지, 그럴 테지. 흐흥. 어이, 드라도 스이도 이렇게 말하고 있지 않느냐.』

젠장…… 그 의기양양한 얼굴은 뭔데?

드라 짱과 스이를 제 편으로 끌어들이다니 비겁하다고.

"아니 아니, 안 갈 거야."

『뭐어? 던전 가자고. 이전 도시의 던전도 엄청나게 재미있었잖아. 나 또 가고 싶다고.』

드라 짱, 던전이 재미있었다느니 하는 말 하지 마.

던전에 들어가는 모험가분들은 목숨을 걸고 있으니까.

『스이도 또 던전 가고 싶은데. 그리고 있지, 풋풋 해서 잔뜩 쓰러뜨릴 거야!』

스이가 뿅뿅 뛰어오르면서 그렇게 말했다.

우으으…… 페르 녀석. 드라 짱과 스이를 완전히 제 편으로 만들다니.

『주인, 부탁해. 스이 있지, 또 던전 가고 싶어.』

스이야아…….

나, 함락.

그런 식으로 부탁하면 안 된다고 할 수 없잖아.

"하아~, 알았어. 던전 가자."

우리 스이의 부탁에는 이길 수 없다니까.

『으하하하하하, 그래. 그런가.』

『오오, 던전에 가는 거야? 만세!』

『던전, 던전, 만세!』

페르도 드라 짱도 스이도 엄청나게 기뻐한다.

『새로운 인간 마을의 던전인가. 실로 기대되는구나.』

『맞아. 이번에는 어떤 마물이 나오는 걸까? 뭐, 우리 상대는 안 되겠지만! 기대된다.』

『스이도 기대돼~. 풋풋 해서 잔뜩 쓰러뜨릴 거야!』

이제 다들 던전에 갈 마음으로 가득하구나.

저기 있지, 바로는 안 갈 거야.

"아, 다들. 당장 가는 거 아니거든? 처음 예정대로 바다의 도시 베를레앙에 갔다가 그다음에 갈 거야."

내가 그렇게 말하자, 페르가 『그럼 바로 바다로 가자』라는 말을 꺼냈다.

그 말은 물론 각하다.

"저기 있지, 이 집 일주일 빌렸다니까. 도중에 나가는 건 아깝잖아. 출발은 내일모레야."

일주일 빌렸으니까 확실하게 그 기간 동안은 여기서 지낼 거야.

이런 호화 저택 같은 데서는 좀처럼 살 수 없으니까.

게다가 여기 욕실도 아직 만끽하지 못했고.

그나저나 이걸로 오늘 일정이 정해졌네.

뭘 할까 했는데, 내일모레 다시 여행을 떠나는 게 결정되었으니 역시 지금은 요리를 만들어두는 작업에 전념해야겠지.

그 후, 나는 주방에 틀어박혀 여행 중에 먹을 음식을 만들었다.

이제는 빼놓을 수 없는 닭튀김에 돈가스, 치킨가스, 민치가스 등의 튀김류를 비롯해 햄버그와 된장 절임, 채소볶음과 고기 소보로 등 외에도 이것저것 만드는 사이에 하루가 지나갔다.

도중에 배가 고프다며 페르와 드라 짱과 스이가 난입하기는 했지만, 오늘 하루로 여행할 동안 먹을 밥은 빈틈없이 준비할 수 있었다.

하지만 고기 재고가 많이 줄었다.

블러디 혼 불 고기도 와이번 고기도 처음의 4분의 1 정도가 되었다.

베를레앙에 도착할 때까지는 충분할 테지만, 이래서는 베를레앙에서 해산물과 고기를 대량 확보해야만 할 것 같다.

우리는 모험가 길드에 와 있었다.

여기 온 이유는 의뢰를 받기 위해서다.

이렇게 말하면 뭐하지만, 길드에서 부탁한 게 아니라 자발적으로 의뢰를 받는 게 얼마 만인지.

오늘은 이곳에서의 마지막 날이기도 해서 솔직히 집에서 느긋하게 지낼 생각이었는데, 페르가 지루하다는 말을 꺼내는 바람에……

드라 짱도 스이도 밖에 나가고 싶다고 말하기 시작했고, 그렇다면 의뢰라도 받아볼까 하는 이야기가 되었던 것이다.

나도 일단 모험가니까.

그래서 게시판을 보고 있는데…… 그다지 눈에 띄는 게 없네.

나는 일단 A랭크니까, 받을 수 있는 건 A랭크나 S랭크 의뢰인데, 애초에 게시판에 붙어 있는 의뢰가 B랭크까지밖에 없었다.

이건 창구에 가서 물어볼 수밖에 없으려나.

"실례합니다. 의뢰를 받고 싶습니다만."

그렇게 말하며 길드 카드를 접수창구 직원에게 내밀자 "잠시 기다려주십시오"라고 말하며 자리를 떴다.

이런, 예란 씨를 불러오는 거야?

그냥 평범하게 의뢰를 받으러 왔을 뿐이니까 부르지 않아도 되는데.

잠시 있으니 예란 씨가 나타났다.

"오오, 마침 잘됐군. 지금 곤란한 문제가 벌어져서 말일세. 좀처럼 적당한 모험가가 모이지 않아서 곤란했다네. 이건 자네에게 부탁하는 편이 빠르려나 하고 생각하던 참이었네만."

예란 씨에게 이야기를 들어보니 글쎄 이 도시의 북쪽 마을 주변과 가도 부근에서 오크가 자주 출몰하게 되었고, 그 횟수도 많은 것을 보아 오크 집락이 생긴 것이 아닌가 하는 의심이 들기 시작했다고 한다.

그래서 예란 씨의 지시로 모험가 길드는 북쪽 마을과 가도 부근 숲 조사를 모험가들에게 의뢰했다.

그 조사 의뢰를 받은 모험가 파티가 오늘 아침 일찍 돌아왔는데, 보고에 따르면 마을과 가도에 접한 숲속에 오크 집락이 만들어졌다는 것이 판명되었다고 한다.

전달된 보고 중에는 상위종인 오크 리더와 오크 제너럴이 확인되었다는 내용도 있었다.

오크 킹이 있는지는 확인하지 못했지만, 집락의 크기로 봤을 때 오크 킹이 태어나는 것도 시간문제라는 모양이었다.

오크 집락은 마을과 가도에 가깝기도 한 만큼 서둘러 섬멸할 필요가 있지만, 이 의뢰는 C랭크 이상의 의뢰로 보아야 할 터였다.

오크 수를 생각하면, 적어도 대여섯 파티는 필요하리라.

그러나 타이밍 나쁘게도 현재 C랭크 이상의 파티는 대부분 의뢰를 받아 도시 밖으로 나가 있다고 한다.

"무코다 씨가 이빌 플랜트와 키클롭스의 의뢰를 받아주면서 공방도 통상 운행으로 돌아가서 말일세. 지금까지는 출하도 멈춰 있었네만, 그게 재개되면서 다른 도시로 가는 길의 호위 의뢰가 늘었다네."

이런, 그렇게 됐던 거구나.

그래서 호위 의뢰를 받은 C랭크 이상의 파티가 다 나가 있다는 건가.

내 탓은 아니지만, 전혀 관계가 없다고는 생각할 수 없잖아.

"겨우겨우 남아 있던 C랭크 파티 하나는 확보했네만, 하나로는 아무것도 할 수 없다네……."

예란 씨는 호위 의뢰로 나간 모험가 파티가 돌아오기를 기다리거나, 나에게 부탁할 수밖에 없겠다고 생각했다고 한다.

다만 호위 의뢰에 나선 모험가들이 돌아오기까지 며칠을 기다려야 하니, 그 사이에 오크 집락을 방치하게 된다는 점이 염려된다고 했다.

그동안 오크 킹이 태어나기라도 하면 그때는 대여섯 파티로도 부족해진다. B랭크 파티가 적어도 둘은 필요해질 터였다.

"무코다 씨, 죄송합니다만 받아주시겠습니까?"

"잠시만 기다려주세요. ……페르 어때? 나로서는 고기 확보도 될 테니까 괜찮을 것 같은데."

『오크 집락인가, 별 볼 일 없는 상대지만, 확실히 네가 말한 대로 고기 확보는 되겠군. 으음, 좋다.』

페르는 OK인가 보다.

『드라 짱이랑 스이는 어때?』

드라 짱과 스이에게는 염화로 물어보았다.

『나도 좋아.』

『스이도 좋아.』

드라 짱도 스이도 OK다.

"예란 씨, 받아들이겠습니다."

"오오, 그런가, 그런가. 고맙네. 그럼, 확보해둔 C랭크 파티와 함께 가게 될 텐데, 괜찮겠는가?"

"네, 괜찮습니다."

C랭크 파티와 함께 오크 집락 섬멸 의뢰를 받게 되는 모양이다.

다른 모험가와 함께 의뢰를 받는 건 처음일지도.

뭐, 이것도 다 경험이려나.

"그럼 소개할 테니 따라와 주게나."

예란 씨에게 안내되어 간 곳은 모험가 길드 1층에 있는 회의실 같은 공간이었다.

그곳에서는 서른 전후쯤 되어 보이는 거칠고 우락부락한 남성 모험가 네 명이 의자에 앉아 대기하고 있었다.

응, 도망쳐도 돼?

뭐야? 이 남자 냄새 풀풀 나는 멤버는?

모두 근육 울끈불끈에 거칠고 험상궂은데요.

"여어, 기다렸다고."

"길드 마스터, 그래서 의뢰 쪽은 어떻게 되는 건데?"

리더로 보이는 스킨헤드에 험상궂은 남자가 그렇게 말했다.

"음, 그걸 지금부터 설명하겠네."

그렇게 말하고 예란 씨가 나와 거칠고 험상궂은 모험가들을 서로에게 소개해나갔다.

"A랭크 모험가와 의뢰를 받을 수 있다니 영광이야. 잘 부탁해."

그렇게 말하며 리더인 알론츠 씨가 내게 악수를 청해 왔다.

"잘 부탁드립니다."

다른 멤버와도 잘 부탁한다고 말하며 악수를 나누었다.

험상궂고 남자 냄새 풀풀 나는 면면들이지만, 나쁜 사람들은 아닌 것 같다.

사실은 여성 모험가가 있는 파티였다면 좋았으리라는 것이 본심이지만, 그런 말을 할 수는 없으니까.

이 거칠고 험상궂은 모험가 4인조는 C랭크 모험가 파티인 '섀도 워리어(그림자 전사)'라고 했다.

어째서인지는 모르겠지만, 이쪽 사람들은 중2병스러운 이름을 좋아하는가 보다.

지금까지 그다지 언급하지 않았었는데 말이지.

뭔가 중요하게 생각하는 부분인 것 같으니, 이런 건 그냥 모른 척 넘어가야겠지?

리더인 스킨헤드에 험상궂은 사람이 알론츠 씨라고 하고, 검사로 대검을 쓴다.

웨이브 진 짙은 갈색 장발에 험상궂은 사람이 클레멘트 씨라고 하고, 이쪽도 검사로 한 손 검을 쓴다.

금색 짧은 머리에 험상궂은 사람이 마티어스 씨라고 하고, 척후이며 단검을 쓴다.

적갈색 짧은 머리에 험상궂은 사람이 아네스트 씨라고 하고, 마법사로 불과 바람 마법을 쓰며 조금이지만 회복 마법도 쓸 수 있다고 한다.

"소문으로는 들었지만 정말로 펜리르가 사역마네."

페르를 보면서 알론츠 씨가 그렇게 말했다.

C랭크 모험가라서 아는 건가?

게다가 요즘은 페르에 관해서도 여기저기 알려진 것 같고.

뭐, 드랭의 던전을 답파해버렸으니 말이지.

"페르는 물론 강합니다만, 이쪽의 픽시 드래곤인 드라 짱과 슬라임인 스이도 제 사역마입니다. 다들 강해요."

"픽시 드래곤이라는 건 들어본 적 없는데. 슬라임은, 강한가?"

"스이는 특수 개체거든요. 강합니다. 어떻게 싸우는지는 오크 집락에서 한번 보세요."

우리 애들은 전부 강하니까요.

스이는 슬라임이라서 얕보이는 경향이 있는데, 평범한 슬라임이랑 똑같이 보면 큰일 난다고.

엄청나게 강하니까.

"그럼 바로 출발할까요? 예란 씨, 그 오크 집락은 어디쯤인가요?"

"그러니까, 여기서 도보로 하루 거리인 숲속이라네."

뭐? 도보로 하루?

"저기, 걸어서 하루라니, 저희는 내일 이곳을 떠날 예정입니다만…… 아, 문제없지 참. 오늘 중으로 끝내는 것도 가능합니다."

여러 명이 이동할 수 있는 수단이라면, 나에게는 스이라고 하는 강력한 아군이 있었다.

"음? 무슨 말이지?"

예란 씨와 섀도 워리어 멤버들에게 스이에 관해 설명했지만, 다들 믿어주지 않았다.

그렇다면 보여주는 편이 빠르겠다 싶어 다 함께 도시의 문으로 향했다.

"그럼, 스이. 이 네 명을 태울 수 있을 정도의 크기, 그러니까 지난번만큼 크게 변해줄래?"

『알았어.』

그렇게 말하자 스이는 지난번 안톤 일행을 태웠을 때만큼 커졌다.

그 모습을 본 예란 씨도 섀도 워리어 멤버들도 무척이나 놀라워했다.

"어흠, 대, 대단하구먼."

"이런 슬라임은 처음 봤어……."

예란 씨와 알론츠 씨의 말에 섀도 워리어의 다른 멤버들도 말없이 고개를 끄덕였다.

"저희는 내일 여길 떠날 예정이라서 오늘 중으로 의뢰를 달성해야만 합니다. 자아, 여러분 올라타 주세요."

섀도 워리어 멤버들을 재촉하여 스이 위에 태웠다.

그리고 나는 평소처럼 페르 등에 걸터앉았다.

"그럼 예란 씨, 다녀오겠습니다."

"부탁하네."

이리하여 우리는 오크 집락으로 향하게 되었다.

◇ ◇ ◇ ◇ ◇

"저기구나."

우리는 나무 그림자 속에서 숨을 죽이고 오크 집락을 살펴보았다.

스이 덕분에 숲 근처까지는 시간도 얼마 걸리지 않았다.

숲속에 들어온 후에도 페르가 앞장서서 길을 알려준 덕분에 순조롭게 오크 집락에 도착할 수 있었다.

너무나도 빠른 여정에 섀도 워리어 멤버들은 놀랐지만, 노동시간 단축입니다. 단축.

어떻게든 오늘 안으로 끝내고 싶으니까 말이지.

오크 집락을 눈앞에 두었으니, 이제 저걸 섬멸할 뿐이다.

집락은 숲의 트인 장소에 있었다.

오크가 세웠을 터인 어설픈 움막도 보였다.

"페르, 수는 어느 정도나 되는지 알 수 있겠어?"

들키지 않도록 자그마한 목소리로 페르에게 물었다.

『200 정도다.』

200이라, 꽤 많은걸.

"오크 킹은?"

『없다. 상위종은 있는 것 같다만, 오크 킹 정도의 기척은 없다.』

예란 씨에게 들었던 대로 상위종은 오크 리더와 오크 제너럴 정도인 건가.

"어떤 작전으로 갈 거지?"

알론츠 씨가 그렇게 묻자 다른 섀도 워리어 멤버들도 내 쪽을 보았다.

"작전이라고 부를 만한 작전은 없습니다만…… 페르, 결국 평소대로 가는 거지?"

『그래. 선수 필승. 공격은 최대의 방어다. 나와 드라와 스이가 처리하고 오마. 너희는 도망친 오크를 놓치지 말고 처리하도록 해라.』

응, 그럴 줄 알았어.

"그렇다고 합니다. 우리 사역마들에게 맡겨두면 괜찮습니다. 우리는 집락에서 도망쳐 나오는 오크를 놓치지 않도록 주의하죠."

그렇게 말하자 새도 워리어 면면은 정말로 그거면 되는가 싶어 당혹스러운 모양이었다.

『그럼 다녀오마. 드라, 스이, 가자.』

『이얏호! 기다렸다고!』

『스이, 열심히 할 거야!』

그렇게 말하며 페르와 드라 짱과 스이가 기세 좋게 달려나갔다.

그다음은 뭐라고 하면 좋을까.

우리 애들이 오크 정도로 애먹을 리 없으니 말이지.

서걱——.

""""""그히이이이익.""""""

수많은 오크의 단말마가 들려왔다.

오오, 저건 페르의 흙 마법인가.

지면에서 검산 같은 바늘이 광범위하게 솟아 나와 오크를 꿰뚫었다.

이 마법으로 오크의 절반 가까이가 줄었다.

"저, 저게 뭐야……."

그런 중얼거림이 들려왔다.

옆을 보니 섀도 워리어 멤버들이 입을 떡 벌리고서 오크 집락을 보고 있었다.

이 정도로 놀라면 안 되지.

그다음으로는 드라 짱과 스이의 공격이 이어질 테니까.

콰직, 콰직, 콰직, 푸욱, 푸욱, 푸욱──.

이번에는 공중에 나타난 끝이 뾰족한 기둥이 잇따라 오크를 향해 쏟아져 내려 그 몸을 꿰뚫었다.

이건 드라 짱의 얼음 마법이군.

이걸로 오크는 4분의 1 정도까지 줄었다.

풋, 풋, 풋, 풋, 풋──.

스이의 산탄이 일격 필살로 오크를 꿰뚫어갔다.

남아 있던 오크 대부분이 스이가 날린 산탄의 먹이가 되어 쓰러져갔다.

"뭐야, 저 녀석들은……."

"오크 집락이 이렇게 단시간에……."

"말도 안 돼……."

"저 사역마들 너무 강하잖아……."

섀도 워리어 멤버들이 페르들의 싸우는 모습을 보며 중얼거리고 있었다.

응, 기분은 알지만 사실이니까.

우리 애들은 전부 강하답니다.

응?

집락 끄트머리에 있던 덕분에 페르들의 공격에서 벗어났던 오크 놈들이 도망치는 모습이 보였다.

게다가 그 오크들은 우리 쪽을 향해 오고 있었다.

"집락에서 도망친 오크가 이쪽으로 오고 있습니다!"

그렇게 외치자 섀도 워리어 멤버들이 퍼뜩 정신을 차리고 제각기 무기를 꺼내 들었다.

나도 아이템 박스에서 미스릴 쇼트 소드를 꺼내 자세를 잡았다.

던전에서 트롤과 미노타우로스를 쓰러뜨렸으니, 그것들보다 격이 낮은 오크 같은 건 차분하게 대응하면 괜찮을 터다.

좋아, 오크가 온다.

"에잇."

도망쳐 온 오크의 다리를 베었다.

기세가 죽은 것을 보고.

푸욱——.

심장을 꿰뚫었다.

아자!

"으앗!"

오크를 쓰러뜨리고 방심한 순간, 옆에서 무언가가 닥쳐들어 나무에 격돌했다.

"아파라."

"크히이익."

오크가 분노한 형상으로 나를 노려보고 있었다.

"잘도 이런 짓을. 이 망할 오크 놈! 스톤 배럿, 스톤 배럿, 스톤 배럿!"

나를 날려버렸던 오크를 향해서 스톤 배럿(돌멩이)을 쏘아 날렸다.

지름 5센티미터 정도의 돌멩이가 오크에 직격했다.

"푸키이이익."

돌멩이를 맞고 비명을 지르며 무릎을 꿇은 오크.

나는 재빠르게 그 오크에 접근해 미스릴 소드로 목을 잘랐다.

"에잇."

오크의 목이 툭 떨어졌다.

"후우~."

주변을 보니 새도 워리어 면면들도 오크를 두세 마리 쓰러뜨린 모양이었다.

"이제 없나요?"

"그래, 도망쳐 온 오크는 여기 있는 게 다야."

알론츠 씨가 그렇게 말했다.

"그럼, 집락 쪽으로 가죠."

"이 오크는 어떻게 하지?"

"저 아이템 박스를 갖고 있으니까 일단 회수해두겠습니다. 어떻게 할지는 나중에 정하죠."

어떻게 나눌지는 나중에 생각하고, 일단 오크를 회수해 페르들이 있는 곳으로 향했다.

◇ ◇ ◇ ◇ ◇

오크 집락이 있던 곳에 와보니 무수한 오크의 사체가 여기저기 흩어져 있었다.

그 가운데에 서 있는 페르와 드라 짱과 스이.

응, 대단해.

다들 너무 강하다고.

섀도 워리어 멤버들은 주변 일대에 쓰러져 있는 오크의 수에 얼굴을 굳히고 있었다.

"엄청난 광경이네……."

"맞아, 이렇게 단시간에 오크 집락을 섬멸해버리다니."

"오크 집락 섬멸이라고 하면 보통은 모험가 쪽에도 피해가 나오기 마련인데……."

"그러게. 그런데 전원 상처 하나 없는 데다, 이렇게 단시간에 끝나버렸어."

뭔가, 죄송합니다.

하지만 우리로서는 지극히 평소와 다름없습니다. 예.

"그럼, 이쪽의 오크도 회수하겠습니다."

아연실색해 있는 섀도 워리어 멤버들을 무시하고, 페르와 드라 짱과 스이에게 도움을 받아가며 오크를 회수해갔다.

"후우, 끝났다."

회수가 끝났을 때, 제정신으로 돌아온 섀도 워리어 멤버들은 오크가 만든 움막을 부수고 태우기 시작했다.

알론츠 씨에게 물어보니 이런 건 부수는 것이 철칙이라고 한다.

"그대로 두면 다시 오크니 고블린이니 하는 게 자리 잡을 테니까."

과연.

"이번에는 다행히도 피해자가 없었지만, 있을 경우에는 그 시신도 태우는 게 철칙이야."

역시 그런 경우도 있는 건가…….

그야 그렇겠지.

오크나 고블린에는 암컷이 없기 때문에 다른 동물과 마물, 인간을 모판으로 삼아 수를 늘리는 수밖에 없다는 이야기는 들어 알고 있었다.

성욕이 강하며, 오크와 고블린이 특히 인간 여성을 좋아한다는 것도 들었다.

그걸 생각하면, 알론츠 씨가 말한 것처럼 피해자가 그 자리에 있는 경우도 있으리라.

그런 때 평정을 유지할 수 있을지 어떨지는 알 수 없지만, 그런 일도 있다는 것을 미리 알아두지 않으면 안 될지도 모른다.

"시신을 그 자리에서 태워버린다고 하셨는데, 가족에게 인도하지는 않는 건가요?"

"그래. 본인은 물론이고, 가족도 그런 모습은 보고 싶지 않을 테니까. 암묵의 양해라는 거야."

그런 거구나…….

오크나 고블린에게 습격받았다는 건 본인에게도 가족에게도 악몽 같은 일이겠지.

"게다가 언데드가 될 가능성도 부정할 수 없으니까, 유체는 태우는 게 철칙이지."

클레멘트 씨가 그런 말을 덧붙였다.

언데드라.

있구나. 좀비.

물어보니, 그다지 나타나지는 않지만 있기는 있다고 한다.

던전에 한해서는 그런 것만 나오는 계층도 있다고 하지만.

으에엑. 이다.

베를레앙 다음에 갈 예정인 에이블링의 던전에는 그런 계층이 없기를 바랄 뿐이다.

어라? 그러고 보니 그건 죽었을 경우의 조치잖아?

살아 있을 경우엔 어떻게 하면 되는 거지?

"피해자가 살아 있는 경우는 어떻게 하나요?"

그렇게 묻자 섀도 워리어 멤버들이 서로 얼굴을 마주 보며 떨떠름한 표정을 지었다.

"……그게 제일 비참한 경우야. 오크나 고블린에 농락당하고 제정신일 수 있겠어?"

아, 그렇구나…….

"대부분의 경우는 그 자리에서 자해해버리거나, 제정신을 잃고 신전의 보호원에 보내지게 돼. 살아 있으면 일단 데리고 돌아가지만, 과연 그게 다행한 일인지 불행한 일인지는 알 수 없지……."

신전의 보호원이라는 건 정신의 병과 신체 결손으로 혼자서는 살아갈 수 없는 사람을 보호하는 곳이라고 한다.

수는 적지만, 이 세계에도 그런 곳이 있는 모양이었다.

섀도 워리어 멤버들도 고블린 소굴 섬멸전에서 그런 장면을 한 번 마주한 적이 있다고 한다.

피해자는 겨우 10대 중반인 소녀였는데, 발견했을 때는 제정신을 잃은 상태였다는 모양이다.

그 아이는 보호원으로 보내졌고 지금도 그곳에서 지내고 있다는 이야기를 소문으로 들었다고 한다.

"그런 피해자를 늘리지 않기 위해서도 우리 모험가는 온 힘을 다해 적극적으로 이런 쓰레기 놈들을 사냥해야만 하는 거야."

마티어스 씨가 그렇게 말했다.

"그렇지. 오크와 고블린은 금방 늘어나니까. 우리는 발견하면 반드시 사냥하도록 하고 있어."

마티어스 씨에 이어 아네스트 씨가 그렇게 말했다.

이 섀도 워리어 멤버들은 험상궂은 외모를 하고 있지만 꽤 의협심이 강한 모험가인가 보다.

모험가는 마물을 사냥해 그 소재를 팔아 돈을 벌거나, 던전에 들어가 얻은 드롭 아이템 등을 팔아서 돈을 버는 직업이라는 이미지밖에 없었는데, 섀도 워리어 멤버들의 이야기를 듣고 인식을 다시 했다.

솔직히 말해서 고블린은 보기도 싫지만, 앞으로는 발견하면 사냥하도록 하자.

오크도.

그래서 조금이라도 피해가 줄어든다면 그것만 한 일이 없으니까.

움막이 전부 불탄 후, 우리는 오크 집락이었던 곳을 뒤로했다.

◇ ◇ ◇ ◇ ◇

숲을 빠져나가 가도로 나왔다.

남은 건 돌아가는 일뿐이다.

오크 집락 섬멸이 일찍 끝난 덕분에 해가 지려면 아직 시간이 있었다.

"그럼, 돌아갈까요?"

『음, 잠깐 기다려라.』

페르가 끼어들었다.

"페르, 왜 그래?"

『배고프다.』

『나도.』

『스이도.』

그러고 보니 점심시간이 지났네.

"죄송합니다만, 애들이 배가 고프다는데 식사를 하는 게 어떨까요?"

섀도 워리어 멤버들에게 그렇게 말을 걸었다.

"그러고 보니 밥을 안 먹었군. 그럼 식사를 할까?"

가도 한쪽 공터에 제각기 자리를 잡고 앉았다.

섀도 워리어 멤버들이 짊어지고 있던 가방에서 육포니 흑빵이니 하는 것들을 꺼냈다.

이렇게 말하면 뭐하지만, 그다지 맛있어 보이지 않았다.

좋아, 여기는 같은 의뢰를 받은 인연도 있으니 밥을 나눠주도록 할까.

"저기, 괜찮다면 제가 만든 밥을 드실래요? 육포 같은 것보다는 나을 겁니다."

"괜찮겠어?"

"네. 같은 의뢰를 받은 사이니까요. 잠시 기다려주세요."

메뉴는 뭘로 할까?

역시 쌀보다 빵 쪽이 좋으려나?

그렇다면…… 응, 그걸로 하자.

드랭에서 산 흑빵이 아직 잔뜩 남았으니, 그걸 써야겠다.

우선은 둥근 흑빵을 위아래로 나누듯이 자른다.

아래쪽 빵에 만들어두었던 채 썬 양배추를 올리고, 그 위에 케첩 소스를 듬뿍 뿌린 햄버그를 얹고서 위쪽 빵을 덮어주면 햄버거 완성이다.

이걸 섀도 워리어 멤버들에게 두 개씩 주기로 하자.

저런 체격이니 이 정도는 먹을 테지.

페르와 드라 짱과 스이에게는 다섯 개씩이다.

나는 한 개면 충분하다.

"드세요."

햄버거를 접시에 담어 섀도 워리어 멤버들과 페르들에게 내주었다.

페르와 드라 짱과 스이는 평소처럼 우걱우걱 먹고 있다.

그 모습을 본 섀도 워리어 멤버들도 햄버거를 베어 물었다.

"마, 맛나! 이건 뭐야? 이렇게 맛난 건 처음 먹어봐!"

알론츠 씨가 그렇게 말하고서 햄버거를 한입 가득 베어 물었다.

"맛있어! 이 고기에 뿌린 소스가 맛있어!"

클레멘트 씨도 그렇게 말하고 허겁지겁 먹고 있다.

"그래, 이 소스는 새콤하면서도 달콤하고 감칠맛도 있어서 맛있는걸! 이렇게 맛있는 걸 먹을 수 있다니, 이 의뢰 맡기를 잘했어!"

이어서 마티어스 씨도 그렇게 말하며 커다란 입으로 햄버거를 베어 물었다.

"…………."

아네스트 씨는 아무 말 없이 정신없이 먹고 있다.

섀도 워리어 멤버들도 마음에 든 모양이다.

다행이야.

『한 그릇 더.』

페르와 스이는 추가 요청이다.

드라 짱은 이제 배가 부른가 보다.

흑빵은 든든하니까.

페르와 스이에게 햄버거를 더 내주고 나도 먹기 시작했다.

음, 흑빵은 조금 딱딱하지만 괜찮은걸.

역시 햄버거는 틀림이 없다니까.

햄버거 맛있어.

섀도 워리어 멤버들은 두 개로는 부족한 모양이라 추가로 한 개씩 더 주었다.

페르와 스이도 몇 개를 더 먹고서야 만족했다.

"그러고 보니 무코다 씨는 내일 여기를 떠난다고 했던 것 같은데, 예정이 있는 거야?"

식후의 휴식을 취하고 있으려니 마티어스 씨가 그렇게 물었다.

"네. 페르가 바다에 가고 싶다고 해서, 베를레앙으로 향할 예정입니다. 바다의 도시라고 하니, 신선한 해산물이 무척 기대됩니다."

"오오, 베를레앙인가. 우리도 작년에 갔었어. 하지만 약 한 명즐기지 못했던 녀석도 있었지. 으하하하."

마티어스 씨가 그렇게 말하며 웃었다.

"맞아, 나랑 마티어스랑 아네스트는 신선한 해산물을 먹으며베를레앙을 만끽했는데 알론츠가 말이지…… 생선이 싫다며 서둘러 다른 도시로 가자고 시끄럽게 굴지 뭐야. 신선한 어패류 같은 건 먹을 기회가 그다지 없으니까 즐길 수 있을 때 즐겨야 하는데 말이야."

클레멘트 씨가 그렇게 말하면서 어이없다는 표정으로 알론츠씨를 보았다.

혹시 알론츠 씨는 생선 못 드시나?

"그러게 말이야. 바다의 도시인데 알론츠는 고기만 먹더라고.식당 사람이 바다의 도시에 와서 해산물을 못 먹는다니, 뭐 하러온 거야? 라는 표정을 지었을 정도라니까. 그건 진짜 웃겼어."

아네스트 씨가 그렇게 말하며 으하하 하고 웃었다.

"해산물 비린내가 도무지 나랑은 안 맞는다고. 나는 이제 바다의 도시에는 두 번 다시 안 갈 거야. 밥은 역시 고기가 최고라고."

알론츠 씨가 그렇게 중얼거렸다.

해산물, 맛있는데.

"그건 그렇고, 베를레앙에 가면, 항구 근처에서 열리는 아침 시장에는 꼭 봐야 해. 신선한 해산물을 싸게 구할 수 있는 데다, 그 주변에는 노점도 많거든. 가보는 걸 추천할게."

마티어스 씨가 그렇게 가르쳐주었다.

호오, 아침 시장이라. 좋은 얘기를 들었군.

신선한 해산물을 싸게 구할 수 있는 데다 노점도 많다니, 그건 반드시 가야만 하겠어.

"어이, 그거, 베를레앙의 명물인 그 생선도 맛있었잖아. 이름이 뭐였더라?"

아네스트 씨가 그렇게 말하며 기억해내려고 "그거 말야, 그거"라고 중얼거렸다.

"타이런트 피시잖아."

마티어스 씨가 도움의 손길을 내밀자 아네스트 씨가 "맞아 맞아"라며 무릎을 쳤다.

"확실히 그것도 마물의 일종이지? 겉보기엔 흉포한 얼굴을 하고 있으면서, 먹어보면 담백한 흰 살이 맛있다니까."

아네스트 씨가 그 타이런트 피시라는 것의 맛을 떠올렸는지 고개를 끄덕이며 그렇게 말했다.

"베를레앙의 우락부락한 어부들밖에 잡을 수 없는 거라, 그 도시의 명물이야. 무코다 씨도 가면 꼭 먹어보는 편이 좋을 거야. 엄청나게 맛있으니까."

클레멘트 씨가 그리 말하며 내게 추천해주었다.

타이런트 피시라, 기억해둬야지.

"그리고 그 조개, 그러니까 빅 하드 클램인던가? 그 수프도 맛있었지."

자세히 들어보니 빅 하드 클램이라는 건 내 손바닥 크기의 쌍각류 조개인 모양이었다.

대합 같은 거려나?

국을 끓이면 국물이 맛있겠는걸.

간장을 살짝 뿌려서 구워 먹어도 맛있을 것 같고.

해산물 BBQ에도 좋을 것 같다.

추르릅…… 군침이 나올 것 같아.

페르들에게 맞춰서 고기만 먹은 탓에 나는 해산물에 굶주려 있다고.

베를레앙에 가면 신선한 해산물을 마구 먹어줄 테다!

"아, 무코다 씨한테 베를레앙 이야기를 했더니 또 가고 싶어졌어."

"맞아, 해산물 먹고 싶네."

"그러게, 먹고 싶잖아."

클레멘트 씨와 마티어스 씨와 아네스트 씨가 제각기 그렇게 말했다.

그러자 곧바로 알론츠 씨가 "농담하지 마"라며 끼어들었다.

"바다 같은 덴 안 갈 거야. 다음은 에이블링에 간다고 했었잖아."

알론츠 씨는 해산물이 무척이나 싫은가 보네.

"으하하하, 알론츠 그렇게 화내지 마. 해산물을 먹고 싶다는 얘기일 뿐이잖아. 다음은 예정대로 에이블링에 갈 테니까 걱정하지 말라고."

"그래, 맞아. 오랜만에 가는 던전이니까, 실력 발휘를 해봐야지."

"그렇지. 이번에는 한동안 체재할 예정이니까, 크게 벌어보자고."

오, 섀도 워리어는 이다음에 던전 도시 에이블링으로 갈 예정인 건가?

"여러분은 네이호프에서 에이블링으로 가시는 건가요?"

"그래. 앞으로 4, 5일 네이호프에 머물고, 그다음은 에이블링으로 갈 예정이야."

"그거 우연이네요. 우리도 베를레앙 다음에 에이블링으로 갈 예정이거든요."

"오오, 그래? 이번에 우리는 진득하게 던전에 도전하자고 얘기를 나눴으니까 장기 체재가 될 거야. 에이블링에서 무코다 씨 일행과 재회할 수 있을지도 모르겠네."

클레멘트 씨가 그렇게 말하자 마티어스 씨가 "던전 안에서 갑자기 다시 만날 수도 있겠어"라고 대꾸했다.

"던전 안에서 재회, 그럴지도 모르겠네요. 실은 말이죠……."

드랭 던전에서 알고 있던 모험가 '아이언 윌(철의 의지)' 멤버와 재회했던 때의 일을 이야기했다.

섀도 워리어 멤버들은 이전에 에이블링 던전에 들어가 본 적이 있는지, 그런 점에서도 이런저런 이야기를 들을 수 있었다.

던전 이야기로 한참을 떠들다 보니 어느샌가 시간이 한참 지나 있었다.

오크 섬멸이 빠르게 끝났다고는 해도 이제 그만 돌아가야 한다.

"그럼, 이제 슬슬 돌아갈까요?"

올 때와 마찬가지로 스이에게 크게 변해달라고 부탁했고, 그 위에 섀도 워리어 멤버들을 태우고서 우리는 도시로 돌아왔다.

◇ ◇ ◇ ◇ ◇

섀도 워리어 멤버들과 함께 모험가 길드로 들어가자 곧바로 길드 마스터인 예란 씨가 나타났다.

"어라? 벌써 끝난 겐가?"

"네. 완벽하게 섬멸하고 왔다고요. 그렇다고 해도 우리는 거의 할 일이 없었지만요."

알론츠 씨가 그렇게 말하며 쓴웃음을 지었다.

거의 페르와 드라 짱과 스이가 쓰러뜨렸으니 말이다.

"매입을 부탁드리고 싶은데, 수가 많아서요."

섀도 워리어 멤버들은 아이템 박스를 가진 사람이 없기 때문에 전부 팔겠다고 했다.

나로서도 내일까지 해체해 받을 수 있는 양을 고기로 손질해 돌려받고 싶다.

"그런가. 그럼 창고로 가볼까?"

우리는 예란 씨의 뒤를 따라 창고로 향했다.

◇ ◇ ◇ ◇ ◇

"여어, 오늘은 무슨 일입니까?"

우리가 창고로 들어가자 호레스 씨가 있었고, 그렇게 물었다.

마침 해체가 끝난 참이었는지 손을 씻고 있었다.

"알론츠 씨랑 여러분도 아까 이야기하셨던 대로 하면 될까요?"

도시로 오는 도중에 나와 섀도 워리어 멤버들은 아이템 박스에 넣어둔 오크를 어찌 나눌지와 의뢰 보수를 어찌 나눌지에 관해 이야기를 나누었고 결론을 맺었다.

"그래, 그대로면 돼. 너희들도 괜찮지?"

알론츠 씨가 다른 멤버들에게 그리 물었다.

"그럼, 물론이지. 너무 많이 받는 느낌이 들 정도인걸."

"여기서 불평을 말하면 벌 받을 거야."

"진짜 그렇다니까."

클레멘트 씨와 마티어스 씨와 아네스트 씨가 그렇게 답했다.

"호레스 씨, 내일 아침까지 오크를 얼마나 해체할 수 있으신 가요?"

호레스 씨에게 그리 묻자 "노력하면 열다섯 마리려나?"라는 대답이 돌아왔다.

"그럼, 이 열다섯 마리를 부탁드립니다. 그리고 말이죠, 고기는 제게, 그 이외는 매입을 부탁드리고 싶습니다. 그리고 그 매매 대금은 이쪽 섀도 워리어 여러분께 지급해주셨으면 합니다. 서로 이야기를 해서 그렇게 정했거든요."

아이템 박스에서 오크를 열다섯 마리 꺼내며 호레스 씨에게 그렇게 이야기를 전했다.

"고기는 무코다 씨한테, 그 이외의 매입 대금은 섀도 워리어에게 지불하라는 거지? 알았어."

내가 꺼낸 오크를 살피면서 호레스 씨가 그렇게 말했다. 나와 섀도 워리어 멤버들과 이야기를 나누어 정한 것은 다음과 같다.

우선은 나로서는 고기가 필요하니, 일단 내일 아침까지 해체할 수 있는 양은 해체해서 받았으면 좋겠다.

그 해체한 오크에 관해서는, 고기는 내가 그 외의 매입 대금은 섀도 워리어가 갖는다.

남은 오크에 관해서는, 처음에는 섀도 워리어 멤버들과 똑같이 반씩 나누어 가지려고 했는데 그건 안 된다며 거절당했다.

"한 일이 거의 없으니까 그렇게 많이 받을 수는 없어."

섀도 워리어 네 사람 모두 제각기 그렇게 말했다.

그래서 이야기를 나눈 결과, 내가 3분의 2를 받고 섀도 워리어가 3분의 1을 받기로 정했다.

그래도 섀도 워리어 멤버들은 "우리가 받는 몫이 너무 많은데"라고 중얼거렸지만.

나로서도 페르 덕분에 그야말로 다 쓸 수 없을 만큼의 돈이 있으니까.

그리고 우리에게는 돈보다 고기 쪽이 중요하다.

그 고기도 오크 수가 너무 많아서 일부만 해체해 받게 되었지만.

"아, 여러분 몫인 3분의 1은 여기서 전부 팔 셈이신 거죠?"

"그래. 우리들 중에는 아이템 박스를 가진 사람도 없고, 현재로
는 매직 백도 없으니까."

3분의 1이라고 해도 오크의 수가 꽤 되는 데다, 섀도 워리어 멤
버들에게는 보존 방법이 없었다.

그래서 네이호프의 모험가 길드에서 전부 팔 생각이라고 했다.

"그렇다고 하네요. 호레스 씨, 수가 꽤 많은데 꺼내도 괜찮을
까요?"

"섀도 워리어 몫의 오크는 여기에 팔겠다는 건가?"

"그래, 부탁해."

호레스 씨에게 안내를 받아 창고의 한쪽 공간에 오크를 꺼냈다.

이번 오크 집락 섬멸로 우리가 얻은 것은 오크 제너럴×6, 오
크 리더×18, 오크×179다.

그중에서 오크 15마리를 제외한 3분의 1에 해당하는 오크 제너
럴×2, 오크 리더×6, 오크×54를 섀도 워리어의 몫으로, 남은
건 내 몫이 되었다.

"그러니까, 이게 섀도 워리어의 몫입니다. 오크 제너럴×2, 오
크 리더×6, 오크×54 맞죠? 알론츠 씨들도 확인해주세요."

"아까 무코다 씨가 꺼낼 때 확인했으니까 틀림없어."

"맞아, 우리도 확인했으니까 분명해."

수는 틀림이 없는 모양이다.

"우리는 네이호프에 앞으로 4, 5일은 체재할 예정이니까, 무코
다 씨에게 가야 할 몫을 우선해줘."

알론츠 씨가 호레스 씨를 향해서 그렇게 말했다.

"알았어. 그럼, 무코다 씨 몫은 내일 아침까지 건넬 수 있도록 해놓을 테니까, 가지러 와줘."

"알았습니다."

내일 이 도시를 떠나기 전에 여기 와서 고기를 회수해야지.

"매입 이야기는 끝난 겐가?"

매매 이야기가 끝났을 때를 계산해 예란 씨가 그렇게 말했다.

"무코다 씨가 내일이면 이 도시를 떠난다고 하니, 이 자리에서 보수를 지불하겠네. 그래서 이번 의뢰 보수 말이네만 금화 180 닢일세. 섀도 워리어도 있으니 금화로 준비했네만, 괜찮겠나?"

섀도 워리어 멤버들도 있으니, 확실히 금화 쪽이 좋을지도.

"네, 괜찮습니다. 여러분도 괜찮으신가요?"

"보통은 금화 아냐?"

마티어스 씨가 의아하다는 얼굴을 하고서 그렇게 물었다.

"저기 말이죠, 금화로 받으면 너무 많아서 무겁기 때문에 지금 까지는 대금화로 받거나 했습니다."

내가 그렇게 말하자 섀도 워리어 멤버들이 놀란 표정을 하고서 "역시 A랭크는 다르네"라는 말을 했다.

"그럼 여기 있네."

예란 씨가 금화가 담긴 자루를 내 앞에 두었다.

"그럼 금화 180닢의 3분의 1이니까, 금화 60닢이 섀도 워리어 의 몫이네요."

나는 자루 속에서 금화 60닢을 세서 알론츠 씨에게 건넸다.

"뭔가 미안하네. 우리가 나설 자리가 거의 없었는데, 이렇게 받아버려서."

"아뇨 아뇨, 그렇게 얘기하면 저도 거의 나설 자리가 없었으니까요. 아니, 그건 늘 그렇지만요. 애들이 강해서."

그렇게 말하고 창고 구석에서 자고 있는 페르들을 보았다.

"아아. 그 강함은 반칙 수준이었어. 역시 펜리르라고 해야 하려나."

"알론츠, 펜리르만이 아니라고. 저 조그만 드래곤도 강했다고."

"클레멘트, 그렇게 말하면 저 슬라임도 엄청나게 강했잖아. 슬라임이 그렇게나 강할 거라고는 생각 못 했어."

알론츠 씨와 클레멘트 씨와 마티어스 씨가 서로 그렇게 말했다.

"요컨대 무코다 씨네 사역마는 전부 강하다는 거잖아."

아네스트 씨가 그렇게 말하자 "확실히"라고 대꾸하는 알론츠 씨와 클레멘트 씨와 마티어스 씨.

"그럼 내일은 일찍 이 도시를 떠날 예정이니까, 그만 돌아가 보도록 하겠습니다."

"그래, 우리는 한발 앞서 에이블링 던전에 도전하고 있겠어."

"네. 에이블링에서 만나게 되면 또 이것저것 가르쳐주세요."

그리하여 우리는 섀도 워리어 멤버들과 헤어져 모험가 길드를 뒤로했다.

집으로 돌아와 밥을 먹기로 했는데, 어떤 메뉴로 할까 망설여졌다.

그 이유는 이 집의 호화로운 주방을 쓸 수 있는 것도 오늘이 마지막이기 때문이었다.

내일은 아침 일찍 이 도시를 출발할 예정이니, 아침밥은 만들어둔 것으로 간단히 끝내려고 한다.

으음, 마지막으로 좀 호사스러운 걸 만들어볼까.

뭘 만들까 생각하다 떠올린 것이 소금 가마 구이였다.

꽤 오래전이지만 재미있어 보여서 한 번 만들어본 적이 있단 말이지.

그때는 돼지고기를 썼는데, 살짝 실패했었다.

레시피대로 만들었는데 고기가 약간 짰다.

나중에 인터넷에서 찾아봤더니, 양배추나 양상추로 고기를 감싸서 소금이 직접 고기에 닿지 않게 하는 레시피도 있었다.

전에 만들었을 때를 생각하며 이번에는 양배추로 싸는 방법을 써서 만들어보기로 했다.

재도전이다.

이번에는 블러디 혼 불 고기를 쓰려고 한다.

우선은 인터넷 슈퍼에서 재료 조달이다.

소금 가마에 쓸 굵은 소금과 달걀, 양념은 좀 좋은 걸 쓸까 싶어 천연 소금과 그라인더가 달린 흑후추와 생 로즈마리를 구입했다.

좋아, 만들어볼까.

우선은 고기를 감쌀 양배추를 살짝 데친다.

소금 가마 구이에 쓸 소금은 달걀흰자와 소금을 한데 넣고 꽉

쥐었을 때 뭉쳐질 정도가 될 때까지 손으로 섞는다.

소금 가마 구이에 쓸 소금 준비가 끝나면 블러디 혼 불 고기에 천연 소금과 흑후추를 뿌리고, 고기 위에 손으로 자른 생 로즈마리를 얹는다.

그런 다음 밑간한 고기를 데친 양배추 잎 여러 장으로 감싼다.

쟁반에 쿠킹 포일을 깔고, 그 위에 소금 가마가 될 소금을 고깃덩어리보다 조금 크게 펼치고 양배추로 감싼 고기를 올린다.

다음은 고기가 보이지 않도록 소금 가마의 소금을 빈틈없이 덮으면 된다.

그리고 예열한 오븐으로 구워준다.

200도로 구워야 하는데, 이곳 주방의 오븐도 마도 버너와 일체화된 타입이라서 그 부분은 상태를 보아가며 굽는다.

주방의 비어 있는 공간에 내 마도 버너도 꺼내놓고 그 오븐도 함께 써서 구웠다.

두 개의 오븐으로 블러디 혼 불 고깃덩어리를 각각 여섯 개씩 굽는다.

조금 많은가 싶기도 했지만, 남으면 아이템 박스에 넣어두면 되겠지.

"이제 슬슬 다 됐으려나."

구워진 소금 가마 구이를 오븐에서 꺼내서 살짝 식기를 기다린다.

식기를 기다리는 사이에 소스를 만들자.

그대로도 맛있겠지만, 홀 그레인 머스타드 소스가 잘 맞을 것 같으니 그걸 만들기로 했다.

냄비에 홀 그레인 머스타드, 맛술, 간장을 넣고서 한 번 끓인 다음 식혀서 올리브 오일을 살짝 더해주면 완성이다.

열기가 좀 식었으려나?

응, 이제 괜찮을 것 같네.

식칼 자루로 소금 가마를 툭툭 두드려서 깬다.

허브의 좋은 냄새가 피어올랐다.

갓 구워진 블러디 혼 불 고깃덩어리에서 양배추 잎을 벗겨내고 위에 올렸던 로즈마리도 제거한다.

고깃덩어리를 잘라보니 안은 옅은 분홍색을 띠고 있는 것이 괜찮은 느낌이었다.

끄트머리를 맛보니…….

"맛있어."

허브 향이 코를 빠져나갔다.

소금 간도 적당하다.

고기도 촉촉하고 부드럽게 익어 절묘했다.

이대로도 충분하겠는걸.

이번 소금 가마 구이는 대성공이다.

역시 양배추 잎으로 감싼 게 정답이었나 보네.

일단 페르들 몫으로 고깃덩어리를 하나씩 잘라서 접시에 담았다.

처음에는 소스 없이 그대로 맛보게 해야지.

내 몫도 조금 잘라서 접시에 담았다.

남은 소금 가마 구이는 아이템 박스에 넣어두었다.

소금 가마 구이를 담은 접시를 왜건에 실은 다음, 배를 주리며 기다리고 있는 모두에게로 갔다.

"오래 기다렸지?"

『기다리다 지쳤다.』

페르가 불퉁한 표정을 하고서 그렇게 말했다.

"미안 미안. 아니, 여기의 호화로운 주방도 오늘이 마지막이라고 생각하니까, 뭘 좀 만들고 싶어져서. 그 대신 맛있는 걸 만들어 왔으니까 좀 봐줘."

그렇게 말하고서 나는 페르와 드라 짱과 스이 앞에 소금 가마 안에서 먹음직스럽게 익은 블러디 혼 불 고기를 담은 접시를 내주었다.

『오오, 맛있어 보이는 고기로군.』

『응응, 뭔가 좋은 냄새가 나.』

『맛있어 보여.』

"이번에는 괜찮게 구워졌으니까 먹어봐."

그렇게 말하자 모두가 먹기 시작했다.

『으음. 이건 맛있구나.』

그렇게 말하며 페르가 허겁지겁 먹었다.

『이 고기 부드럽고 맛있잖아.』

드라 짱도 그렇게 말하며 고기를 한입 가득 먹었다.

『이 고기 좋은 냄새가 나고 맛있어~.』

그렇게 말하고서 스이가 기뻐하며 고기를 삼켰다.

허브 향도 괜찮게 밴 것이 생 로즈마리를 쓴 건 성공적이었다.

뭐, 귀찮을 때는 허브 솔트를 뿌리고 소금 가마로 굽기만 해도 괜찮을 것 같지만.

그럼 나도 먹어볼까.

냠.

응응, 촉촉하고 부드럽고 맛있어.

얼마든지 먹을 수 있을 것 같아.

소금 가마 구이 대성공이라 다행이야.

이 소금 가마 구이는 오크라든가 록 버드로 만들어도 맛있겠는걸.

아, 곧 베를레앙에 가니까 생선 소금 가마 구이를 해 먹어도 맛있겠다.

『한 그릇 더.』

예이예이.

아이템 박스에서 소금 가마 구이를 꺼냈다.

『음? 그건 뭐냐?』

소금을 떼어내지 않은 소금 가마 구이를 본 페르가 이상하다는 표정을 지었다.

"이 안에 방금 먹은 고기가 있는 거야. 이렇게 식칼 손잡이로……."

식칼 손잡이로 소금 가마를 툭툭 두드렸다.

깨진 소금 가마를 치우자…….

"자, 고기가 나왔지? 이 안에서 쪄지면서 구워져서 촉촉하고 부드러운 고기가 된 거야."

『과연. 그래, 이번에는 그걸 두툼하게 썰어다오.』

『두툼하게라. 그거 좋은데? 나도 그렇게 해줘.』

『스이도.』

사람이 설명을 하고 있는데 너희들은 먹을 게 먼저냐.

나는 모두의 주문대로 고기를 두툼하게 잘라서 홀 그레인 머스타드 소스를 뿌려 내주었다.

『오옷, 이 찌릿한 게 이 고기랑 잘 맞는구나. 음, 맛있다.』

『진짜네. 찌릿하고 맛있어.』

『찌릿하지만, 이 정도는 스이도 괜찮아. 맛있어~.』

모두 홀 그레인 머스타드 소스도 마음에 든 모양이다.

어디 어디, 나도 한 입.

으음, 맛있어.

홀 그레인 머스타드의 오독오독한 식감과 찌릿한 매운맛이 악센트가 되어주네.

『후우~ 배불러. 더는 못 먹어.』

드라 짱이 고깃덩어리의 절반을 먹고는 기브 업.

드라 짱에게는 커다란 고깃덩어리 두 개는 너무 많았나 보다.

『그럼 스이가 먹을래~.』

그렇게 말하고서 스이가 드라 짱이 남긴 걸 날름 먹어버렸다.

물론 그걸로 충분할 리 없는지라…….

『한 그릇 더.』

페르와 스이의 추가 요청이 계속되었다.

결국 페르도 스이도 고깃덩어리를 각각 네 개씩이나 해치워버렸다.

하나로도 크기가 꽤 되는 고깃덩어리였는데.

일단 두 개는 남았으니 다행이라고 해두자.

오늘도 열심히 해준 모두에게는 식후의 디저트를 줘야겠지?

페르에게는 딸기 쇼트케이크를 홀 케이크 S사이즈로, 드라 짱에게는 푸딩 선데이 딸기와 바나나와 늘 먹는 푸딩과 슈크림, 스이에게는 초콜릿 케이크 위에 과일이 잔뜩 올라가 있는 홀 케이크 S사이즈를 골랐다.

"오늘도 열심히 해줬으니까, 자, 여기."

『그래.』

페르는 "그래"라며 어딘가 뻐기듯이 말하지만 기뻐 보였다.

『아자, 푸딩이다!』

드라 짱은 푸딩을 먹을 수 있어 기쁜가 보다.

『초콜릿 케이크다 만세!』

스이도 기뻐 보인다.

나는 기뻐하며 케이크를 먹는 모두를 바라보며 드립백으로 끓인 커피를 마셨다.

내일은 이 호화 저택과도 안녕이구나.

엄청나게 살기 좋았는데.

뭐, 돈은 있으니, 베를레앙에서도 집을 빌리도록 할까.

"나는 해야 할 일이 있으니까, 드라 짱이랑 스이는 먼저 자도 돼."

욕실을 나와 드라 짱과 스이에게 그렇게 말한 다음 우리가 쓰는 침실과는 다른 방으로 들어갔다.

슬슬 일주일이 지나가고 내일이면 다시 여행을 시작하게 되니, 예의 임무를 해두려고 생각한 것이다.

"여러분, 계십니까?"

그렇게 부르자 신들의 『기다렸습니다』라고 하는 소리가 들려왔다.

"내일은 베를레앙으로 가야 하니까, 오늘 중으로 원하시는 걸 들어드리겠습니다."

여행 도중이면 귀찮아지니까.

그래서 가능하면 지금 끝내두고 싶은 것이 본심이었다.

『음, 귀찮다니 그냥 듣고 넘길 수가 없구나. 이 몸들 신에게 공물을 마치는 신성한 행위를 무엇이라 생각하는 것이냐!』

내 생각을 읽은 것인지 닌릴(유감 여신) 님이 그렇게 물고 늘어졌다.

신성한 행위?

이게 신성한 행위인 거야?

아무리 봐도 신들이 조르는 걸 들어주고 있다고 밖에 생각되지 않는데.

『조르다니…… 우으으. 부정할 수 없구나.』

뭐야? 스스로도 자각하고 있었잖아?

뭐, 어쩌니저쩌니해도 신들과는 질긴 인연 같은 거니까, 상관 없지만.

그보다 얼른 끝내고 자고 싶은데.

내일은 일찍 출발해야 하니까.

『으음, 이것저것 하고 싶은 말이 있지만, 해야 할 것이 많으니 말이다. 이 몸은 평소처럼 후미야의 케이크이니라.』

정말이지 질리지도 않네.

인터넷 슈퍼의 후미야 메뉴를 열었다.

"후미야의 케이크라면 쇼트케이크 메뉴 중에서 순서대로 다음 쇼트케이크가 하나랑…… 다음은 이 치즈 케이크를 잘라둔 걸 세 개, 이건 치즈 케이크라도 종류가 다르니까. 남은 건…… 이쪽 홀 케이크로 할게요. 조금 큰데 괜찮을까요?"

어라?

닌릴(유감 여신) 님의 반응이 없는데?

평소라면 새로운 케이크를 보고 요란을 떨 텐데.

『…………뭐, 뭐, 뭐, 뭐뭐뭐뭐냐 이거언?! 이, 이렇게 꿈만 같은 케이크가 있었던 것이냐?』

닌릴(유감 여신) 님, 평소와 다름없으셨습니다.

홀 케이크를 보고 지나치게 흥분하신 모양입니다.

"이 중에 제일 작은 사이즈라면 한 개 가능합니다. 어디, 지름 14.5센티미터니까…… 이 정도 크기의 둥근 케이크예요."

그렇게 말하며 손으로 이 정도라고 표시해 보였다.

"제일 작은 사이즈라고 해도 평소의 쇼트케이크에 비하면 큰데, 괜찮으시겠어요?"

『물론 괜찮으니라! 그보다 어서 커다란 케이크를 보내거라!』

보내거라, 가 아니라고. 그 전에 종류를 골라줘야지.

『음. 종류는, 이번에도 처음부터 순서대로 부탁한다!』

쇼트케이크와 같은 패턴인가.

그렇다는 건, 이거란 말이지.

겉보기엔 딸기 쇼트케이크인데, 스펀지 사이에 과일이 끼워진 케이크.

『므흐흣~ 므흐흣~.』

어째선지 닌릴(유감 여신) 님이 이상한 소리를 내며 웃고 있는데.

본 적 없는 닌릴(유감 여신) 님이 어떤 얼굴을 하고 있는지는 알 수 없지만, 분명 칠칠치 못한 표정으로 홀 케이크를 탐내고 있으리라는 건 상상이 되는걸.

정말이지 유감스러운 여신님이야.

그런 유감스러운 여신님은 내버려 두고, 다음이다. 다음.

『다음은 당연히 나, 키샤르야. 그보다 닌릴이 기분 나쁜 얼굴로 웃고 있는데?』

"그런 거 전 모릅니다. 거기까지 책임질 수 없다고요. 물건을 그쪽으로 보내면 제정신을 차리지 않겠습니까?"

닌릴(유감 여신) 님은 케이크가 눈앞에 나타나면 바로 달려들 테니까.

『그것도 그러네. 그럼 내가 바라는 건~ 으음, 딱히 없는데…….
저기, 미용에 좋은 물건 중에 추천할 만한 거 없어?』

미용에 좋은 거라.

음, 우리 누나에게 들은 바로는 에센스가 중요하다고 했었는데.

클렌징, 세안, 스킨, 로션, 크림은 당연하고, 피부 결을 좋게 만들려면 에센스가 중요하다고 역설했었지.

윤기니 안티 에이징이니 하는 목적에 따라 고를 수 있으니까 효과도 높다고 했었다.

그러고 보니 누나는 이 성분이 어떠니 저 성분이 새로운 성분이라 효과가 있을 것 같다느니, 미용 잡지를 보면서 진지하게 다음에 무얼 쓸지 골랐었는데.

"에센스 같은 건 어떨까요? 스킨 다음에 쓰는 것 같던데, 목적에 따라서 골라 쓸 수 있어서 효과도 좋다고 했던 것 같아요."

『효, 효과가 좋다고?! 그거, 그 에센스를 부탁할게!』

키샤르 님은 이번에도 덥석 달려드시는군요.

인터넷 슈퍼에 있는 에센스를 살펴보았다.

"목적에 따라 다양하게 있는 것 같은데, 뭐가 좋을까요? 피부 건조라든가 안티 에이징…… 그러니까 주름이라든가요. 그리고 미백이라고 기미나 탄 피부에 효과가 있는 것도 있는데요."

『주, 주름…….』

키샤르 님, 주름이 신경 쓰이는 거야?

젊은 여신님이라는 이미지였는데, 꽤 아줌마인 건가?

『잠깐, 나는 아줌마가 아니야! 탱탱하다고!』

키샤르 님이 그렇게 말하자 다른 신들이 『네가 탱탱한 거면 여기 있는 모두가 탱탱이야』라는 딴죽을 넣었다.

『젠장, 입들 다물어! 이세계인 군, 피부에 탄력을 가져다줄 만한 게 없을까? 예뻐져서 이 녀석들이 찍소리도 못하게 해줄 테야!』

키샤르 님도 피부 상태가 달라지는 걸 신경 쓸 나이라는 건가요?

그렇다면…….

"이건 어떨까요? 은화 다섯 닢이라 좀 비싸기는 하지만, 안티에이징 미용 성분이 들어가 있는 에센스인가 봐요."

『그거, 그걸로 부탁할게!』

예예, 알겠습니다.

하지만 돈이 남는데.

"남은 은화 한 닢은 어떻게 할까요? 다음번에 더해서 쓰셔도 되는데요."

『그럼 다음에 부탁할게.』

키샤르 님은 은화 한 닢을 다음번으로 이월하는 걸로.

『다음은 나지? 아그니인데, 지난번과 같은 맥주를 부탁할게! 평범한 것도 까만 것도 지난번이랑 같은 종류로. 그게, 전부 맛있었다니까! 차게 해서 마시니까 최고였어!』

아그니 님은 지난번 선택이 매우 마음에 드신 모양이네.

각 회사의 프리미엄 맥주에 흑맥주를 더한 라인 업이었으니까.

인터넷 슈퍼에서 고를 수 있는 범위 내에서는 꽤 괜찮은 선택이었다고 스스로도 생각한다.

아그니 님을 위해 지난번과 같은 걸 카트에 넣고, 이번에는 남은 돈으로 오스트레일리아산 화이트와인을 골랐다.

좋아, 다음을 루카 님이지.

『……나도 닌릴이랑 같은 거. 커다란 케이크가 좋아.』

네네.

홀 케이크 말이죠.

단 걸 좋아하면 당연히 이 홀 케이크에 끌리겠지.

제일 작은 사이즈라도 이런 크기를 혼자 먹을 수 있을 것 같지는 않지만.

『괜찮아. 단 거 들어가는 배는 따로 있어.』

이런, 생각을 읽혔군.

단 거 들어가는 배는 따로 있다고 하는 여성의 생각은 신이든 인간이든 다르지 않구나.

루카 님을 위해서 닌릴 님과 마찬가지로 후미야에서 케이크를 골랐다.

"다음은……."

『여어, 나일세.』

『우리는 말이지, 우선은 지난번과 같은 세계 제일의 위스키야. 그걸 한 병씩 부탁해. 그것만큼은 양보할 수 없으니까.』

『그렇지. 그건 자신을 위해 마시고 싶을 만큼 최고지.』

국산 S사의 위스키가 꽤 마음에 들었나 보네.

분명 그건 제일 낮은 등급이었을 텐데.

『뭐, 뭐라? 그것보다도 맛있는 위스키가 있는 것이냐?!』

『어이, 그것보다 맛있는 위스키라니, 진짜야?』

아, 이런. 생각을 읽혀버렸어.

"아, 그게 말이죠. 제 인터넷 슈퍼에서는 그것밖에 못 사요. 그것보다 위는 그야말로 전문점이 아니면……."

『전문점이라고? 그건 외부 브랜드를 말하는 거냐?』

"뭐, 외부 브랜드에 술 가게가 있을 경우의 얘기겠지만요."

그렇게 말하자 헤파이스토스 님과 바하근 님이 자그마한 목소리로 무언가를 이야기하기 시작했다.

『그런데 자네, 레벨은 어찌 되었지?』

헤파이스토스 님이 그렇게 물었다.

레벨?

레벨이라고 해도 다음 외부 브랜드가 개방되려면 아직…………
아니, 아!

"혹시 '획득 경험치 두 배 증가' 스킬을 붙인 게 헤파이스토스
님이랑 바하근 님인가요?"

『나, 나, 나, 나는 모른다.』

『나, 나, 나, 나도 모른다고.』

……두 분, 그렇게 더듬으면 자신들이 범인이라고 말하는 거나
다름없는데요.

뒤에서 여신님들이『또 바보 같은 짓을 했군』이라든가『정말이
지 질리지도 않나 봐』같은 말을 하고 있다.

정말로 이 두 사람은 술이 엮이면 무슨 짓이든 하는구나.

뭐, 이번 건은 딱히 나한테도 있어서도 나쁜 게 아니니까 괜찮
지만.

하지만…….

"저기 말이죠. 이번에는 저한테도 나쁜 게 아니니까 특별히 아
무 말도 하지 않겠지만, 멋대로 스킬을 붙이거나 하는 건 그만두
세요. 적어도 한마디 양해라도 구하라고요."

『음, 알았다.』

『예이예이.』

알면 됐어요.

"그래서, 다른 건 어떻게 하시겠어요?"

『나는 마셔본 적 없는 게 좋다고 생각한다만, 어떤가, 전쟁의 신?』

『그래, 나도 마셔본 적 없는 게 좋아. 새로운 술을 탐구해야 하니까.』

마셔본 적 없는 거라…….

그렇다면 비교적 가격이 높은 것밖에 없는데.

남은 금액으로 살 수 있을 만한 건…… 이거려나.

"남은 금액으로는, 이거, 이 검은 병에 담긴 걸 살 수 있는데. 이거면 될까요?"

인터넷 슈퍼의 화면에 있는 국산 S사의 메스 플라스크랑 닮은 검은 병 위스키를 가리켰다.

『그건 마셔본 적 없는 거잖아? 좋다고 봐. 대장장이의 신, 어때?』

『그래, 확실히 그건 마셔본 적이 없구나. 나도 그걸로 좋다고 본다.』

그럼 이걸로 결정이다.

나는 종이 상자 제단에 각각의 신들이 바란 물건을 올려두었다.

"그러면 받아주십시오."

그렇게 말하자 종이 상자 제단 위의 물건들이 사라졌다.

곧바로 신들의 환성이 들려왔다.

드디어 끝났다.

그럼 그만 자러 갈까 싶어 방을 나서려던 때에 헤파이스토스 님의 목소리가 머릿속에 울렸다.

『그나저나, 자네 레벨은 얼마가 되었는가?』

"레벨이요? 그러고 보니 오크 집락 섬멸한 후에 확인을 안 했었네. 잠시만 기다려주세요."

【이름】무코다(츠요시 무코다)
【나이】27
【직업】휩쓸린 이세계인
【레벨】32
【체력】335
【마력】326
【공격력】303
【방어력】300
【민첩성】281
【스킬】감정, 아이템 박스, 불 마법, 흙 마법, 완전 방어, 획득 경험치 두 배 증가

　　　　　사역마(계약 마수) 펜리르, 휴즈 슬라임, 픽시 드래곤
【고유 스킬】인터넷 슈퍼,
　　　　　《외부 브랜드》후미야
【가호】바람의 여신 닌릴의 가호(소), 불의 여신 아그니의 가호(소), 대지의 여신 키샤르의 가호(소)

아, 조금 올라갔네.

오크 두 마리를 쓰러뜨렸을 뿐인데.

지난번 이빌 플랜트로 어느 정도 경험치가 쌓여 있었던 걸지도 모르겠는걸.

『32라. 미묘하구나. 조금 더 열심히 하거라.』

이 목소리는 바하근 님인가.

미묘하다는 말은 하지 말아줬으면 하는데.

『허나, 자네 베를레앙에 들렀다 던전에 간다지? 기대하마.』

『오오, 그랬지. 기대하고 있겠어.』

그런 기대를 한들.

다음 외부 브랜드를 노리고 있는 거겠지만, 술 가게가 나온다고 확신할 수는 없거든.

그 부분을 제대로 좀 알아줬으면 좋겠어.

"두 분, 다음 외부 브랜드에 뭐가 나올지는 알 수가 없거든요. 지나치게 기대하지 말아주세요."

『알고 있다. 알고 있어.』

『그럼 그럼.』

두 사람이 대답한 후에 뚝 하고 통신이 끊겼다.

가벼운 대답이었는데, 그 두 사람 정말로 알고 있는 걸까?

『이세계인, 화내지 않더구먼.』

『그래. 생각했던 대로야.』

『레벨은 올라갔지만, 40까지는 멀었던데. 허나, 던전에 간다고
하니 말일세.』

『던전에 들어가면 싫어도 레벨은 올라갈 테지.』

『그렇고말고.』

『그래, 이제 곧 외부 브랜드다.』

『외부 브랜드일세.』

『『술 가게(지)(일세)』』

『아하하.』

『으하하.』

『아하하하하하하.』

『으하하하하하하.』

다음 날 아침, 아침 식사를 마치고 우리는 일주일 동안 신세를
진 호화 저택을 뒤로했다.

참고로 아침밥은 만들어두었던 코카트리스 소보로로 만든 닭
고기 소보로 덮밥으로 했다.

밥 위에 닭고기 소보로와 달걀 소보로를 올려서 덮밥으로 만든
건데, 드라 짱과 스이는 맛있다고 해주었지만 페르는 고기가 적
고 너무 담백해서 불만인지 투덜거렸다.

그런 것치고는 몇 그릇이나 더 먹었지만.

아침밥으로는 이 정도가 딱 좋다니까.

나로서는 맛있는 아침 식사였어.

우선은 상인 길드에 가서 집 열쇠를 반납했다.

너무 이른가 생각하면서 갔는데 시간은 금이라며 상인 길드는 아침 일찍부터 업무를 시작하고 있었다.

그리고서 모험가 길드로 갔다.

우리가 모험가 길드에 들어가자 바로 예란 씨가 나왔다.

"어제 넘긴 오크 고기는 준비되었다네."

창고로 가서 부탁했던 오크 열다섯 마리분의 고기를 받았다.

"이제 바로 베를레앙으로 가는 겐가?"

"네. 그럴 셈입니다."

"그런가. 정말로 신세 많았네."

"아뇨, 아뇨. 저야말로 신세 많았습니다."

"또 기회가 있으면 이 도시에도 들러주면 좋겠네."

"네. 기회가 있으면 꼭 들르겠습니다."

"베를레앙 길드 마스터한테는 연락을 해놓을 테니, 그쪽 도시에서도 잘 부탁하네."

"네."

이리하여 우리는 네이호프를 뒤로하고, 바다의 도시 베를레앙을 향해 출발했다.

네이호프를 떠난 지 엿새가 지났다.

여행은 순조롭게 진행되고 있다.

나도 여행에 꽤 익숙해지기도 해서 페르에게 부탁해 속도를 조금 높여달라고 했다.

그런 이유도 있어 꽤 빠른 페이스로 나아갔고, 페르의 이야기에 따르면 내일 낮 무렵에는 베를레앙에 도착할 거라고 했다.

『이렇게 나아가기만 하는 것도 심심하구나.』

『확실히.』

나를 등에 태우고 달리는 페르가 중얼거리자 옆을 날고 있던 드라 짱도 동의했다.

스이로 말할 것 같으면, 평소처럼 가죽 가방 안에서 새근새근 자고 있다.

"페르도 드라 짱도 무슨 소리를 하는 거야? 순조롭게 여행이 진행돼서 좋잖아."

『그건 그렇다면, 이렇게 달리기만 하는 건 지루하다.』

『맞아 맞아. 적당한 마물이라도 공격해 오면 좋으련만, 나랑 페르가 있으니 말이지. 웬만큼 강하지 않으면 다가오려고 하지를 않는다니까.』

역시 그렇구나.

야생의 감이라고 하는 건가? 강한 자는 아는가 보네.

페르 일행과 여행하고 있으면 마물이 그다지 눈에 띄지 않고 공격해 오지도 않는다니까.

나로서는 감사한 일인데, 페르들로서는 불만인 모양이다.

『그래. 게다가 기척을 찾아봐도 대단한 게 없으니…… 응?』

"페르, 왜 그래?"

『이건 트롤인가? 무리에서 떨어진 트롤이 가도를 향해가고 있다.』

트롤이 나온 거야?

던전에서밖에 본 적 없는데, 역시 평범하게 있구나.

그 커다란 마물.

『트롤이라. 그 녀석들은 바보니까. 우리가 있어도 생각 없이 덤벼드는 것도 이해가 돼. 사냥이라고 하기에는 미묘하지만, 다녀올게.』

드라 짱이 그리 말하고 날아가 버렸다.

『어이, 드라! 치사하다! 나도 운동이 부족한 느낌이니, 내가 하겠다!』

"어, 어이, 페르!"

페르가 그렇게 말하더니 나를 태운 채로 속도를 높여 달려갔다.

"크오오오오옷."

길 한복판에 딱 버티고 선 트롤이 크게 소리쳤다.

퍼억———.

아, 죽었어.

불 마법을 몸에 두른 드라 짱에게 배 한가운데를 꿰뚫린 트롤이 뒤로 쓰러졌다.

쿠웅.

『드라! 그 트롤은 내가 발견했던 거다!』

『그런 거 몰라. 이런 건 빠른 사람이 임자라고.』

『크으으으.』

페르 등에서 내려 숨이 끊어진 트롤을 아이템 박스에 넣고 있으려니 페르와 드라 짱이 말다툼을 시작하고 있었다.

"어이어이, 싸우지 말라고. 점심에는 베를레앙에 도착한다며? 그럼 어차피 또 의뢰를 받아야 할 테니까, 그때 발산하면 되잖아."

『으음, 알았다. 드라, 그때는 내가 먼저다.』

『그런 거 모르거든.』

"드라 짱, 그렇게 말하면 안 되지."

『쳇.』

쳇이 아니라고, 정말이지.

누가 마물을 쓰러뜨릴지 같은 걸로 다투지 말라고.

페르와 드라 짱은 너무 호전적이라 큰일이야.

바하근 님의 가호 탓인가?

하지만 가호를 받기 전부터 마물한테는 가차 없었는데.

잘 모르겠지만, 아무래도 서둘러 운동 부족을 해소할 자리를 만들어줘야겠어.

그다음은 순조롭게 나아갔고, 페르가 말했던 대로 점심 무렵에는 베를레앙에 도착할 수 있었다.

A랭크의 금색으로 번쩍이는 길드 카드 덕분에 베를레앙에도 페르들을 데리고서 간단히 들어갈 수 있었다.

바다 냄새가 난다.

바다의 도시에 왔다는 실감이 드네.

그럼, 우선은 이 도시의 모험가 길드에 얼굴을 비추러 가볼까요.

레이세헬 왕국을 도망쳐 나와 숲속의 길 아닌 길을 걸은 지 2주가 지나려 하고 있었다.

　왼팔을 잃은 리오도 지금은 평범하게 움직일 수 있게 되었다.

　아니, 그 정도가 아니다. 리오에게는 정말로 큰 도움을 받았다.

　"스톤 배럿!"

　마주친 오크 세 마리를 흙 마법으로 해치웠다.

　"오크니까 팔 수 있겠지?"

　카논이 그리 말하며 오크에 손을 댔다.

　손이 닿은 오크는 아이템 박스에 수납되었다.

　"카이토, 마법 위력이 또 올라간 거 아냐?"

　리오가 그렇게 말을 걸어왔다.

　"그러게. 나도 그런 느낌이 들어. 스테이터스 오픈."

　자신의 스테이터스를 확인해보았다.

【이름】카이토 사이토
【나이】17
【직업】이세계에서 온 용사
【레벨】18
【체력】1235
【마력】1195

【공격력】 1207

【방어력】 1174

【민첩성】 1162

【스킬】 감정, 아이템 박스, 성검술, 불 마법, 물 마법, 흙 마법, 바람 마법, 빛 마법, 번개 마법, 얼음 마법

지난번에 확인했을 때보다 레벨이 하나 올랐다.

"레벨이 올랐는걸. 18이 됐어."

"대단하잖아!"

"정말. 우리 중에서는 카이토가 1등이네."

카논은 레벨 17에 스테이터스 수치로 1000을 넘는 것은 마력과 공격력이었다.

리오는 레벨 16에 스테이터스 수치로 1000을 넘는 건 마력뿐이었다.

하지만 우리가 지난 2주 만에 이렇게 레벨을 올릴 수 있었던 것은 리오 덕분이라 해도 좋았다.

"레벨을 이만큼 올린 것도 다 리오 덕분이야."

그리 말하자 카논도 동의했다.

"리오 덕분에 여러 마법을 쓸 수 있게 됐으니까. 심지어 배우지 않은 얼음 마법이라든가 번개 마법도 쓸 수 있게 됐는걸."

"그렇지 않아. 나는 생각난 걸 이야기했을 뿐이야……."

리오가 쑥스러워하며 그리 말했다.

하지만 정말로 리오 덕분이다.

리오가 마법서를 열심히 읽어주었기 때문이니까.

나와 카논은 책을 읽을 정도로 관심을 갖지도 않았고 말이다.

설령 읽는다고 해도 깨닫지 못했을지도 모른다.

나도 카논도 배운 것만이 끝이라고 생각했으니깐.

리오가 가르쳐주지 않았다면 그것이 당연다고만 생각했을 것이다.

나는 리오가 "마법에 영창은 필요 없다고 생각해"라고 말했을 때를 떠올렸다.

◇ ◇ ◇ ◇ ◇

우리 셋이서 마르베일 왕국을 향해 숲을 나아간 지 닷새째 되던 날의 일이었다.

그 무렵에는 리오의 용태도 안정되었고 왼팔은 없어졌지만 평범하게 움직일 수 있을 만큼 회복되었다.

이것도 카논과 리오 자신의 회복 마법 덕분이었다.

숲속인 만큼 여러 마물이 나타났다.

마물을 팔 수 있다는 걸 알고 있었던지라 쓰러뜨리면 가능한 한 각자의 아이템 박스에 보관해두기로 했다.

마르베일 왕국에 도착한 후의 소중한 자금이 될 테니까.

그날도 눈앞에 나타난 고블린을 바람 마법으로 쓰러뜨린 참이었다.

"보이지 않는 바람의 날이여, 적을 베어 가르라. 윈드 커터!"

고블린 정도는 이 윈드 커터 한 발로 충분했다.

"저기 나 있지, 마법에 흥미가 있어서 마법 책을 읽은 거 너희도 알지?"

리오가 그런 말을 꺼냈다.

"그러고 보니 리오는 두꺼운 책을 읽었었지."

"맞아. 나도 마법에는 흥미가 있지만, 그 두꺼운 책은 읽을 마음은 안 들던데."

"그래서 있지, 책을 읽을 때 알았는데 실은 마법 영창은 나라마다 혹은 누구에게 배웠는가에 따라 다르기도 하대."

"뭐? 그런 거야?"

리오의 이야기에 놀라는 카논.

나도 놀랐다.

마법 영창이라는 건 다 이런 거라고 생각했으니까.

다른 영창이 있으리라고는 생각도 못 해봤다.

"그리고 이런저런 책을 읽고 깨달았는데, 영창이라는 건 말로해서 마법의 이미지를 굳히기 위한 것이고, 이미지가 확실하기만하다면 꼭 필요한 건 아니지 않을까 싶어. 우리는 일본인이잖아? 그야말로 애니메이션이라든가 영화라든가 잔뜩 봐왔으니까, 이미지라면 이 세계의 사람들보다 떠올리기 쉽지 않을까?"

과연, 이미지인가.

그건 있을 수 있는 이야기일지도 모르겠다.

게다가 애니메이션이나 영화를 봐온 우리라면 이미지를 떠올리기 쉽다는 말도 납득이 갔다.

"그래서 시험 삼아 연습해봤어. 봐봐……."

그렇게 말하고 리오가 긴장한 기색으로 후우~ 한숨을 내쉬었다.

그리고…….

"윈드 커터!"

서걱──.

눈앞에 있던 잡초가 잘려 흩날렸다.

"대, 대단해."

"리오, 엄청나다."

나와 카논이 그렇게 말하자 리오가 부끄러운 듯 수줍어했다.

"여러 가지로 시험해봤는데, 아무 말도 하지 않고 마법을 발동시키면 위력도 약해지고 타이밍을 잡기가 어려웠어. 그래서 머릿속으로 마법 이미지를 떠올리고 마법명을 말하면서 날려봤더니 잘되지 뭐야. 나도 할 수 있게 됐으니까, 카이토랑 카논도 할 수 있게 될 거야."

"좋았어, 나랑 카논은 바로 연습이야."

"그래. 그 중2병 같은 영창을 하지 않을 수만 있다면 얼마든지 연습할 거야."

"아하하하, 중2병이라니. 뭐, 확실히 그렇기는 해."

"그 영창을 모두 진지한 얼굴로 말하잖아. 몇 번이나 웃을 뻔했는지 모른다니까."

"후훗, 카논도 참."

"리오는 우리가 연습하는 걸 봐줘. 그리고, 이렇게 하는 편이 낫겠다 하는 게 있으면 가감 없이 말해줘."

"그래, 맞아. 부탁할게."

"응, 알았어."

그리고 나와 카논은 하루 종일 연습을 거듭했고, 리오와 마찬가지로 마법명을 말하는 것만으로 마법을 날릴 수 있게 되었다.

◇ ◇ ◇ ◇ ◇

영창을 하지 않고 마법을 쓸 수 있게 된 것은 정말로 다행이었다.

영창을 하는 것만으로도 시간이 허비되니까.

2, 3초니 그리 대단한 시간이 아니라고 생각할지도 모르지만, 긴박한 상황에서는 그 시간이 목숨을 앗아가기도 한다.

이 숲을 이동하는 동안 그 사실을 절실하게 느꼈으니까.

마물은 기다려주지 않는다.

아무런 말도 하지 않고 마법을 날리는 것도 해보았는데, 리오가 말했던 대로 위력도 약해지고 무엇보다 타이밍이 맞지 않아 움직이는 마물에 맞추기 어려웠다.

리오가 가르쳐준 것처럼 마법명을 말하고 날리는 것이 베스트라고 느꼈다.

마법명을 말하는 것만으로 마법을 쓸 수 있게 되자, 곧 요령을 파악할 수 있었다.

마법은 이미지라고 한다면, 아직 배우지 않은 마법도 할 수 있지 않을까 하는 이야기가 나왔고, 다 함께 번개 마법이라든가 얼음 마법 같은 것도 시험해보았다.

그러자 생각대로 마법이 발동했다.

숲을 나아가면서 이것저것 시험한 결과, 우리 세 사람 모두 기본인 불 마법, 물 마법, 바람 마법, 흙 마법 외에 얼음 마법, 번개 마법, 회복 마법을 쓸 수 있게 되었다.

특히 리오는 왼팔이 없어 더는 검이나 창 같은 무기는 쓸 수 없을 것 같다며 엄청나게 열심히 마법 연습을 반복했다.

그런 보람이 있어 리오는 버프, 디 버프 마법에 신성 마법까지 습득했다.

버프, 디 버프 마법 같은 건 나도 카논도 떠올리지 못했는데, 리오는 게임 같은 데서 나오니 할 수 있으리라 생각하고 해봤다고 한다.

그런 걸 연습해서 할 수 있게 되다니 참으로 대단하다 싶었다.

게다가 이 마법은 엄청나게 의지가 된다는 걸, 나도 카논도 실감했다.

신체 능력 업과 방어력 업 마법을 걸어주면 움직임의 격이 달라졌고, 반대로 상대인 마물에 신체 능력 저하나 방어력 저하 마법을 걸면 마물의 움직임이 둔해져서 쓰러뜨리기 편해졌다.

여러 가지로 시험해본 결과, 효과는 약 10분 정도로 시간제한이 있기는 했지만 리오의 이 마법은 우리에게 큰 힘이 되어주었다.

리오는 신성 마법도 습득했는데, 이 마법이 발동하면 리오 주변이 옅은 빛으로 빛났다.

신성 마법은 언데드 계열 마물에 효과 발군이라는 하지만, 이 주변에는 언데드 계열 마물이 없었다.

하지만 마법이 발동하고 있다는 것은 효과도 있다는 뜻이리라고 본다.

언데드 계열 마물이 나오면 리오에게 열심히 힘내 달라고 해야겠다.

"카이토, 리오, 저기 봐! 숲이 끊겨 있어!"

제일 먼저 눈치챈 것은 카논이었다.

우리는 숲이 끊어진 곳까지 달려갔다.

"길이야, 길이 보여! 게다가 사람도 보여!"

숲이 끊긴 곳에 길이 보였다.

그 길 너머의 밭에서 농사일을 하고 있는 농민이 보였다.

그 모습을 보고 흥분한 카논이 뛰쳐나가려 했다.

"잠깐 기다려!"

나는 카논을 불러 세웠다.

"카이토, 왜 그래?"

"옷을 갈아입어야지."

그렇게 말하자 카논은 자신의 차림을 확인했다.

"그랬지. 이 모습으로는 아무래도……."

우리는 레이세헬 왕국의 기사와 같은 플레이트 메일을 입고 있다.

그 플레이트 메일에는 레이세헬 왕국의 문장이 또렷하게 새겨져 있었다.

게다가 그 아래에 입고 있던 옷도 숲을 지나오면서 곳곳에 구멍이 나고 심하게 더러워졌다.

우리는 미리 준비해두었던 옷과 가죽 갑옷으로 갈아입었다.

리오는 카논에게 옷을 빌려 갈아입었다.

가죽 갑옷은 겨우겨우 틈을 노려서 도시에서 구입하여 준비해
둔 것이다.

카논도 마찬가지다.

그리고 카논은 로브도 함께 준비했는지, 리오에게는 그 로브를
입혀주었다.

"좋아, 이걸로 조금은 봐줄 만해졌네."

"이 플레이트 메일은 어떻게 할 거야?"

카논이 그렇게 물어 왔다.

팔면 꽤 돈이 될 테지만, 레이세헬 왕국 문장도 새겨져 있어 아
무래도 팔기 어려울 것 같다.

"이건 아무리 그래도 팔면 안 되겠지?"

"그렇지. 돈은 꽤 될 것 같지만, 문장도 들어가 있고, 어디서 구
했느냐는 이야기가 나올 거야."

리오도 그렇게 생각하는구나.

"아깝지만, 여기에 묻고 가자."

흙 마법으로 구멍을 파고 우선은 지금까지 입고 있었던 옷을 넣
어 태웠다.

이어서 플레이트 메일을 던져 넣고 흙을 덮었다.

"그럼, 가자."

그렇게 말하자 카논도 리오도 고개를 끄덕였다.

숲을 나와 가장 먼저 눈에 띈 농민에게 말을 걸었다.

"실례합니다!"

"응? 뭐지?"

"여기는 어디인가요?"

"뭐야? 너희들 모험가야?"

"네, 이 나라에는 처음 와봤는데 길을 좀 헤매서요."

"뭐야? 랭크가 낮은 모험가인가? 조심하지 않으면 큰일 난다고."

"아직 모험가가 된 지 얼마 안 돼서요……."

"뭐, 됐어. 여기는 마르베일 왕국의 국경 마을인 람펠트 마을이야. 그 길을 따라가면 마을 입구가 보일 거고. 길드 카드는 갖고 있어? 그걸 보여주면 들어갈 수 있을 거야."

"고맙습니다."

우리는 가르쳐준 방향을 향해서 걷기 시작했다.

"좋았어! 좋아, 좋아. 마르베일 왕국에 들어왔어."

"그래, 해냈어."

"응."

크게 소리를 지르며 기뻐하고 싶었지만, 일하던 사람들이 수상쩍게 여기기라도 하면 곤란한지라 그 부분은 겨우겨우 참았다.

우리는 마르베일 왕국에 무사히 도착한 기쁨을 꾹 눌러 삼켰다.

제 3 장

바다의 도시 베를레앙

"여기가 베를레앙의 모험가 길드인가. 드랭만큼은 아니지만 꽤 크네."

이곳 베를레앙은 던전 도시만큼은 아니지만 커다란 도시인지, 클레르나 네이호프보다 모험가 길드가 컸다.

항구가 있기도 하니 인구도 나름 어느 정도 될 터였다.

어디 그럼 안으로 들어가 볼까.

마침 점심시간 무렵이라 창구도 비어 있었다.

모험가 길드는 대체로 아침과 저녁에 혼잡하니까 말이지.

바로 접수창구로 가서 길드 카드를 내밀었다.

"저기, 무코다라고 합니다. 네이호프의 길드 마스터에게서 연락이 와 있을 텐데요……."

창구에 있던 직원이 내 길드 카드를 확인하더니 "잠시만 기다려주십시오"라고 말하고 자리를 떴다.

그대로 기다리고 있으려니, 저편에서 대머리에 해적 같은 안대를 한 덩치 크고 근육이 불끈불끈한 40대 중반 정도의 아저씨가 나타났다.

우와아, 가까이에서 보니 더 크네.

이거 키가 190은 넘겠는걸.

"여어, 잘 왔어. 내가 여기 베를레앙의 모험가 길드의 길드 마스터인 마르크스라네. 예란 영감님한테는 연락을 받았지. 그럼 바로 내 방으로 가자고."

우리는 마르크스 씨를 뒤따라 갔다.

어느 길드나 길드 마스터의 방은 2층에 있는가 보다.

여기 베를레앙에서도 2층에 있는 길드 마스터의 방으로 안내되었다.

"자, 편히 앉아."

권하는 대로 2인용 의자에 앉았다.

"이야기는 이것저것 들었어. 펜리르를 사역하고 있다는 건 사실이었군. 그리고 픽시 드래곤이었던가? 나도 이야기를 들을 때까지는 그런 드래곤이 있다는 것도 몰랐다니까. 으하하하하하."

마르크스 씨가 페르와 드라 짱을 보면서 그리 말하고 호쾌하게 웃었다.

"픽시 드래곤은 엄청나게 희귀한 종인가 보더군요. 그리고 제 사역마로는 슬라임도 있습니다."

가죽 가방에 있던 스이를 안아 들며 마르크스 씨에게 보여주었다.

"그래, 그랬지. 특수 개체인 아주 강한 슬라임이라지?"

스이를 본 마르크스 씨가 고개를 끄덕였다.

"들리는 이야기로는 너희가 쌓여 있던 고 랭크의 의뢰를 받아 준다고 하던데?"

"네."

"우리도 모험가 수는 그럭저럭 되는 편이라 해결 못 하고 쌓여 있는 건 없었는데, 실은 사흘 정도 전에 이곳 항구 앞바다에 크라켄이 출몰했거든. 물고기를 잡으러 나갔던 어부들이 그 모습을 보고 바로 돌아온 덕분에 다행히 아직 피해는 나오지 않았지만……."

크라켄이라.

그 이름을 듣고 의자 뒤에 누워 있던 페르가 일어나더니 내 옆자리에 척 앉아서 이야기를 들으려 했다.

"어부들이 고기잡이를 나갈 수 없으니 어떻게든 해달라고 압박을 해 와서 말이야."

이 도시의 어부들은 거칠다고 들었으니까.

호통이라도 치고 갔으려나?

하지만 어부들로서는 고기잡이를 나갈 수 없다는 건 분명 사활이 걸린 문제일 테니까.

그야 필사적일 만도 하겠네.

"우연히 이 도시에 체재하고 있던 B랭크 모험가 파티가 있어서 이야기를 해봤는데, 육지에 사는 마물이라면 모를까 바닷속 마물은 힘들다고 거절당했어. 그래서 어쩌면 좋을까 하고 있던 참이었는데…… 받아주겠나?"

받아주겠느냐니.

그것 때문에 여기 온 건데요?

『그래. 좋다. 크라켄은 맛있으니까.』

내가 대답하기도 전에 페르가 그렇게 대답했다.

"그렇다고 합니다."

그렇게 말하자 마르크스 씨가 굳은 얼굴을 했다.

"어, 어이, 크라켄은 먹을 수 있는 건가?"

뭐? 못 먹는 거야?

페르를 보니 『먹을 수 있다. 그건 맛있지』라고 했다.

"아무래도, 먹을 수 있나 본데요……."

"그, 그런가? 크라켄을 먹는다는 이야기는 들어본 적이 없는데…… 뭐, 뭐 그건 됐어."

하긴. 일본에서는 오징어나 문어를 먹지만, 먹지 않는 나라도 있다고 하니까. 그런 거겠지.

"아무튼 의뢰는 받아주겠다는 걸로 이해하면 되겠나?"

『그래. 받겠다.』

페르가 의뢰를 받아들일 마음으로 가득하네.

"괜찮은가 봅니다."

"그런가, 그거 고맙군."

성가신 문제가 해결되어서인지 마르크스 씨의 얼굴도 밝아졌다.

"그런데, 자네 드랭의 던전을 답파했다지?"

"네, 뭐 일단은."

드랭에서 멀리 떨어진 곳이라고는 해도 역시 길드 마스터라면 알고 있는 건가.

"그래, 그런가. 그래서 좀 상담하고 싶은 게 있는데……."

마르크스 씨의 이야기는 간단하게 말하자면 던전산 물건이 남아 있다면 팔아달라는 것이었다.

아무래도 던전산 물품은 그 지역에서 거래되는 경우가 많다 보니 이 도시에까지 오는 일은 드물다는 모양이었다.

그래서 답파한 나라면 던전산 물건도 많이 획득했을 테니, 드랭에서 다 팔지 못한 게 아직 남아 있을지도 모른다고 생각해서 말을 꺼내본 것이라고 했다.

확실히 남아는 있지.

하지만 얼마나 남아 있는지는 나도 다시 한번 확인해보아야만 대답할 수 있을 것 같다.

"저기, 뭐가 남아 있는지 확인한 다음에 말씀드려도 될까요?"

"그럼, 물론이지."

"먼저 크라켄 토벌 의뢰를 마친 다음이 괜찮을 것 같으니, 그후에 남은 걸 보여드리겠습니다."

"그래, 부탁해."

아, 맞다. 상인 길드가 어디 있는지 물어봐야지.

"저기, 이 도시의 상인 길드는 어디에 있습니까?"

"왜 그러지? 상인 길드에 무슨 용건이라도?"

나는 마르크스 씨에게 사역마가 함께라 사역마와 함께 묵을 수 있을 법한 집을 한 채 빌리고 싶다는 뜻을 전했다.

그런 거라면, 하고 네이호프의 길드 마스터인 예란 씨와 마찬가지로 마르크스 씨도 소개장을 써주었다.

그걸 들고서 우리는 모험가 길드를 뒤로하고 상인 길드로 향했다.

"오오, 괜찮은데요~."

마당에 나오자 바다가 보였다.

한쪽 면이 전부 오션 뷰였다.

상인 길드의 직원인 데니스 씨에게 안내를 받아 물건을 보러 온 참이다.

상인 길드로 가서 모험가 길드의 마스터인 마르크스 씨의 소개 장을 보여주었더니 상인 길드의 길드 마스터가 나왔고, 부동산 부문을 통괄하는 데니스 씨를 소개해주었다.

그래서 데니스 씨에게 페르들과 함께 머물 수 있는 집 한 채를 일주일 정도 빌리고 싶다는 뜻을 전하자 네 개의 물건을 소개해 주었다.

그중에서 마음에 든 물건을 순서대로 구경하고 있는 중이다.

제일 좋다고 생각한 물건은 네이호프와 마찬가지로 방이 일곱 개였는데, 실제로 보니 집은 좋았지만 마당이 생각했던 것보다 좁았다.

그리고 이웃집도 가까워서 그 점이 조금 신경 쓰였다.

이번에는 정원에서 해산물 바비큐를 하고 싶은지라, 정원은 넓 은 편이 좋고, 냄새 같은 피해가 없게 옆집과도 거리가 있는 편이 감사했다.

그리고 두 번째로 좋다고 생각한 물건이 지금 보고 있는 이 집 이다.

이 물건은 방이 아홉 개로, 원래는 귀족의 별장이었다고 한다.

내부도 귀족 별장이었던 만큼 넓고 고급스럽게 만들어져 있었 다. 물론 욕조도 훌륭한 게 있었고, 주방도 마도 버너 완비에 넓 었다.

번화가와는 조금 떨어져 있지만, 페르가 있으면 그건 그다지 문제가 안 된다.

옆집과도 거리가 있고, 마당도 충분하고도 남을 만큼 넓었다.

응, 마음에 들었어.

다음은 모두가 어떻게 생각하느냐인데.

『어이, 너희들은 이 집 어때?』

페르가 갑자기 말을 하면 데니스 씨가 깜짝 놀랄 테니 모두에게 염화로 물어보았다.

『음, 나도 여유롭게 움직일 수 있는 넓이가 마음에 든다.』

『나도 마음에 들었어. 마당이 넓은 것도 좋아.』

『스이도 마음에 들었어~.』

다들 마당도 포함해서 넓은 게 마음에 든 모양이다.

집세는 일주일에 금화 73닢으로 처음에 본 물건보다는 약간 비싸지만, 그 정도의 가치는 되고 돈은 있으니 문제없다.

게다가 소개장이 있어서 금화 70닢으로 깎아준다고 한다.

좋아, 여기로 하자.

"데니스 씨, 여기로 정하겠습니다."

"그렇습니까. 감사합니다. 그럼 이야기한 대로 금화 70닢이 되겠습니다."

나는 아이템 박스에서 금화 70닢을 꺼내서 데니스 씨에게 건넸다.

"네, 확실히 금화 70닢을 받았습니다. 그럼, 이게 이 집의 열쇠입니다."

데니스 씨는 나에게 열쇠를 건네고 돌아갔다.

『좋다. 밥이다, 밥. 배가 고프다.』

『나도 엄청 배고프다고.』

『스이도 배고파.』

그럴 줄 알았어.

점심시간이 지났으니까.

"잠깐만 기다려."

밥은 넉넉하게 지어놨던 터라 남아 있고, 그리고 분명 만들어두었던 튀김이라든가 햄버그, 채소볶음 같은 게 어중간하게 남아 있었을 텐데…….

아, 있다.

채소볶음은 마늘을 쓴 양념으로 볶은 거니까, 남은 밥 위에 올려서 스태미나 채소볶음 덮밥으로 해야지.

다음은 남아 있는 튀김들을 접시에 담아 내주었다.

페르와 스이가 더 달라고 했고, 그것으로 여행을 위해 만들어두었던 음식이 전부 사라졌다.

점심 식사 후에는 시간적으로도 어중간해서 모두 자유롭게 지내기로 했다.

페르만은 『음, 크라켄을 사냥하러 가지 않는 것이냐?』 같은 말을 했지만, 그러기에는 시간이 좀.

내일 가자고 약속하고 참아달라고 했다.

결국 모두는 낮잠을 자기로 했는지, 거실에 벌렁 누운 페르에게 기대서 드라 짱도 스이도 잠이 들었다.

나로 어떤가 하면, 던전산 물품 확인을 하려고 한다.

그렇다고 해도 처음에 만들었던 목록이 있어서, 거기서 드랭에서 판 물건을 빼면 될 뿐이지만.

자, 그럼 시작해볼까.

◇ ◇ ◇ ◇ ◇

던전산 물품을 확인했는데, 꽤라고 할까 제법 많이 남아 있었다.

그보다, 잘 확인해보니 고기가 남아 있었잖아.

미노타우로스 고기가 말이지.

드롭 물품 고기는 마물에 따라 다르지만, 대단한 양은 아니다.

대량으로 소비하는 우리 기준으로는.

대부분이 1~2킬로그램 정도로 커도 3킬로그램 정도의 고깃덩어리라서 한 끼 먹기에도 부족하다.

그래서 전부 다 써버렸다고 생각했는데, 미노타우로스 고기가 열한 개 정도 남아 있었다.

좋아, 이건 저녁밥 만들 때 쓰자.

그 외에 남아 있던 걸 정리했더니, 이런 느낌이었다.

【몬스터 소재】

베놈 타란툴라의 독주머니×3, 오크의 고환×31, 트롤의 독손톱×48, 미노타우로스의 뿔×49, 미노타우로스 가죽×88, 미노타우로스의 쇠도끼×15, 오크 킹의 고환×1, 레드 오거의 마

석(중)×1, 스프리간의 마석(대)×5, 자이언트 킬러 맨티스의 낫
×38, 머더 그리즐리의 모피×21, 머더 그리즐리의 마석(대)×3,
코카트리스 날개×7, 록 버드 부리×10, 록 버드 날개×13, 패럴
라이즈 버터플라이의 마비 독 가루×27, 자이언트 도도 날개×9,
자이언트 센티피드의 외각×3, 자이언트 센티피드의 마석(대)×2,
와일드 에이프 모피×41, 킬러 호네트의 독침×286, 킬러 호네트
의 로열젤리×1, 바스키의 송곳니×1, 바스키 가죽×1, 바스키의
마석(특대)×1, 만티코어 가죽 ×1, 만티코어의 독침×1, 만티코
어의 마석(특대)×1, 구스타브 가죽×1, 구스타브의 송곳니×1,
구스타브의 등뼈×1, 구스타브의 마석(특대)×1, 자이언트 샌드
스코피온의 독침×6, 자이언트 샌드 스코피온의 마석(중)×3, 샌
드 웜의 이빨×8, 샌드 웜의 마석(대)×4, 데스 사이드와인더 가
죽×7, 데스 사이드와인더의 독주머니×5, 데스 사이드와인더의
마석(대)×3, 자이언트 샌드 골렘의 마석(특대)×1, 베헤모스 가
죽×1, 베헤모스의 마석(초특대)×1, 베헤모스(던전 보스)의 보물
상자×1, 미믹의 보물 상자(소)×1, 미믹의 보물 상자(대)×2

【보석류】
　사파이어(중간 사이즈)×1, 알렉산드라이트(중간 사이즈)×1,
옐로 다이아몬드(큰 사이즈)×1, 탄자나이트 목걸이×1

　소비한 고기와 보물 상자에 있었던 매직 아이템은 내가 쓰거나
팔거나 해서 제외했다.

해독 목걸이는 임금님에게 헌상했고.

그리고 마검 칼라드볼그도 위험하니까 제외했다.

이렇게 보니 많이 남아 있네.

여기서 얼마나 팔 수 있을지는 모르지만, 남은 것들을 옮겨 적은 목록을 나중에 마르크스 씨에게 건네기로 하자.

좋아, 이제 할 일도 없으니 던전산 미노타우로스 고기를 써서 오늘 저녁 식사 준비라도 해볼까.

그럼, 미노타우로스 고기로 뭘 만들까…….

아, 그걸로 하자.

하야시 라이스.

지난번에 카레를 만들 때 하야시 라이스의 루가 있는 걸 보고 먹고 싶다고 생각했었거든.

그렇다면, 고기가 남겠는걸.

그럼, 볼로네제라도 만들어볼까.

미트 소스 캔도 좋지만, 직접 만들면 또 다른 맛이 나니까.

게다가 이건 파스타는 물론이고, 빵에도 잘 어울린단 말이지.

핫도그용 빵 사이에 넣고 모차렐라 치즈를 얹어서 내일 아침으로 먹는 것도 괜찮을 것 같다.

남으면 남는 대로, 이건 다양한 요리에 쓸 수 있으니 말이야.

좋아, 그렇게 정했으면 우선은 인터넷 슈퍼에서 재료를 구입해야지.

하야시 라이스 재료는 단순하게 양파랑 버섯으로.

그 대신에 루는 좀 좋은 걸 골라보았다.

다른 것보다 살짝 비싼, 퐁드보의 깊은 맛을 장점으로 내세우고 있는 S사의 시리즈인 하야시 라이스 루다.

볼로네제 쪽은 우스터 소스에 케첩은 있으니까, 양파와 당근과 셀러리와 마늘, 그리고 토마토 통조림에 레드와인과 고형 수프 스톡과 월계수 잎이다.

우선은 오늘 저녁 식사의 메인인 하야시 라이스부터다.

미노타우로스 고기를 얇게 자르고, 양파와 버섯도 얇게 썰어둔다.

냄비에 기름을 두르고 달군 다음 거기에 양파를 넣어서 투명해질 때까지 볶는다.

다음으로 고기를 넣어서 가볍게 소금 후추를 뿌리고 볶는다.

고기 색이 달라지기 시작하면 버섯을 넣어서 가볍게 볶는다.

거기에 물을 더하고 거품을 걷어내면서 20분 정도 끓인 다음 일단 불을 끈다.

불을 끈 냄비에 하야시 라이스 루를 으깨서 넣고 녹인다.

다시 불을 붙이고, 걸쭉해질 때까지 끓여주면 완성이다.

응, 냄새 좋네.

살짝 맛을 볼까.

오, 감칠맛이 있고 농후해서 맛있어.

따로 양념을 더하지 않아도 이대로도 충분히 맛있다.

이건 밥이 술술 들어가겠는걸.

완성된 하야시 라이스는 식지 않도록 아이템 박스에 넣어두었다.

다음은 볼로네제다.

우선은 미노타우로스 고기를 믹서를 이용해 간 고기로 만든다.

간 고기가 완성되면 마늘을 잘게 썰고 양파와 당근과 셀러리는 다진다.

냄비에 올리브 오일과 채 썬 마늘을 넣은 다음 불을 붙이고 약한 불로 볶아준다.

마늘 향이 날 때쯤 양파와 당근과 셀러리를 넣고 함께 볶는다.

채소가 부드러워지면 간 고기를 넣고 더 볶아준다.

간 고기가 익어서 색이 변했을 때 토마토 통조림에 레드와인과 고형 수프와 월계수 잎을 넣고 토마토를 뭉그러뜨리며 끓인다.

토마토가 어느 정도 뭉그러졌을 때 우스터 소스와 케첩을 조금 넣는다.

이걸 넣으면 감칠맛이 생긴단 말이지.

가볍게 끓어오를 정도로 불을 조절하고, 타지 않도록 저어주면서 끓인다. 수분기가 어느 정도 날아갔을 때 간을 하면 완성이다.

간 고기도 듬뿍 넣었고 다져서 넣은 채소 맛도 느낄 수 있는, 건더기 많은 볼로네제다.

응, 맛있겠는걸.

어디 어디 맛을 한번…… 응, 잘됐어.

이건 냄비째로 아이템 박스에 넣어야지.

해도 꽤 저물었으니 슬슬 저녁 식사를 해도 좋을 시간이려나.

오늘 저녁은 물론 하야시 라이스다.

페르와 드라 짱과 스이 몫은 네이호프에서 산 각각의 큰 접시에 밥을 담고, 하야시를 듬뿍 뿌렸다.

내 건 평범한 접시에 담고.

역시 귀족의 별장이었던 저택이다.

여기에도 제대로 왜건이 있습니다.

왜건에 접시를 싣고 페르들이 있는 거실로 향했다.

"밥이야."

그렇게 말을 꺼내자 모두가 바로 일어났다.

『오오, 좋은 냄새가 나는구나.』

페르가 킁킁 하고 냄새를 맡았다.

『정말 그러네.』

드라 짱도 코를 움찔거렸다.

『좋은 냄새~.』

스이는 어떻게 냄새를 맡는 건지 여전히 전혀 모르겠다.

하지만 신기하게도 스이는 냄새와 맛에 민감하단 말이지.

모두의 앞에 하야시 라이스를 담은 접시를 내주었다.

페르도 드라 짱도 스이도 말없이 허겁지겁 먹고 있다.

『한 그릇 더.』

빠르다.

페르, 드라 짱, 너희 입 주변이 갈색이 되었는데…….

모두에게 음식을 더 내주자 다시 우걱우걱 먹었다.

아무 말도 안 했지만, 이렇게 정신없이 먹는 걸 보면 맛있다는 거겠지.

어디, 나도 먹어볼까.

쌀밥에 갈색 소스를 듬뿍 묻혀서 한입.

하아, 맛있어.

가끔 먹으면 맛있다니까. 하야시 라이스.

S사의 하야시 라이스 루를 쓴 건 정답이었다니까.

세일즈 포인트로 내세우고 있는 퐁드보의 깊은 감칠맛이라는 건 진짜였어.

밥이 술술 들어가잖아.

『하아~ 맛있었어~.』

드라 짱이 두 그릇째를 다 먹고서 배가 불렀는지 그렇게 말하며 대자로 드러누워 버렸다.

『한 그릇 더.』

페르와 스이는 아직 부족한가 보다.

음식을 더 담아주니 또다시 허겁지겁 먹는다.

냄비가 비어갈 때쯤이 되어서야 겨우 페르도 스이도 만족한 모양이었다.

『후우, 맛있었다.』

『맛있었어~.』

정말이지 페르도 스이도 잘 먹는구나.

꽤 넉넉하게 만들었는데 냄비가 텅 비어버렸다고.

『주인, 스이 케이크 먹고 싶어.』

그렇게 먹고서도 스이가 케이크를 달라고 졸랐다.

『그래. 식후의 디저트는 기본이다.』

페르, 뭐가 기본인데?

『푸딩, 푸딩.』

대자로 뻗어 있던 드라 짱도 벌떡 일어나 푸딩 푸딩 노래하기 시작했다.

"그럼, 오늘분인 두 개야."

하루에 두 개라고 약속했고, 오늘은 아침부터 모두 케이크류는 먹지 않았으니까.

평소처럼 인터넷 슈퍼의 후미야 메뉴를 열었다.

페르에게는 늘 그렇듯 딸기 쇼트케이크, 드라 짱에게는 푸딩, 스이에게는 몽블랑과 여름 한정 망고 레어 치즈 케이크를 골라주었다.

모두에게 내어주자 바로 먹기 시작했다.

어쩌니저쩌니해도 모두 단 걸 아주 좋아한다니까.

디저트를 맛있게 먹는 모두를 보면서 나는 식후의 커피를 즐겼다.

드디어 내일은 크라켄 토벌인가.

어떻게 되려나.

저녁에는 나와 스이와 드라 짱 셋이서 목욕을 했다.

그리고 2층으로 올라가 페르가 어디 있는지 찾자, 전과 마찬가지로 제일 큰 침실에서 자고 있었다.

어쩔 수 없는지라 페르의 이불을 꺼내주고, 나는 다른 방에서 자려고 했더니 스이가 글쎄…….

『주인, 같이 자자~.』

그런 말을 하는 게 아닌가. 거절하지 못했다.

결국 네이호프의 저택 때와 마찬가지로 모두 한방에서 자기로 했다.

방이 아홉 개인 호화 저택을 빌려놓고 어째서 다 함께 자는 건데? 라고 생각하기는 했지만, 넓은 침실인데다 침대도 크고 게다가 여행 중과 크게 다르지 않으니 됐다 싶었다.

그리고 아침 일찍 일어나 다 함께 아침 식사를 하고 바로 크라켄 토벌에 나설 예정이다.

페르도 드라 짱도 스이도 아침에 강해서, 날이 밝아오면 벌떡 일어나니까.

분명 아침밥을 거를 수 없다는 이유도 있으리라고 생각한다.

자, 그럼 아침 식사는 어제 만든 볼로네제를 써볼까?

빵으로 할 생각이었는데, 어쩐지 볼로네제 냄새를 맡았더니 참을 수 없이 파스타가 먹고 싶어졌다.

어떻게 할까…….

응, 파스타로 하자.

아침으로 먹기에는 조금 부담스러운 느낌이 안 드는 건 아니지만, 파스타는 의외로 소화에 좋은 것 같은 데다 바로 에너지로 전환된다고 들었으니까.

페르들도 먹기 편하게 이번에는 쇼트 파스타를 선택.

펜네로 해보았다.

인터넷 슈퍼에서 펜네를 사서 삶아 볼로네제 소스와 섞어 아침 식사를 했다.

펜네에 볼로네제 소스가 잘 어우러져 맛있었다.

페르와 드라 짱과 스이에게도 호평을 받았다.

아침 식사를 마치고, 우리는 크라켄 토벌에 나섰다.

항구에 도착한 건 좋은데…….

크라켄을 잡아본 경험이 있는 페르가 있고, 페르도 자신만만하기에 뭔가 방법이 있으리라 생각했었는데.

크라켄이 있는 곳이 항구 앞바다란 말이지.

어쩌지?

그리고 보니 자세히는 물어보지 않았었는데, 페르는 어떻게 크라켄을 잡았던 거야?

"저기, 페르는 전에 크라켄을 어떻게 잡았어?"

『음? 언덕 위에서 바다에 있는 크라켄을 향해 번개 마법으로 전기 공격을 날려줬다.』

…………언덕 위, 에서?

"어, 어이, 언덕 위에서라니. 거기서 크라켄이 보였단 말이야?"

『그래. 언덕에서 가까웠다.』

…………

이 멍텅구리가.

어제 마르크스 씨의 이야기를 페르도 함께 들었잖아?

그때 크라켄은 앞바다에 나온다고 했다고.

"어이 어이, 어쩔 거야? 이번 크라켄이 나타난 건 앞바다라고."

『음, 그러고 보니 그랬지. 그래서, 어찌할 셈이냐?』

어찌할 셈이냐? 라니.

그 부분을 나한테 전부 떠넘기지 말라고.

"페르가 자신만만하길래 뭔가 방법이 있는 줄 알았는데, 아무런 생각도 없었잖아."

『크윽…… 보, 보이기만 하면 크라켄 따위 바로 처리해 보일 수 있다.』

"그러니까 그건 보일 때의 얘기잖아? 어제, 페르도 이야기를 들었잖아? 앞바다의 크라켄이 여기서 보이겠습니까요?"

『크으으으.』

크으으가 아니야, 크으으가.

"하아~…… 크라켄 토벌 의뢰는 받아버렸으니, 어떻게든 해야만 한다는 건 달라지지 않는다고. 앞바다에 가려면 일단 배야. 배."

그렇게 생각하며 항구에 있던 배를 가진 어부에게 배를 내어줄 수 있을지 물어보았다.

"안 돼! 안 돼! 크라켄이 나오는 해역 같은 데 갈 수 있을 리가 없잖아!"

엄청 단호하게 거절당하고 말았다.

이야기를 들어보니 크라켄은 그 빨판이 달린 다리로 배를 감아서 부수기로 유명한지라, 어부들 사이에서는 특히 주의해야 할 마물이라고 한다.

그래서 배를 가진 어부는 크라켄이 나타난 해역에는 절대로 접근하지 않는다는 모양이다.

배를 가진 어부에게 있어서 배는 목숨이나 마찬가지인 소중한 존재니까.

그것을 간단히 망가뜨릴 법한 짓은 할 수 없다는 것이다.

항구에 있던 다른 어부들에게도 이야기를 해보았지만, 대답은 마찬가지였다.

"크라켄을 토벌해준다는 이야기는 우리로서도 감사한 이야기이기는 하지만."

그런 말과 함께 역시 거절당했다.

크라켄이 출몰하는 해역에서는 고기잡이를 할 수 없기 때문에 이곳의 어부들은 현재 멀리 떨어진 곳에서 고기잡이를 계속하고 있다고 한다. 하지만 어획량이 크게 줄었다고 한다.

아무래도 크라켄이 자리를 잡은 해역이 이 근처에서는 고기가 가장 잘 잡히는 곳인 모양이다.

그렇게나 고기가 많은 곳이기에 크라켄도 자리를 잡은 것일지도 모르지만.

으음, 이거 곤란한걸.

배가 없으면 앞바다에 나갈 수 없는데.

『주인 봐봐, 봐봐. 짭짤한 물속 기분 좋아.』

보니, 어느샌가 스이가 바다 위에 둥실둥실 떠 있었다.

『앗, 뭔가 있어.』

그렇게 말하더니 여기서도 보이는 물고기 그림자를 향해서 스이가 스르륵 미끄러지듯이 수면을 헤엄쳐서 이동했다.

그리고…….

『에잇.』

푸욱——.

스이의 몸에서 뻗은 촉수가 물고기를 꿰뚫었다.

스이가 잡은 물고기를 들어 올려서…….

『주인, 이거 봐. 스이가 잡았어! 저기 저기, 주인. 이거 먹어도 돼?』

먹는다니? 뭔가 녹황색이 도는 물고기인데, 독 같은 거 있는 거 아냐?

일단 감정해보자.

【그린 피시】

바닷가에 사는 잡어. 식용 가능.

응, 식용 가능하대.

먹어도 괜찮은가 보네.

"스이, 먹어도 돼."

그렇게 말하자 스이가 그린 피시를 몸속으로 집어넣었다.

『으음, 별로 맛없어.』

그린 피시는 마음에 안 드신 모양이다.

『더 맛있는 거 없으려나.』

둥실둥실 뜬 채로 스이가 그런 말을 했다.

둥둥 뜬 채로, 뜬 채로………… 앗!

스이 떠 있잖아!

게다가 헤엄도 쳤어.

생각해보면 스이는 물의 여신 루카 님의 가호가 있으니까, 헤엄치는 건 전혀 신기할 게 없지.

게다가…….

"스이, 그대로 바닷속에서 커질 수 있을까?"

『응? 이 짭짤한 물속에서 커지는 거? 할 수 있어.』

그렇게 말한 스이가 바다에 뜬 채로 커졌다.

"좋았어! 스이, 잘했어!"

이걸로 앞바다에 나갈 수 있다고!

우리는 크라켄이 출몰하는 해역을 향해서 바다를 나아갔다.

"스이, 고마워. 이렇게 크라켄 토벌 의뢰를 해낼 수 있게 된 건 다 스이 덕분이야."

『우후후, 스이 대단해?』

"응, 대단해. 정말로 스이가 있어줘서 다행이야."

스이가 있어줘서 정말 살았다.

이대로 앞바다까지 갈 방법을 찾지 못했다면 크라켄 토벌 의뢰는 실패하게 됐을지도 모르니까.

"정말이지, 누구누구 씨는 자신만만하게 굴어놓고 아무런 생각
도 없었는데 말이야."

『크으으으.』

『아하하하, 페르 한 방 먹었네.』

내 말에 페르가 떨떠름한 표정을 했고, 드라 짱은 그 모습을 보
며 웃었다.

나와 페르와 드라 짱은 커다래진 스이 위에 올라타 있다.

바다를 나아가는 스이의 승차감은 엄청나게 좋았다.

속도도 빨라서 쑥쑥 나아가고 있는데 흔들림도 적었다.

게다가 스이 자체가 몰캉몰캉 부드러운 몸이다 보니, 앉아 있
는 느낌도 매우 편했다.

스이는 강하고, 모두를 태우고서 이렇게 이동도 할 수 있고, 정
말로 대단하다니까.

다만 걱정인 건…….

"페르, 스이 주변의 결계만은 빈틈없이 부탁한다."

『알고 있다.』

『바닷속이라 약간 알기 어렵다만, 조금 전부터 크라켄의 기척
이 느껴진다. ……음? 이건………….』

페르가 그리 말하더니 크라켄이 있다고 하는 조금 앞쪽 해수면
을 험악한 눈초리로 바라보았다.

『어이, 크라켄만이 아니다! 이 기척은…… 시 서펜트도 있다! 그리고 또 하나, 크라켄과 시 서펜트 정도는 아니지만 뭔가가 있다!』

어, 뭐어어어——엇?

그, 그, 그게 무슨 소리야?

크라켄에 시 서펜트에, 거기에 더해 뭔가가 또 있다고?

촤아아아아아아——.

커다란 물보라를 일으키며 몸길이 10미터 정도의 크라켄과 시 서펜트가 모습을 드러냈다.

"에, 에, 엑, 뭐야 이거어어어어?!"

크라켄이 시 서펜트의 뱀처럼 가늘고 긴 몸에 빨판이 달린 다리를 감고 있고, 시 서펜트는 날카로운 이빨을 세워 크라켄의 머리를 물어뜯고 있잖아.

크라켄도 시 서펜트도 엄청 커.

마치 괴수 같아.

그 두 마리가 눈앞에서 싸우고 있었다.

"이, 이거 괴수들끼리 싸우는 영화 같은걸……."

이런 걸 눈앞에서 보게 되면 넋이 나갈 수밖에 없다.

『어이! 나는 크라켄을 해치우겠다. 드라는 시 서펜트를 맡아라. 스이는 해수면 아래 있는 녀석이다.』

『오오, 나는 시 서펜트란 말이지? 아자!』

『스이는 물속에 있는 커다란 생선을 쓰러뜨리면 되는 거구나. 스이, 열심히 할 거야!』

뭐?

해수면 아래라니?

자세히 보니 크라켄과 시 서펜트가 싸우고 있는 옆에 커다란 물고기 그림자가⋯⋯.

크라켄이나 시 서펜트만큼은 아니지만 꽤 크잖아.

저, 저건 대체 뭐야?

삼파전이 되는가 했더니만, 해수면 아래의 커다란 물고기는 꼼짝도 하지 않았다.

혹시 이 녀석, 크라켄과 시 서펜트의 싸움이 끝나기를 기다리고 있는 거야?

크라켄과 시 서펜트는 힘이 비등비등한 모양이니까, 둘 다 쓰러질 수도 있고 어느 한쪽이 이겨도 큰 부상을 입을 테지.

그렇게 됐을 때 커다란 물고기가 움직이기 시작하고⋯⋯.

어부지리를 노리고 있다는 건가?

하지만, 그렇게는 안 될 것 같은데.

파지지지지직──.

페르의 마법일 터인 번개가 크라켄의 정수리에 떨어졌다.

번쩌어어어억──.

이번에는 드라 짱의 마법일 터인 번개가 시 서펜트의 몸통에 떨어졌다.

우와⋯⋯⋯⋯.

번개를 맞은 크라켄과 시 서펜트는 축 늘어져 움직이지 않게 되었다.

페르와 드라 짱이 날린 번개 마법은 몇 번이나 봐왔지만 변함

없이 대단하다.

어쩐지 이쪽까지 찌릿찌릿 감전될 것만 같다.

페르의 결계가 펼쳐져 있어서 다행이야.

숨이 끊어져 힘없이 해수면에 둥실 떠 있던 크라켄과 시 서펜트를 향해 서서히 다가오는 검은 그림자.

촤아아아아——.

해수면 아래에 있던 수수께끼의 물고기 그림자 주인이 해수면 위로 모습을 드러냈다.

검붉은 색을 띤 초거대 물고기였다.

그 검붉은 물고기가 날카로운 이빨이 난 입을 벌리고서 크라켄을 물어뜯으려 했다.

어부지리가 안 된다면 새치기라는 거냐?

그렇게 네 뜻대로 되지는 않을걸.

스이의 몸에서 뻗어 나온 두꺼운 촉수가 검붉은 물고기를 향해 나아갔다.

푸우욱——.

두꺼운 촉수가 검붉은 물고기를 꿰뚫었다.

잠시 동안 저항하듯이 꼬리지느러미를 움직이며 날뛰었지만, 바로 움직임이 멈추었다.

『만세! 커다란 물고기 잡았다!』

스이가 기뻐하며 그렇게 외쳤다.

어쩐지 바다에서도 평소와 다를 게 없네.

앞바다에 나와 있고, 바다의 마물이니까 페르와 드라 짱과 스이라도 조금은 고전하지 않을까 했는데, 무조건 선제공격으로 재빠르게 사냥을 끝내서 전혀 문제가 없었다.

페르와 드라 짱과 스이, 평소와 똑같았습니다.

『음, 끝났군.』

『으하하, 시 서펜트 쓰러뜨렸어!』

『스이도 했어. 봐봐, 커다란 물고기 잡았어.』

페르도 드라 짱도 마법 한 발로 크라켄과 시 서펜트를 끝장냈고, 스이도 굵은 촉수로 꿰뚫어버리다니.

바다든 육지든 얼마든지 덤비라는 거구나.

그나저나 스이가 쓰러뜨린 초거대어는 뭐지?

감정해보자.

【아스피도켈론】
S랭크 마물. 식용 가능. 최고급 흰 살.

뭐야 뭐야? 아스피도켈론?

꽤나 발음하기 어려운 이름을 가진 마물이네.

오오, S랭크 마물이래.

이렇게 커다라니 S랭크일 만도 하려나?

게다가 식용 가능이고 최고급 흰 살이래.

이거 살은 어떻게든 확보해야겠군.

시작한 김에 크라켄과 시 서펜트도 감정해보니, 이쪽도 S랭크였다.

게다가 양쪽 모두 식용 가능이란다.

마르크스 씨는 "크라켄을 먹는다는 이야기는 들어본 적이 없다"고 했는데, 틀림없이 먹을 수 있는 모양이다.

그보다, 감정하면 '식용 가능' 같은 게 나오게 되었는데, 이것도 레벨이 올라서인가?

뭔가 설명이 먹을 수 있는가 없는가라는 점이 조금 미묘하기는 하지만.

뭐, 생각해보면 먹을 수 있는지 없는지는 우리한테 매우 중요한 정보이니까 딱히 상관없으려나.

아무튼 이걸로 첫 해산물 겟이다.

게다가 대어다.

크라켄을 토벌하는 김에 시 서펜트와 아스피도켈론도 잡았으니까.

징조가 좋군.

이걸로 의뢰도 클리어했으니, 내일은 전에 들었던 아침 시장에 가야겠다.

나는 크라켄과 시 서펜트와 아스피도켈론을 아이템 박스에 넣었다.

"그럼 돌아갈까?"

『그래.』

『좋아.』

『응.』

"스이, 돌아갈 때도 부탁해."

내가 그렇게 말하자, 스이는 항구를 향해서 바다를 쑥쑥 나아 갔다.

◇ ◇ ◇ ◇ ◇

항구에 도착한 우리는 모험가 길드로 향했다.

창구에서 길드 카드를 제시하니 바로 연락이 갔는지 길드 마스터인 마르크스 씨가 나타났다.

"오오, 왔나? 그래, 오늘은 어쩐 일이지?"

"크라켄을 토벌해 왔습니다."

그렇게 말하자 마르크스 씨가 떡하니 입을 벌린 채 잠자코 있었다.

"저기……."

"크, 크라켄을 토벌해달라고 한 게 겨우 어제인데? 게다가 자네, 배는 어떻게 한 거지? 길드 소유의 배를 빌리러 오지 않았잖아?"

아, 모험가 길드 소유의 배라니, 그런 게 있었던 거야?

뭐, 바다의 도시에 있는 모험가 길드니까 바다의 마물 토벌 같은 것도 엄청 자주 할 테고, 모험가 길드 소유의 배가 있다는 것도 납득이 간다.

하지만, 그런 얘기는 처음부터 해달라고요.

"저기, 배라고 할까, 이동 수단은 있었습니다."

"그, 그런가. 드, 듣기는 했지만 역시 규격 외의 모험가로 군……."

마르크스 씨, 마지막 말은 듣지 않은 걸로 하겠습니다.

규격 외인 건 제가 아니라 페르와 드라 짱과 스이니까요.

"그렇다는 건, 크라켄이 있는 건가?"

"네. 아이템 박스에 넣어놨습니다. 그리고…….."

시 서펜트와 아스피도켈론도 있어서 잡아 왔다고 설명하자 마르크스 씨가 입을 떡하니 벌리고 아연실색해버렸다.

안대를 한 해적 같은 험상궂은 얼굴이 아무 소용 없어졌는걸.

"마르크스 씨?"

"헉, 미, 미안. 너무 놀라서 그만. 아무튼, 여기서는 확인할 수도 없으니, 창고로 가지."

우리는 마르크스 씨를 따라 창고로 향했다.

"어이, 너희들. 일이다."

창고에 들어가자마자 마르크스 씨가 그렇게 말했다.

그러자 열 명 가까이 있던 해체 담당 직원이 우르르 모여들었다.

"길드 마스터, 뭡니까?"

"흐흥, 놀라지들 말라고. 크라켄이다."

해체 담당 직원들 사이에서 "오오옷" 하며 술렁거림이 일었다.

"게다가 그것만이 아니야. 시 서펜트랑 아스피도켈론도 있다."

"저, 정말입니까?"

"엄청난데."

또다시 해체 담당 직원들 사이에서 술렁거림이 일었다.

"너희들 잘 알고 있겠지? 바다의 마물은 신선도가 생명이다. 빠르게 해체하는 게 철칙이다."

""""""엡!""""""

뭐, 뭔가 이 길드는 체육계 같은 분위기인걸.

"다른 길드와 비교하면 해체 담당 직원 수가 많네요."

"그래. 여기는 바다의 도시니까. 바다의 마물이 들어오는 일도 많아. 조금 전에도 말했듯이, 바다의 마물은 신선도가 생명이니까. 식용일 경우, 살은 물론이고 소재가 되는 것도 빠르게 처리하지 않으면 못 쓰게 되는 게 많지. 그래서 해체 담당 직원은 여럿 확보해두고 있어."

과연.

식용이 되는 부분만이 아니라, 여러 소재가 되는 부분들도 신선도가 중요한 건가.

그렇다면 해체 담당 직원이 이렇게 많은 것도 이해가 간다.

"그럼, 크라켄부터 꺼내주겠어?"

"네."

나는 지시받은 창고의 한쪽 공간에 크라켄을 꺼냈다.

"다른 것도 꺼내달라고 하고 싶지만, 비어 있는 공간이 없어. 바다의 마물은 신선도가 생명이니, 저녁때까지는 세 마리 모두 해체를 마칠 수 있게 하지. 그러니 그때까지는 여기 있어줄 수 있겠나?"

역시 바다의 도시다.

신선도가 중요하다는 걸 이해해준다는 점이 마음에 들었다.

"네, 괜찮습니다만…… 아, 살은 돌려받고, 그 외에는 매입 부탁드립니다."

"그러지. 시 서펜트와 아스피도켈론의 살은 최고급 식재료라 매입할 수 없다는 게 안타깝지만, 그 이외 부분을 전부 팔아준다는 건 우리로서도 감사한 일이야."

무려 크라켄이 잡힌 건 8년 만이고, 시 서펜트에 이르러서는 13년 만이라고 한다.

아스피도켈론은 S랭크지만 그중에서도 수준이 낮은 편이라 토벌 수도 어느 정도 되는지라 그렇게까지 보기 드물다고는 말할 수 있지만, 그래도 길드에 들어온 것은 2년 만이란다.

"그럼, 해체를 시작한다!"

"""""""엡.""""""

열 명 가까운 해체 담당 직원이 크라켄 해체를 시작했다.

마르크스 씨는 그 모습을 보며 이런저런 지시를 내렸다.

이렇게나 커다란 게 들어온 건 오랜만인 만큼 마르크스 씨도 해체를 함께할 생각인가 보다.

『어이.』

크라켄 해체 작업을 지켜보고 있으려니 페르에게서 염화가 들어왔다.

『왜?』

『배가 고프다.』

『나도 배고파.』

『스이도.』

아, 그렇구나.

길드에 도착한 시점에서 이미 점심시간이 지났으니까.

그야 배가 고프기도 하겠네.

『잠깐 기다려봐.』

"저기, 제 사역마들이 배가 고픈 모양이라 잠시 밥을 좀 주고 오겠습니다."

마르크스 씨에게 그렇게 양해를 구하고 창고 구석의 눈에 띄지 않는 곳으로 이동했다.

여기라면 페르들이 밥 먹는 모습이 보이지 않으리라.

여기서 요리를 할 수는 없으니, 지금은 빵으로 할까.

나는 인터넷 슈퍼에서 대량의 빵과 사이다와 콜라를 구입했다.

그리고 접시에 담아 페르와 드라 짱과 스이에게 내주었다.

"미안하지만, 지금은 이걸로 참아줘. 저녁이 되면 크라켄이라 든가, 손에 들어올 테니까 저녁때 이것저것 만들어줄게."

『음, 어쩔 수 없지..』

『저녁은 맛있는 밥 만들어달라고.』

『알았어..』

그렇게 말하며 빵을 우걱우걱 먹기 시작한다.

『마실 건 어떡할래? 사이다랑 콜라를 샀는데..』

『나는 까만 쪽으로 부탁한다..』

『나도..』

『스이는 투명하고 토독토독한 거..』

페르와 드라 짱은 콜라고, 스이는 사이다란 말이지.

바닥이 깊은 접시에 각각을 따라서 내주었다.

『그럼 해체가 끝날 때까지 여기서 얌전히 기다려줘.』

모두에게 그리 말하고 마르크스 씨들이 있는 곳으로 돌아갔다.

해체는 진행되는 중이었고, 이미 다리와 내장이 분리되어 있었다.

이쪽은 전부 소재가 된다고 한다.

다리는 빨판 하나 하나가 방패를 만드는 데 좋은 재료가 된다며 마르크스 씨도 흡족한 얼굴을 하고 있었다.

가볍고 튼튼해서 크라켄 빨판으로 만든 방패는 좋은 값에 팔 수 있는 데다 인기도 있다고 한다.

게다가 눈과 입도 연금술 소재 중 하나라 연금술사에게 비싸게 팔 수 있단다.

간이나 먹물 등의 내장은 비료가 된다는 모양이다.

들은 이야기로는 귀족용으로 재배된 고급 과실의 비료로 쓰인다는데, 보통 비료보다 몇 배나 되는 가격인데도 이게 또 잘 팔린다고 한다.

전부 소재가 된다고는 하지만 다리만은 빨판을 떼어낸 후에 폐기 처분한다고 했다.

페르에게 들은 이야기로도 다리는 딱딱해서 도무지 먹을 게 못 된다고 했었다.

그리고 뼈도 분리했다.

이건 부드러우면서도 강도가 있어서 큰 물고기를 낚는 낚싯대 소재가 된다고 한다.

그리고 크라켄은 S랭크 마물이라 마석도 있었다.

럭비 볼 같은 형태로, 지금까지 봐온 마석 중에서는 꽤 큰 편이었고 짙은 남색을 띠고 있었다.

이 마석도 상당히 질이 좋은지 마르크스 씨도 웃는 얼굴로 응응 고개를 끄덕였다.

남은 건 몸통 부분인데, 보통은 이 부분도 폐기된다고 한다.

"이쪽 몸통은 보통 폐기 처분인데, 정말로 먹는 건가?"

다리와 내장 처리가 진행되는 중에 마르크스 씨가 내게 그리 물었다.

"네. 페르가 맛있다고 해서요."

그리고 아무리 봐도 커다란 오징어니까.

나, 오징어 좋아하거든.

보기에 크라켄 몸통은 두껍기는 해도 생각했던 것보다 부드러운 듯했다.

하지만 껍질이 굽거나 찌는 데 방해가 될 것 같다.

보통 오징어라면 굽거나 찌거나 할 때 껍질은 그대로 둬도 문제가 없지만, 크라켄 껍질은 약간 두께가 있어서 벗겨내는 편이 낫겠다 싶었다.

이 크라켄도 그렇고 다른 마물도 그렇고, 이곳의 아침 시장에서 살 해산물도 포함해서, 아무래도 회로 먹는 건 그만두자는 생각이 들었다.

이세계 마물과 해산물이니까.

무슨 일이 생길지 알 수 없으니 기본은 익혀서 먹을 셈이다.

아 그렇지. 이 정도로 크면 크라켄 껍질 벗기는 작업을 부탁해도 되지 않을까?

"저기, 이 껍질을 벗기는 걸 도와주실 수 있을까요?"

"응? 그러지. 자네는 이렇게 큰 벌이가 될 걸 가져와 주었으니, 당연히 도와줘야지."

마르크스 씨에게 물어보니 바로 승낙해주었고, 해체 담당 직원을 몇 명 불러주었다.

"그럼, 잘 부탁드립니다. 우선은 여기를……."

지느러미와 몸통 사이에 팔을 찔러넣어 떼어낸다.

그리고 직원분에게 몸통 끝부분을 눌러달라고 부탁한 다음 나와 다른 직원분 둘이서 지느러미를 잡아당겼다.

지느러미를 당기자 껍질이 찢어졌고, 여럿이 달려들어 찢어진 껍질을 벗겨냈다.

지느러미 껍질도 벗기고 나면.

후우, 좋아. 다음은…….

뼈가 붙어 있던 가운데 딱딱한 부분은 보통 식칼로 긁어내서 떼어내는데, 크라켄은 이 주변도 무척 딱딱했다.

어쩔 수 없이 아랫부분은 잘라내기로 했다.

아이템 박스에서 미스릴 나이프를 꺼내서 그 부분을 잘라냈다.

"미스릴 나이프인가. 역시 A랭크 모험가야."

마르크스 씨가 감탄한 듯 말했다.

"미스릴이라고는 해도 나이프인걸요."

그렇게 말하며 애매하게 웃었다.

사실 이건 어떤 곳에서 주운 미스릴 광석을 스이가 가공해준, 공짜나 다름없이 생긴 거라고는 입이 찢어져도 말할 수 없다.

껍질을 다 벗긴 크라켄을 적당한 크기로 자르면서, 아이템 박스에 넣었다.

◇ ◇ ◇ ◇ ◇

"그럼 다음은 시 서펜트를 꺼내겠습니다."

"그래. 어이, 너희들. 다음은 시 서펜트다."

나는 아이템 박스에서 시 서펜트를 꺼냈다.

그걸 본 해체 직원들이 수군수군 이야기를 했다.

"아이템 박스를 가진 사람이 없는 건 아니지만, 저렇게 커다란 게 들어갈 만큼 커다란 걸 가진 사람은 본 적이 없어."

"맞아. 게다가 저 모험가 아까 크라켄도 꺼냈잖아? 크라켄에 시 서펜트가 들어가다니, 얼마나 큰 아이템 박스를 가진 거야?"

"아까 길드 마스터가 한 말로는, 이것 말고 아스피도켈론도 있다고 하지 않았어? 저 모험가의 아이템 박스는 대체 얼마나 큰 거지?"

저기, 다 들리거든요?

내 아이템 박스는 무한대에 가까운 게 아닐까 생각한다.

이세계인 특유의 스킬이니까.

하지만 그 부분은 건드리지 말아줬으면 하는데.

이세계인이라는 게 알려지는 건 싫으니까.

"어이, 너희들. 쓸데없는 소리 하지 마. 그리고 말해두겠는데, 이 모험가 무코다는 얼마 전 왕도의 모험가 길드에서 연락이 왔던 그 건과 관련된 모험가다. 괜한 탐색은 하지 않는 게 좋다. 경우에 따라서는 모험가 길드는커녕 이 나라에도 있을 수 없게 될 테니까."

마르크스 씨가 그렇게 말하자, 수군수군하던 직원들은 입을 다물었다.

아니, 뭐? 그게 무슨 소리야?

전에 국왕이 내게 손을 대지 말라고 귀족들에게 명령했다는 이야기는 들었는데, 모험가 길드에도 그런 이야기가 돈 거야?

묘한 탐색을 하지 않는 건 감사하지만, 모험가 길드에 있을 수 없다든가, 이 나라에 있을 수 없다든가 하는 건 협박 같아서 좀 그러네.

뭐, 마르크스 씨가 말해준 덕분에 직원분들도 조용해지셨으니 됐다고 봐야 하려나?

나에 관한 것도 그렇지만, 페르들에 관한 것도 있으니 괜히 파고드는 게 가장 성가신 일이기는 하단 말이지. 그러니 그런 짓을 안 해주는 게 제일이기는 하지.

이러쿵저러쿵하는 사이에 시 서펀트가 빠르게 해체되어갔다.

가죽이 벗겨져서 몸과 머리와 뼈로 나뉘어졌다.

머리는 두개골과 눈과 이빨 이외에도 내장이 폐기 처분된다.

가죽은 갑옷 소재가 되고, 뼈와 이빨과 두개골은 검이나 나이프나 화살촉 같은 무기의 소재가 된다고 한다.

눈은 무슨 약의 재료 중 하나가 된다는 모양이다.

그리고 시 서펜트도 S랭크 마물인지라 당연히 마석이 있었다.

이쪽은 동그란 구체에 커다란 마석으로 눈이 시릴 만큼 푸른 빛을 띤 마석이었다.

이 마석도 좋은 물건인지 마르크스 씨가 험상궂은 얼굴로 흐뭇한 미소를 짓고 있었다.

살은 물론 돌려받았다.

보기에는 블랙 서펜트나 레드 서펜트의 육질과 똑같았다.

먹어보지 않으면 알 수 없지만 맛도 비슷하지 않을까 추측된다.

그리고 마지막은…….

"그럼, 아스피도켈론 꺼내겠습니다."

"그래."

나는 초거대어인 아스피도켈론을 아이템 박스에서 꺼냈다.

초거대어라고는 해도 10미터급의 크라켄과 시 서펜트보다는 조금 작은 편이다.

하지만 10미터 가까이 되는 커다란 물고기니까 초거대어라고 말해도 괜찮을 터다.

아스피도켈론도 이러쿵저러쿵하는 사이에 해체되었다.

비늘이 벗겨지고, 머리가 잘렸다.

그리고 내장이 제거되고 살을 발라냈다.

비늘은 반지나 목걸이나 브로치 같은 장신구로 가공된다고 한다.

세공하면 무지개색으로 반짝여서, 그걸 이용해 만든 장신구는 여성들에게 인기가 높아 날개 돋친 듯이 팔린다고 들었다.

살 외에 머리와 뼈도 국물을 내는 데 쓸 수 있으려나 싶어 돌려받으려고 했는데, 마르크스 씨가 그러지 말아달라며 울며 매달렸다.

"좋은 무기의 소재가 되는 걸, 국물 내는 데 쓰다니…… 자네 무슨 생각을 하는 건가?"

그런 말을 들었다.

그게 감정해봤을 때 '최고급 흰 살'이라고 나왔으니까, 국물 낼 때 쓰면 맛있는 육수가 나오지 않을까 생각했거든.

하지만 아스피도켈론의 뼈도 검이나 나이프나 화살촉 같은 다양한 무기의 소재가 된다고 하고, 그 무기 자체도 인기가 있다고 한다.

그런 이야기를 듣고 나니 무리하게 돌려달라고는 말하지 못하겠다. 어쩔 수 없으니 포기하자.

다음은 꼬리지느러미와 등지느러미 같은 딱딱한 부분도 무기의 소재가 된다고 한다.

그리고 아스피도켈론도 S랭크 마물이니, 마석이다.

아스피도켈론의 마석은 둥글고 납작한 형태를 한 물색 마석이었다.

이것도 꽤 상태가 좋은지 마르크스 씨는 만족스러운 표정을 하고 있었다.

남은 내장 등의 부분은 폐기 처분이다.

이것도 살은 돌려받아서 아이템 박스에 넣어두었다.

감정에서 '최고급 흰 살'이라고 나왔던 대로 깨끗한 흰 살이었고, 구워도 쪄도 튀겨도 괜찮을 것 같았다.

"해체는 끝났지만, 매입할 소재 가격을 정하는 데 시간이 조금 걸릴 텐데, 괜찮겠어?"

크라켄, 시 서펜트, 아스피도켈론 해체가 끝나자 마르크스 씨가 그렇게 말했다.

역시 시간이 걸리는구나.

꽤 큰 마물이니까 가격을 정하는 데도 어느 정도 시간이 필요하긴 할 테지.

"네, 괜찮습니다. 언제쯤이면 될까요?"

"그렇군. 내일 점심 무렵까지는 해두지."

내일 점심 무렵이라. 그거 마침 잘됐는걸.

내일은 새도 워리어 멤버들이 가르쳐준 아침 시장에 갈 생각이니까.

거기서 해산물을 구입하고 노점에서 아침 식사를 만끽할 예정이다.

"그럼, 내일 점심 때쯤 다시 오겠습니다."

"그래. 기다리지."

나는 창구 구석에서 자고 있던 페르와 드라 짱과 스이를 깨운 다음 모험가 길드를 나섰다.

집에 돌아오니 곧바로 페르와 드라 짱과 스이가 말이지…….

『저녁 식사, 기대하마.』

『맛있는 저녁 기대할게.』

『주인, 맛있는 밥 만들어줘~.』

그렇게 기대가 담긴 말을 꺼냈다.

일단 "알았어"라고 대답하고 주방으로 오기는 했지만, 뭘 만들까.

일단 크라켄과 시 서펜트와 아스피도켈론 살을 조금 구워서 맛을 보기로 했다.

어디 어디, 시식이다.

크라켄은…… 응, 평범하게 오징어 같네.

그렇게 커다래도 특별한 맛은 없구나.

하지만 식감은 약간 쫀득한 게 갑오징어 같은 느낌도 드는걸.

이거라면 평범하게 오징어를 사용한 메뉴라도 OK겠어.

시 서펜트는…… 음, 추측했던 대로 블랙 서펜트와 레드 서펜트랑 아주 비슷한 맛이다.

닭고기 같은 맛이라고 할까?

블랙 서펜트와 레드 서펜트는 튀기면 아주 맛있단 말이지.

시 서펜트도 튀김을 만들면 괜찮을지도 모르겠다.

아니면 닭고기를 쓰는 메뉴.

아스피도켈론은…… 음, 이건 감정에서 '최고급 흰 살'이라고 나왔던 그대로네.

이건 무슨 요리든 가능하겠어.

크라켄은 무난하게 굽기로 했다.

사실은 생선을 굽는 그릴로 구우면 더 맛있겠지만, 지금은 없으니까 프라이팬으로 굽자.

그리고 채소와 크라켄(오징어) 소금 볶음을 만들어야지.

오징어를 좋아하는지라 두 메뉴로 했다.

시 서펜트는 실패할 리 없는 튀김이다.

블랙 서펜트와 레드 서펜트랑 아주 비슷한 맛이니 분명 맛있을 테고, 다들 튀김은 아주 좋아하니까.

아스피도켈론으로 생선 탕수를 만들어보기로 했다.

일단 시간에는 여유가 있지만, 여러 요리를 만들어야 하는 만큼 하나하나에 시간 오래 걸리지 않는 메뉴를 중심으로 골랐다.

우선은 인터넷 슈퍼에서 재료 구입이다.

오징어구이를 만들 때 쓸 조미료는 다 있으니, 소금 볶음 재료다.

채소는 뭐든 상관없지만, 이번에는 아스파라거스와 색감을 위해 파프리카를 골랐다.

다음은 생마늘과 생강이다.

마늘은 있으니까 생강을 사고, 조미료류는 전부 있으니 이거면 충분하다.

튀김은 자주 만들기 때문에 재료도 이미 전부 있어서 더 사야

할 게 없네.

생선 탕수 재료는 소스에 넣을 채소류로 양파와 당근과 피망, 그리고 팽이버섯과 죽순 통조림을 골라보았다.

그리고 부족한 조미료인 케첩을 구입했다.

재료가 전부 갖춰졌으니 만들어볼까.

우선은 튀김을 만들 시 서펜트 고기를 간장 베이스 양념과 소금 베이스 양념에 재워둔다.

그 사이에 다음 요리다.

우선은 크라켄으로 만들 오징어구이.

먼저 술과 맛술과 간장과 간 생강을 섞어서 양념을 만들어둔다.

간 생강은 튜브에 든 걸 써도 괜찮지만, 직접 갈아서 쓰는 편이 풍미는 더 좋다.

이번에는 생 생강이 있으니 잘 갈아서 넣기로 했다.

크라켄을 먹기 좋은 크기로 적당히 자른 다음, 기름을 두른 프라이팬에 볶는다.

크라켄 색이 하얘지면서 익으면 양념을 둘러준다.

이걸 재빠르게 잘 섞어주면 완성이다.

여기에 마요네즈를 뿌려 먹으면 맛있는데 말이야.

아, 이런. 안 돼. 다음 요리를 만들어야지.

무심코 마요네즈를 꺼내 들 뻔했잖아.

위험했어.

오징어구이는 모두의 접시에 나눠 담고, 넉넉하게 만들어 남은 건 프라이팬째로 아이템 박스에 보관했다.

다음은 채소와 크라켄 소금 볶음이다.

크라켄에 격자 모양으로 칼집을 낸 다음 한입 크기로 썬다.

마늘과 생강은 다져둔다.

아스파라거스는 필러로 아래쪽의 단단한 껍질을 벗기고 5센티미터 정도로 비스듬하게 썰어주고, 파프리카는 씨를 제거하고 조금 두껍게 채 썬다.

달군 프라이팬에 기름을 두르고 아스파라거스와 파프리카를 가볍게 볶고, 익으면 꺼내둔다.

마찬가지로 프라이팬에 기름을 두르고 다진 생강과 마늘을 볶다가 향이 배어 나왔을 때 크라켄을 넣고서 볶는다.

크라켄이 하얗게 변했을 때 먼저 볶아두었던 아스파라거스와 파프리카를 넣는다.

거기에 소금 후추와 술과 닭 뼈 국물을 더해서 한소끔 끓었을 때 물에 풀어둔 전분을 넣어서 걸쭉한 느낌을 내주면 완성이다.

아스파라거스와 파프리카를 과하게 볶지 않기 때문에 예쁜 색이 나와 색감까지 더해진 일품요리가 되었다.

이것도 접시에 나눠 담은 다음 남은 건 프라이팬째로 아이템 박스에.

기름을 많이 써야 하니 튀김은 마지막으로 마루고, 다음은 아스피도켈론으로 생선 탕수를 만들자.

아스피도켈론은 적당한 크기로 살을 잘라둔다.

양파를 얇게 썰고, 당근과 피망과 통조림 죽순은 채 썰고, 팽이버섯은 밑동을 잘라서 잘 풀어둔다.

아스피도켈론 살에 소금 후추로 간을 하고 전분을 가볍게 뿌린 다음, 기름을 넉넉하게 두른 프라이팬에 튀기듯이 굽는다.

살이 연한 갈색이 되고 안까지 익으면 일단 꺼내둔다.

살을 굽던 프라이팬에 기름이 남아 있으므로 그걸 그대로 사용하여 채소를 볶는다.

양파를 볶다가 투명해지면 당근과 피망과 통조림 죽순을 넣어서 함께 볶고 살짝 흐물흐물해지면 팽이버섯을 넣는다.

채소가 전체적으로 익으면 물 조금, 간장, 식초, 맛술, 설탕, 케첩을 더해서 한소끔 끓으면 물에 풀어둔 전분을 넣어서 점성을 더한다.

다음은 익혀둔 아스피도켈론 살을 접시에 담고 그 위에 채소를 듬뿍 넣은 새콤한 소스를 뿌리면 완성이다.

이것도 넉넉하게 구운 살은 널찍한 접시에 담고 채소를 듬뿍 넣은 소스는 프라이팬째로 아이템 박스에 보관한다.

튀김은 모두 좋아하니까 많이 먹을 걸 생각해 열심히 많이 튀겼다.

"후우~, 완성이다."

튀김도 각자의 접시에 담고, 큰 접시에 산처럼 쌓인 채로 아이템 박스에 넣었다.

그럼 배고파하며 기다리고 있을 모두에게로 가볼까요.

"오래 기다렸지?"

『오오, 드디어 왔군. 배가 너무 고파서 다 함께 네가 있는 곳으로 갈까 하던 참이었다.』

『진짜라고, 정말.』

『스이도 배 꼬르륵이야~.』

"미안 미안. 그 대신 이것저것 만들어 왔어."

그렇게 말하고 모두의 앞에 접시를 늘어놓았다.

"이게 크라켄구이고, 이쪽이 채소랑 크라켄 소금 볶음. 그리고 이게 아스피도켈론(흰 살 생선) 탕수, 이게 시 서펜트 튀김."

『채소가 있는 건 별로지만, 뭐, 맛있어 보인다.』

페르는 채소라면 다 싫어한다니까.

그래도 투덜대면서도 먹으니 상관없지만.

『오오, 전부 맛있어 보이잖아.』

드라 짱, 침 떨어진다고.

『전부 맛있어 보여~.』

스이가 당장에라도 크라켄구이를 삼킬 듯한 기세다.

응응, 크라켄구이는 맛있다고, 아! 그걸 뿌려야지!

"잠깐 기다려!"

『우물…… 무슨 일이냐?』

이런, 페르는 이미 크라켄구이를 먹고 있잖아.

『먹기 직전에 그건 아니지.』

『주인~ 먹고 싶어~.』

"미안 미안, 크라켄구이에는 이걸 뿌리면 더 맛있어지거든."

나는 아이템 박스에서 마요네즈를 꺼내서 모두의 접시에 담긴 크라켄구이에 뿌렸다.

"크라켄구이에는 역시 마요네즈를 뿌려 먹어야지. 응, 이제 먹어도 돼."

모두가 마요네즈를 뿌린 크라켄구이를 먹기 시작했다.

『오오, 확실히 이 하얀 걸 뿌리는 편이 맛있구나.』

그렇지? 페르.

『이 탄력이 장난 아닌걸. 게다가 반할 것 같은 맛이야.』

크라켄의 씹는 맛과 간장 마요네즈의 조합은 최강이지.

『이거 맛있어~.』

미식가인 스이도 크라켄구이가 마음에 든 모양이다.

『역시 이 튀김이라는 건 맛있구나.』

페르는 튀김을 맛본 모양이네.

튀김을 좋아하니까.

『이쪽 크라켄 볶음도 맛있어.』

드라 짱은 크라켄이 마음에 든 모양이다.

크라켄은 맛있지.

나도 좋아한다고.

『이 생선도 소스가 살짝 새콤한 게 맛있어.』

스이는 생선 탕수구나.

이것도 살짝 맛봤는데 맛이 괜찮게 완성됐더라고.

그럼 나도 먹어볼까.

우선은 크라켄구이부터.

으음, 맛있어.

역시 마요네즈는 옳아.

아, 맥주 마시고 싶어.

이번에는 아스피도켈론 탕수다.

응, 이건 흰쌀밥이 먹고 싶어지는걸.

나는 인터넷 슈퍼를 열어서 흰쌀밥과 함께 맥주도 샀다.

이번에는 A사의 쌉싸름한 맥주다.

오징어구이랑 엄청나게 잘 어울릴 것 같아서 무심코 그만.

"아, 이 생선 탕수랑 소금 볶음은 밥이랑 잘 어울리잖아."

아스피도켈론 탕수와 크라켄 소금 볶음을 반찬 삼아 흰쌀밥을 입에 밀어 넣었다.

『한 그릇 더. 크라켄구이와 튀김을 더 다오.』

페르의 추가 주문이다.

크라켄구이에 튀김 말이지?

추가분을 접시에 담아 내주었다.

당연히 크라켄구이에는 마요네즈를 뿌려서 줬지.

『스이도 더 줘~. 저기 스이는 있지, 전부.』

저, 전부라고?

스이 접시에 전 종류를 추가로 담아주었다.

그, 그래, 많이 먹고 쑥쑥 크렴.

아니, 이미 크잖아.

휴즈 슬라임이니까.

『늘 그렇지만, 너희들 먹는 게 너무 빠르잖아.』

드라 짱은 그렇게 말하며 어이없다는 표정을 지었다.

평소보다 확실히 많은 양인데도 페르와 스이는 냉큼 먹어버렸으니까.

모두가 다 먹어버리기 전에 나도 맥주 안주를 확보해놔야지.

크라켄구이와 시 서펜트 튀김이다.

크라켄구이에 마요네즈를 뿌려서 한 입.

"아아, 맛있어~."

그리고……

푸쉭, 꿀꺽꿀꺽꿀꺽, 푸하아.

"하아, 최고야."

이번에는 시 서펜트 튀김을 한 입.

이쪽도 촉촉하고 맛있는걸.

블랙 서펜트와 레드 서펜트랑 매우 비슷한 맛이지만, 튀겼을 때는 시 서펜트 쪽이 약간 더 부드러운 것 같아.

응응, 맛있어.

꿀꺽꿀꺽꿀꺽.

"크라켄구이도 튀김도 맥주랑 잘 맞네~."

역시 해산물 좋아.

줄곧 고기만 먹어서 그런지, 더 그런 느낌이야.

"해산물 맛있지?"

『그래. 오랜만에 먹으니 맛있다.』

『정말이야. 나도 몇십 년 만이거든. 애초에 바다 근처까지 올 일이 그다지 없었으니까.』

『스이는 있지, 짭짤한 물, 바다? 바다에 있는 거 먹는 거 처음 이야~. 아주 맛있어~.』

역시 바다에 온 게 정답이었어.

내일은 아침 시장에서 생선이랑 조개류를 잔뜩 사야겠다.

"아, 내일 아침에는 아침 시장에 갈 예정이야. 노점도 나온다고 하니까, 아침 식사는 거기서 먹자."

『호오, 그렇다면 신선한 걸 먹을 수 있다는 건가. 그거 기대되는구나.』

『인간이 하는 노점이라. 어떤 걸 먹을 수 있으려나? 기대돼.』

『주인, 스이 많이 많이 먹어도 돼?』

"그럼, 되지."

다들 아침 시장이 기대되는가 보다.

나도 어떤 해산물이 있을지 기대돼.

『아, 주인. 이 생선 더 줘.』

스이는 또 추가인 거야?

나는 스이 접시에 아스피도켈론 탕수를 더 담아주었다.

이날은 모두 함께 사냥한 해산물을 실컷 맛보았다.

"어서 옵쇼. 어서 옵쇼. 쌉니다. 싸요~."

기세 좋은 목소리가 울려 퍼졌다.

우리는 항구 근처에 있는 아침 시장에 와 있다.

"호오, 꽤 다양한 종류가 있는걸."

과연 이세계는 어떠려나 싶었는데, 생각한 것보다 다양한 종류의 해산물이 팔리고 있었다.

생선도 크고 작은 다양한 것들이 진열되어 있었고, 그중에는 "이거 먹을 수 있는 거야?" 싶은 생김새인 것들까지 있었다.

조개도 크기도 모양도 다양했고, 겉보기에는 바지락과 똑 닮은 것이나 가리비와 비슷한 것도 있었다.

이거 이것저것 다 사야겠는걸.

나는 아침 시장 안을 구경했다.

페르들을 보고 처음에는 다들 놀랐지만, 사역마라는 것을 알고 나면 모두들 의외로 태연했다.

여기서 생선을 파는 아저씨들은 어부 출신이 많은지 배짱도 두둑한가 보다.

아주머니들은……, 응, 아주머니는 어느 세계에서나 최강이니까.

자잘한 건 신경 쓰지 않지.

나는 페르들을 데리고서 아침 시장 안을 구경하며 이것저것 대량으로 사들였다.

우선 구입한 건 생김새가 고등어랑 꼭 닮은 사반이라는 생선으로, 이 주변에서는 대중적으로 자주 먹는 생선이라고 한다.

가게 주인장이 구우면 맛있다고 가르쳐주었다.

이건 고등어 된장 조림 같은 걸 만들 수 있을 것 같아서 가게에 있는 걸 모조리 구입했다.

일단 전부 사도 괜찮은지 물어보았는데…….

"보는 대로 여기는 생선투성이야. 어느 한 가게의 생선이 다 팔려도, 다른 가게에 같은 생선이 있단 말이지. 그런 건 신경 쓰지 말고 잔뜩 사 가라고."

주인장은 그렇게 말했다.

과연, 주인장 말대로 아침 시장에는 생선 가게가 줄줄이 늘어서 있었다.

물론 하나의 가게에서 한 종류의 생선만 파는 건 아니었고, 당연히 다른 가게와 같은 생선을 파는 경우도 많을 터였다.

주인장 말대로 하나의 가게에서 매진된다고 한들, 다른 가게에는 있을 테니 딱히 신경 쓸 필요는 없을지도 모르겠다.

그리고 연어랑 꼭 닮은 사켄이라는 물고기를 샀다.

연어보다는 조금 더 크지만, 살도 분홍색이고 생김새도 그대로라는 느낌이다.

이 생선도 이 주변에서는 흔하게 먹는다고 한다.

가게에 있던 주인장의 말로는, 이것도 구우면 맛있다고 한다.

연어는 다양한 요리에 쓸 수 있으니, 이것도 가게에 있는 걸 전부 사들였다.

그 후에 눈에 띈 건 전갱이와 똑같이 생긴 생선이었다.

아지로라는 이름으로 잡어 취급을 받았는데, 글쎄 말리는 것 외에는 딱히 용도가 없다고 했다.

생김새는 전갱이 그 자체인데.

이건 튀기면 분명 맛있을 거라고, 내 본능이 그렇게 말하고 있어.

양동이 하나 가득 담은 게 동화 세 닢이라는 파격적으로 싼 가

격이었기 때문에 이것도 있는 대로 모조리 구입했다.

그렇게 아침 시장 안을 걸으며 장을 보고 있으려니…….

"어서 옵쇼, 어서 옵쇼, 어서 옵쇼. 베를레앙의 명물 타이런트 피시입니다! 오늘 아침 갓 잡아 신선합니다! 자, 사세요, 사세요!"

타이런트 피시라.

섀도 워리어의 멤버들이 절찬했던 생선이다.

이건 무슨 일이 있어도 입수해야 해.

타이런트 피시를 파는 가게에 가보니, 타이런트 피시로 보이는 생선이 떡하니 놓여 있었다.

2미터 가까운 크기의 타이런트 피시는, 아마존강에 서식하는 세계 최대의 민물고기 피라루쿠와 똑 닮았다.

다른 점이라고 하면, 날카로운 이빨이 난 입과 바다에 산다는 점 정도일까?

"실례합니다. 타이런트 피시 주세요."

"오오, 감사합니다! 타이런트 피시는 구워도 좋고, 수프를 끓여도 맛있지."

구워도 좋고, 수프를 끓여도라.

역시 생으로는 먹지 않는가 보네.

하지만, 일단 물어볼까…….

"저기 생으로는 못 먹는 건가요?"

"생이라고? 그런 말도 안 되는 소리 말라고. 생으로 먹을 수 있을 리가 없잖아! 그렇게 먹었다간 죽는다고!"

가게 주인장한테 엄청난 기세로 그런 잔소리를 들었다.

"아, 형씨 혹시 외국인인가?"

이 나라는 앵글로색슨계 외모가 많고, 흑발도 없지는 않지만 보기 드문지라, 가게 주인장은 그렇게 생각한 모양이었다.

지금은 그 흐름을 타도록 하자.

"네, 뭐."

"그렇군. 바다가 없는 나라도 있다고 하니 모를 수도 있겠지. 그럼, 죽지 않도록 가르쳐주지……."

가게 주인장의 이야기를 들어보니 역시 있었다. 기생충.

보르밸라스 피시 웜이라고 하는데, 바다 생물이라면 가리지 않고 기생하는 기생충이라고 한다.

이 기생충은 생선의 살과 껍질 사이에 기생하며 알을 낳는단다.

딱히 보기 드문 기생충도 아니고, 기생한다고 해도 바다 생물에는 아무런 영향도 없어 이 기생충이 기생한 생선이 시장에서 팔리는 일도 종종 있다는 모양이었다.

하지만 이 기생충이 인간의 몸에 기생하게 되면 꽤 위험해진다고 한다.

장기를 먹어치우고, 마지막에는 숙주를 죽음에 이르게 한다는 모양이다.

그 기간이 약 일주일에서 열흘이라고 하니, 위험해도 너무 위험하다.

그러나 이 보르밸라스 피시 웜에는 결정적인 약점이 있는데, 열에 매우 약하다는 것이었다.

"보르밸라스 피시 웜은 살과 껍질 사이에 있으니까 말이야. 시간은 짧아도 괜찮으니까, 아무튼 익히는 게 중요해."

가게 주인장의 말에 따르면 보르밸라스 피시 웜은 단시간이어도 좋으니 굽거나 끓이거나 불에 그슬리거나 하면 괜찮다고 한다.

역시 생으로 먹지 않는 게 정답이었어.

그보다, 전에 자이언트 모아 다타키를 먹었을 때 말이지, 나중에서야 일본 기준으로 생각한 건 잘못한 거다 싶더라고.

그건 그것대로 맛있었지만, 입 밖으로 내지는 않았어도 '기생충 괜찮으려나?' 하고 꽤 걱정했거든.

시간이 어느 정도 지나도 아무렇지 않길래, 괜찮은가 보다 하고 안심하기는 했지만.

그래도 분명 육지의 마물이나 동물에도 기생충이 있겠지.

고기를 생에 가까운 상태로 먹는 일은 이제 없으리라고 생각하지만, 이야기가 흘러가는 중에 슬쩍 물어봤더니 역시 육지 마물과 동물에도 기생충은 있다고 한다.

보르밸라스 피시 웜과 비슷한 기생충으로, 그것도 열에 약하다고 한다.

자이언트 모아도 일단 표면은 구웠으니까 세이프였던가 보다.

다, 다행이야.

"뭘 해서 먹든 익힌다는 게 중요하단 말이야."

가게 주인장이 그럼 그럼 하고 고개를 끄덕이며 말했다.

명심해두자.

완전히 생으로는 안 되고 다타키처럼 단시간이라도 불로 요리하면 세이프라는 거지.

그렇다고 해도, 보르밸라스 피시 웜 이야기를 듣고 났더니 바로 다타키를 먹을 용기가 안 나.

생 이외에도 맛있게 먹을 수 있는 방법은 얼마든지 있으니까, 일단은 끓이고 굽고 튀기고 찌는 등의 방법을 써서 해산물을 즐기기로 하자.

"그래서, 형씨. 타이런트 피시는 얼마나 살 거지?"

"아, 여기 있는 토막된 거 전부랑 그리고 저쪽에 있는 것도 손질해주실 수 있을까요? 그럼 전부 살게요."

"형씨, 돈은 충분히 있는 거겠지?"

대량 구입에 주인장은 당황한 기색으로 그렇게 물었다.

그야 그럴 만도 하지.

토막된 걸 포함하면, 타이런트 피시 세 마리분 정도는 될 테니까.

게다가 타이런트 피시는 일단 마물 범주에 드니까, 다른 평범한 생선보다도 비싼 모양이고.

"문제없습니다. 이래 봬도 랭크가 높은 편인 모험가거든요."

"오오, 그런가. 그럼 잠깐 기다려보라고."

그렇게 말하고 주인장이 타이런트 피시를 손질했다.

아무래도 이렇게나 크면 나로서는 손질할 수 없으니까.

이런 건 프로에게 맡기는 게 제일이야.

시간도 얼마 걸리지 않아 손질이 끝났고, 진열되어 있던 살과 함께 넘겨받았다.

전부 해서 금화 두 닢이었다.

다른 것과 비교하면 비싼 편인 타이런트 피시를 이렇게나 샀는 데도 금화 두 닢이라니, 싸다.

역시 항구 도시구나.

아이템 박스에 보관하면 되니까, 계속 사야지.

다음으로 눈에 띈 것은 새우와 게다.

보리새우를 닮은 버밀리온 슈림프.

이건 보리새우랑 닮기는 했지만 그보다도 꽤 컸고, 예쁜 주황색을 띤 새우였다.

대게를 닮은 브론즈 킹크랩.

이것도 대게와 비슷하지만 그것보다 크고 적동색을 띤 게였다.

새우와 게가 맛없을 리 없다.

이 지역 사람들도 꽤 사 가는 걸 봐도 틀림없다 싶어, 이것도 가게에 있는 걸 전부 사버렸다.

다음은 바지락과 닮은 조개도 샀다.

겉보기도 크기도 바지락이랑 똑같은 미니 클램이라는 조개 였다.

이것도 양동이에 가득 담긴 걸 작다는 이유로 공짜나 다름없는 가격에 팔고 있었다.

물론 모조리 샀다.

미소 장국에 넣어도 좋고, 술찜을 해도 좋고, 서양풍으로 클램 차우더를 만들어도 좋다.

그리고 섀도 워리어 멤버들에게 들었던 빅 하드 클램.

들었던 대로 내 손바닥만큼 커다란 대합이었다.

이것도 있는 대로 구입했는데, 빅 하드 클램은 작은 게 내 주먹만 한 크기였고, 스몰 하드 클램이란 것도 있어서 그것도 있는 대로 구입했다.

스몰 하드 클램은 평범한 대합보다 조금 큰 정도니까 BBQ에 딱 좋겠다 싶었다.

다음은 가리비랑 닮은 옐로 스캘럽이다.

보통 가리비의 두 배 정도 되는 크기로 껍데기가 노란색이었다.

하지만 속은 평범한 가리비와 마찬가지였다.

이것도 구우면 맛있는지라 노점에서도 인기라고 한다.

물론 이것도 모조리 구입.

조금 더 보고 싶은 마음도 들었지만, 배가 고파졌는지 페르들이 안절부절못하는지라 오늘은 여기까지만 하기로 했다.

그나저나, 싸네.

종류도 풍부하고, 역시 바다의 도시야.

이렇게나 대량으로 샀는데도 금화 다섯 닢도 안 들었다.

그렇다고는 해도 페르들에게 있어서는 얼마 안 되는 양이다.

나는 이 도시에 있는 동안 닥치는 대로 해산물을 구입하리라 맹세했다.

"그럼 노점에서 밥 먹을까?"

『기다리다 지쳤다.』

『정말이야.』

『스이, 배고파~.』

"미안 미안. 노점도 많이 나와 있는 것 같고, 이것저것 먹어도 괜찮으니까 기분들 풀어."

『음, 뭐든 괜찮은 거냐?』

"괜찮아."

『그런가. 좋다, 전부 먹어보자. 드라, 스이, 가자.』

『오오.』

『스이 많이 먹을 거야~.』

나는 노점을 향해서 성큼성큼 나아가는 모두의 뒤를 따라갔다.

아침 시장이 서는 광장 주변에는 노점이 늘어서 있었다.

우선 페르들의 눈에 띈 것은 생선구이 가게였다.

무슨 생선인지, 살을 구워서 내놓고 있었다.

생선을 굽는 고소한 냄새가 식욕을 자극한다.

『그럼, 이 생선을 먹겠다.』

『좋아.』

『생선~.』

모두 먹을 마음으로 가득하구나.

"실례합니다."

"여어, 어서 옵쇼."

"여기에 있는 구워진 생선 전부랑 지금 굽고 있는 거 전부 주세요."

그렇게 말하자 노점 주인이 깜짝 놀랐다.

사역마와 함께 먹을 거라고 설명하자, 그런 거냐며 납득해주었다.

"이건 무슨 생선인가요?"

"이건 사반이라네. 신선해서 맛있을 거야."

사반이라는 건 고등어랑 닮은 그 생선인가.

소금으로만 간을 한 것 같은데, 살이 오른 게 맛있어 보인다.

돈을 내고 생선구이를 받아 들었다.

노점을 보고 있으려니, 식기를 지참하고서 구입하는 사람들도 있길래 나도 그렇게 하기로 했다.

페르와 드라 짱과 스이 몫은 아이템 박스에서 꺼낸 각자의 접시에 담아달라고 했다.

나는 꼬치에 꿴 걸 받았다.

사람들에게 방해가 되지 않는 곳으로 이동해서 다 함께 생선구이를 먹기 시작했다.

『음. 꽤 맛있구나.』

『역시 신선하니까 맛있네.』

『생선 맛있어~.』

"양념은 소금뿐인데, 이 고등어 살이 올라서 맛있는걸."

모두 납득할 수 있는 맛이었다.

각자의 접시에 있던 고등어 살은 금세 사라져버렸다.

『그럼 다음이다.』

『다음 다음~.』

『스이 더 먹을 거야~.』

다음으로 향한 노점은 수프를 파는 곳이었다.

채소와 조개가 들어가 수프로, 맛있는 냄새가 났다.

"좋은 냄새가 나네요. 무슨 수프인가요?"

노점 주인아주머니에게 물어보았다.

"이건 있지, 자이언트 하드 클램을 잘라서 채소랑 함께 푹 끓인 수프야. 맛있으니까 먹어봐."

물론 먹을 겁니다.

내 옆에 있는 모두의 시선이 이 수프에 못 박혀 있으니까.

"그럼 여기 각각의 접시에 가득 부탁드립니다."

"예에, 감사합니다."

노점 주인장에게 돈을 내고 바로 모두의 접시에 가득 수프를 따라 받았다.

물론 내 몫은 평범한 크기의 수프 접시에.

바로 다 함께 먹기 시작했다.

조개도 듬뿍 들어 있는 게 든든한걸.

이것도 소금으로만 간을 한 것 같은데, 채소의 단맛과 자이언트 하드 클램에서 배어 나온 국물이 맛있었다.

자이언트 하드 클램은 커서 별다른 맛이 없을 거라고 생각했는데, 그렇지 않잖아.

제대로 좋은 국물이 우러나는 데다, 살도 쫄깃하고 맛있어.

이 수프는 개운해서 먹기 쉬운 것도 마음에 드네.

몇 그릇이고 먹겠어.

『어이.』

내가 수프를 반쯤 비웠을 때 페르가 나를 불렀다.

『더 다오.』

『스이도 더 먹고 싶어.』

페르도 스이도 순식간에 다 먹어버렸다.

빠르기도 하지.

『나도 더 먹고 싶지만, 여기서 더 먹으면 다음 음식을 못 먹게 될 것 같아. 아쉽지만 나는 그만둘게.』

드라 짱도 더 먹고 싶지만 지금은 참으려나 보다.

나랑 비교하면 드라 짱은 꽤 잘 먹기는 하지만, 페르나 스이 만큼 대식가라고 할 정도는 아니니까.

지금 여기서 더 먹으면 이후의 노점 순회를 마음껏 즐길 수 없게 될 거다.

돈을 내고 페르와 스이 몫을 추가로 더 받았다.

『음. 이 수프는 개운해서 이건 이 나름대로 맛있다.』

『스이도 이거 좋아~.』

페르와 스이는 추가로 받은 수프도 순식간에 다 먹어버렸다.

『다음으로 가자.』

페르를 선두로 해서 다음으로 향한 곳은 자이언트 하드 클램과 스몰 하드 클램을 굽는 노점이었다.

이건 딱 봐도 맛없을 리가 없겠네.

망 위에서 구워져서 입을 쩍 벌린 자이언트 하드 클램과 스몰 하드 클램.

두툼한 조갯살과 그 주변에는 조갯살에서 나온 국물이 보글보

글 소리를 내고 있었다…….

추르릅, 맛있겠다.

이건 틀림없을 거야.

분명 맛있어.

『이거, 몇 개 먹을 거야?』

자이언트 하드 클램은 한 개가 꽤 크니까, 얼마나 먹을지 염화로 물어보았다.

『나는 일단 열 개다.』

『으음, 나는 세 개면 돼.』

『스이는 있지, 페르 아저씨랑 똑같이 열 개.』

노점 주인에게 돈을 내고, 껍질을 깐 자이언트 하드 클램 조갯살과 국물을 접시에 담았다.

껍질째면 페르들이 먹을 수 없으니까.

페르들에게 내어주자 자이언트 하드 클램을 바로 허겁지겁 먹기 시작했다.

『오오, 이건 맛있구나.』

『정말이야. 씹을 때마다 맛있는 국물이 흘러나와.』

『맛있어~.』

구운 자이언트 하드 클램은 페르도 드라 짱도 스이도 마음에 든 모양이다.

그냥 보기에도 맛있을 것 같으니까.

나도 먹어야지.

나는 자이언트 하드 클램과 스몰 하드 클램을 하나씩 사서 비교해가며 먹어보기로 했다.

그나저나 자이언트 하드 클램, 보면 볼수록 크네.

이거 하나면 배가 부를 것 같아.

자, 먹어보자.

나는 자이언트 하드 클램의 통통하고 탱글탱글한 살을 물어뜯었다.

그 순간 입안에 퍼지는 조개의 맛.

씹을 때마다 조개의 감칠맛이 넘쳐 나왔다.

이거 맛있는걸.

탱글탱글한 조갯살의 식감도 좋고 무엇보다 맛이 좋다.

보기에도 그렇지만, 맛도 대합과 비슷했다.

조개는 어째서 이렇게 맛있는 걸까?

그냥 굽기만 했을 뿐인 이것도 맛있지만, 간장을 살짝 뿌리면 훨씬 맛있어질 것 같다.

해산물 BBQ 할 때 반드시 하겠어.

우걱우걱 먹고 껍데기에 남은 국물도 꿀꺽 다 마셨다.

"하아, 맛있었어."

이번에는 스몰 하드 클램이다.

그 살을 한 번에 전부 입에 물었다.

입안 가득 감칠맛이 넘쳐난다.

맛은 자이언트 하드 클램과 같다.

이 스몰 하드 클램 자체가 작은 자이언트 하드 클램이라고 했었으니까.

하지만 식감은 이쪽이 약간 더 쫄깃하고 씹는 맛이 있을지도.

식감은 자이언트 하드 클램 쪽이 부드러웠어.

이쪽도 간장을 살짝 뿌리는 편이 더 맛있어질 것 같아.

이건 반드시 해산물 BBQ를 해야겠군.

그 후에도 보리새우와 비슷한 버밀리온 슈림프를 구운 것과 대게를 닮은 브론즈 킹크랩을 구운 것과 찐 것, 그리고 다양한 해산물을 넣고 찐 아쿠아파짜 같은 것 등을 먹으며 입맛을 다셨다.

나와 드라 짱은 도중에 기브 업 했지만, 페르와 스이는 즐거운 듯이 노점 순회를 계속했다.

◇ ◇ ◇ ◇ ◇ ◇

점심 무렵까지 노점 순회를 하고, 겨우 페르와 스이가 만족했다.

『음, 맛있었다.』

『맛있었어~. 스이, 배 빵빵해.』

그야 그렇게나 먹었으니.

『너희들 너무 먹잖아.』

드라 짱도 페르와 스이의 먹성에 살짝 질린 기색이다.

그렇다고는 해도 드라 짱도 꽤 먹어서 배가 볼록하게 부풀어 있는데.

이래서는 다들 점심은 건너뛰겠는걸.

『아, 틀렸어. 날기 힘들어.』

그렇게 말하는 것과 동시에 드라 짱이 내 뒤통수에 매달렸다.

"드, 드라 짱?"

『너무 먹어서 날기 힘들어. 네가 주인이니까 사역마를 잘 돌봐 줘야 할 거 아냐.』

그렇다고 해도 말이지…….

드라 짱은 내 뒤통수에 매달려서 어깨에 다리를 얹고, 목말을 탄 상태로 완전히 자리를 잡을 기세였다.

"하아~, 어쩔 수 없네."

『자, 자, 다음은 어디 갈 거야?』

"다음은 모험가 길드야. 어제 크라켄과 시 서펜트와 아스피도 켈론 소재 매입 대금을 받으러 가야 하니까."

『그럼 모험가 길드로 가자.』

"네네, 아니. 어라? 스이는?"

조금 전까지 내 발치에 있던 스이가 보이지 않았다.

스이를 찾아 두리번두리번하고 있으려니 『스이라면 벌써 가방 안에 들어갔다』라는 페르.

가방 안을 슬쩍 들여다보니 스이가 자고 있었다.

빨라!

그럼 다시 마음을 다잡고, 모험가 길드로 가볼까요.

나는 드라 짱을 목말 태운 채로 페르를 데리고서 모험가 길드로 향했다.

모험가 길드에 들어가자 드라 짱을 목말 태워서인지 빤히 바라보는 시선을 받았다.

개의치 않고 그대로 창구로 가자 접수창구 직원도 깜짝 놀랐다고 할까, 뺨이 움찔거렸다.

웃고 싶으면 웃으라고.

그보다, 드라 짱, 이제 그만 내려와 주지 않을래?

그 후에 바로 2층의 길드 마스터 방으로 안내되었다.

"오, 왔나…… 아니, 그게 뭐야?"

마르크스 씨가 책상에 앉은 채 고개를 들더니 내 모습을 보고 그렇게 말했다.

"아니 뭐, 사역마와 사이좋게 장난치고 있는 거라고 생각해주세요."

"그, 그런 건가?"

"그런 겁니다."

응, 그런 걸로 해주세요.

따, 딱히 드라 짱의 이동 수단이 된 게 아니라고요.

"이 서류만 마무리하면 되니 거기 앉아서 잠깐 기다려줘."

"네."

나는 의자에 앉아서 드라 짱에게 염화를 보냈다.

『자, 드라 짱. 그만 내려와서 내 옆에 앉아.』

『예이예이.』

떨떠름한 느낌으로 드라 짱이 내게서 떨어져 옆에 앉았다.

어깨의 무게가 사라져 살짝 편안해졌다.

191

그게 드라 짱 의외로 무겁다고.

직원분이 내준 현미차랑 비슷한 고소한 차를 마셨다.

서류와 격투하는 마르크스 씨를 슬쩍 보았다.

그 모습을 보고 생각한 건데, 마르크스 씨도 현역 시절에는 몸을 쓰며 살았을 텐데, 길드 마스터가 되면 서류 작업도 많아서 힘들겠네.

10분 정도 기다리고 있으려니, 겨우 서류 작업을 마무리했는지 마르크스 씨가 책상에서 벗어나 이쪽으로 다가왔다.

"기다리게 해서 미안해. 길드 마스터가 되면 서류 작업이 많은데, 나는 아무래도 이런 건 잘 못해서 말이지. 남들보다 시간이 걸린다니까."

어디를 어떻게 봐도 마르크스 씨는 체육계니까.

몸을 움직이는 편이 특기겠지.

"그럼 본론으로 들어가서, 어제 크라켄과 시 서펜트와 아스피도켈론 정산이야. 우선 크라켄부터, 눈·입·빨판·마석 등등을 더해서 금화 628닢이다."

오오, 역시 S랭크.

마르크스 씨의 이야기를 들어보니 역시 마석이 높은 평가를 받은 모양이다.

크라켄 마석은 꽤 컸으니까.

"그리고 다음이 시 서펜트. 이쪽은 가죽·뼈·이빨·마석 등등을 더해서 금화 659닢이야."

이쪽도 고액이 됐네.

시 서펜트도 S랭크니까.

마르크스 씨의 이야기로는, 뭐니 뭐니 해도 시 서펜트는 13년 만에 잡힌지라 각 소재도 고가가 되었다고 한다.

가죽과 이빨은 이미 지역 무기 상회에서 사 가기로 했단다.

어디서 정보를 얻은 건지는 알 수 없지만, 너무 빨리 안 거 아냐?

시 서펜트도 크라켄과 마찬가지로 제일 평가가 높았던 것은 마석이라고 한다.

이쪽 마석도 커다랬으니까.

역시 마석은 크면 클수록 고가가 되는구나.

"마지막으로 아스피도켈론이야. 이건, 비늘·뼈·마석 등등을 합쳐서 금화 452닢이다."

아스피도켈론도 액수가 꽤 크네.

S랭크지만 그중에서는 수준이 낮은 편이라고 들었으니까, 훨씬 적을 줄 알았는데.

게다가 마석과 비늘에 이어서 돈이 되는 살을 우리가 받아갔으니 말이야.

그래서 그다지 기대하지는 않았는데, 금화 452닢이나 되다니.

"매입 금액은 다 해서 금화 1739닢이다. 그리고 크라켄 토벌 보수가 금화 400닢. 전부 해서 금화 2139닢이야."

오오, 또 돈이 늘었어.

페르들 덕분에 점점 돈이 쌓여가는구나.

"예란 영감님한테 들었는데, 대금화로 주는 편이 좋다지?"

"네, 그렇게 부탁드립니다."

금화는 충분히 갖고 있으니까, 바로 쓰지 않을 돈은 대금화로 주는 편이 감사하다.

"그래서, 대금화 213닢과 금화 9닢이야. 확인해봐."

어디, 대금화가 1, 2, 3………… 213닢이고 금화가 9닢.

응, OK다.

"네, 확인했습니다."

"그리고 지난번에 이야기했던 던전산 물건 말인데……."

그래, 그랬지. 지금 갖고 있는 물건의 목록을 아직 마르크스 씨에게 건네지 않았었다.

"남은 물건 목록을 만들었는데, 우선 이걸 드리겠습니다."

나는 작성한 목록을 마르크스 씨에게 건넸다.

"오오, 꽤 많은걸. 역시 답파한 모험가로군. 그보다, 드랭에서 팔고도 이렇게나 남아 있는 건가?"

"네 드랭에서는 수가 많았던 가죽과 마석을 중심으로 매입하셨거든요. 그래서 다른 건 많이 남아 있습니다."

"역시 그 부분은 빠른 사람이 임자인가. 우리도 가죽이 필요한데."

가죽 갑옷이 되는 가죽 소재는 어디서나 수량이 부족하다고 하니까.

길드로서는 확보하고 싶을 테지.

하지만…….

"가죽이라면 있습니다. 바스키 가죽이라든가 만티코어 가죽이라든가 구스타브 가죽이라든가."

"너 말이야, 그런 비싼 걸 샀다간 한 장으로 끝일 거 아냐."

쳇, 여기서도 아래 계층의 드롭 아이템은 처분하지 못하는 건가.

처분하지 못한 물건이라고 하니, 그것도 있었지.

어스 드래곤(지룡)의 소재.

어스 드래곤의 피니 안구니 각종 장기가 남아 있는데.

가죽은 좀 무리라고 해도, 여기 베를레앙의 모험가 길드는 꽤 크니까 이야기를 꺼내보는 정도라면 괜찮을지도.

"저기, 던전산 물품 이외에도 이런 걸 갖고 있는데, 사시겠어요?"

어스 드래곤 소재의 일부, 피가 담긴 병과 안구가 담긴 병을 꺼내 보여주었다.

"이건?"

"어스 드래곤의 피랑 안구입니다."

"푸웁."

아, 뿜었다.

그, 그렇게까지 놀랄 건 없잖아요.

"너, 너, 너, 너, 그, 그, 그런 것도 해치운 거냐?!"

아니, 내가 해치운 게 아니거든요.

페르가 끝장낸 거예요.

"하아, 어스 드래곤이라······. 보고 나니 어스 드래곤 소재도 손에 넣고 싶어지는군. 특히 피는 이런저런 데 이용 가치가 있으니까. 던전산 물품도 포기하기 어렵고······. 조금 더 찬찬히 생각해보고 싶으니, 내일모레까지 기다려줄 수 있을까?"

마르크스 씨가 그렇게 말했고, 나는 승낙했다.

너무 쌓이기만 하면 관리가 큰일이니까, 처분할 수 있을 때 처분하는 건 이쪽으로서도 감사하다.

그럼 이걸로 용건도 끝났으니, 돌아가기로 할까.

우리는 마르크스 씨에게 그만 돌아가 보겠다고 말하고 모험가 길드를 뒤로했다.

◇ ◇ ◇ ◇ ◇

페르와 드라 짱과 스이는 거실에서 낮잠을 자고 있다.

자, 그럼 나는 무얼 할까.

저녁 식사 준비라고 해도 오늘은 그다지 준비할 만한 것도 없으니 말이야.

아무리 페르들이라도 이렇게 해산물만 계속해서 먹다 보니 고기가 먹고 싶어졌는지…….

『이곳의 생선은 맛있지만, 이렇게 계속 먹기는 좀. 저녁은 고기가 좋겠다.』

페르가 그런 말을 꺼냈고, 드라 짱도 거기에 동의했다.

『확실히. 든든한 고기가 먹고 싶은걸. 아, 그 달콤 짭짤한 소스로 구운 거, 뭐랬더라? 그러니까, 아, 불고기 덮밥! 불고기 덮밥이 좋겠어!』

드라 짱은 드라 짱대로 불고기 덮밥이 먹고 싶다는 말을 시작했다.

『스이도 고기가 좋으려나. 불고기 덮밥 먹고 싶어.』

스이도 거기에 동조해서 불고기 덮밥을 먹고 싶다는 말을 꺼냈다.

원래부터 다들 고기를 정말 좋아했으니까.

그런고로 오늘 저녁 식사는 불고기 덮밥으로 하기로 했다.

그것도 고기를 양념해서 익히기만 하면 되니까.

밥을 지을 필요는 있지만, 그다지 시간이 걸리는 일도 아니고.

그래서 한가하다는 말씀.

뭘 하면 좋을까 멍하니 생각하고 있으려니 뭔가 잊은 듯한 기분이 들었다.

뭐였더라……?

…………앗!

신들에게 공물 바치는 걸 잊었다!

네이호프를 떠나기 전에 한 후로 완전히 잊고 있었어.

일주일이 넘었는데, 큰일이네.

이거 조만간 신탁이 내려오겠는걸.

좋아, 지금 좀 한가하니까 얼른 해버릴까.

나는 2층 방으로 이동했다.

"여러분, 오래 기다리셨습니다. 계십니까?"

우당탕거리는 소리가 들리나 했더니 바로 목소리가 들려왔다.

『너 말이다, 또 잊었던 게냐!』

『드디어 왔네.』

『정말이지, 너 잊어버렸던 거지?』

『……잊어버리면, 안 돼.』

『자네, 잊어버리다니 말도 안 되는 일일세. 천벌을 받을 게야!』

『맞아, 조금 더 늦었으면 한바탕할 참이었다고.』

약 한 명 위험한 발언을 하셨지만, 그건 못 들은 것으로 해두자.

『이세계인 군, 당신 일주일에 한 번이라는 약속이었던 걸 잊었던 거지?』

이 목소리는 키샤르 님인가.

키샤르 님은 빈틈이 없는데.

안 좋은 예감이…….

『약속을 깼으니까, 이건 은화 여섯 닢을 금화 한 닢으로 해야 한다고 생각하는데.』

그렇게 나오는 건가.

키샤르 님의 말에『그래, 옳다』『음, 좋은 생각이로군』이라며 동의하는 신들의 목소리가 들려왔다.

확실히 잊기는 했지만 은화 여섯 닢을 갑자기 금화 한 닢으로 UP이라니, 으음.

『이세계인 군은 우리 신들과의 약속을 깬 거야. 그게 무슨 의미인지 알아?』

그렇게 말씀하시면…….

잊은 건 전면적으로 내가 잘못한 거니까.

뭐, 돈은 있으니까 이번에 한해서는 괜찮으려나.

『어머, 이번만이 아니라 쭉이야.』

"네에?"

『당신은 말이지, 신들과의 약속을 깬 거야. 깜빡했다는 이유로 말이지. 그걸 이해하고 있는 거야?』

윽…….

사실이라 반론할 수 없잖아.

『그걸 지금부터 금화 한 닢으로 해주면 없었던 일로 해주겠다는 얘기거든?』

으으으으윽.

역시 키샤르 님은 빈틈이 없다니까.

하아, 어쩔 수 없네.

이번에는 내가 잘못했으니까.

게다가 여기서 무슨 말을 한들 키샤르 님한테 이길 수 있을 것 같지가 않아.

"알았습니다. 오늘부터 금화 한 닢으로 UP 하겠습니다."

그렇게 말하자 신들의 환성이 들려왔다.

『알면 됐어. 알면.』

그렇게 말하는 키샤르 님의 목소리가 들려왔다.

키샤르 님의 얼굴은 본 적이 없지만, 의기양양한 표정이 눈앞에 떠오른다.

『역시 키샤르이니라.』

『정말이야.』

『……좋았어.』

『잘했다. 키샤르, 다시 봤다.』

『말 잘하는 여자라고는 생각했지만, 대단하네.』

하아, 그럼 얼른 끝내자고요.

"그럼, 이번부터 금화 한 닢인 걸로. 처음에는 닌릴 님인가요?"

『그래, 이 몸이니라. 이 몸은 평소처럼 후미야의 케이크니라. 지난번의 동그랗고 커다란 케이크가 좋다!』

네네, 홀 케이크 말이죠.

『닌릴, 너 괜찮은 거야?』

『무엇이 말이냐?』

『그 커다란 케이크 혼자서 우걱우걱 먹었잖아. 너 요즘 살찐 거 아냐?』

『으윽…….』

이 목소리는 키샤르 님과 닌릴(유감 여신) 님인가.

예상대로 혼자서 홀 케이크를 먹은 건가.

그것도 한 번에 다 먹다니.

"저기, 이 동그랗고 커다란 케이크는 보통은 잘라서 여럿이 나눠 먹는 겁니다."

『시, 시끄럽다, 시끄럽다, 시끄럽다! 이, 이 몸이 어떻게 먹든 잔소리를 들을 이유는 없느니라!』

역으로 화를 내잖아.

역시 닌릴(유감 여신) 님.

그렇게 말한다면 딱히 상관없지만, 살쪄도 불만을 말하거나 하지 않기입니다.

어디까지나 본인 책임으로 부탁드립니다.

나는 닌릴 님이 바라시는 홀 케이크를 골랐다.

금화 한 닢이 되니 양이 꽤 많은걸.

고른 것은 한가운데 크림 사이에도 딸기가 들어간 딸기 쇼트케이크를 홀 케이크 S사이즈로, 초콜릿 스펀지에 초콜릿 크림이 들어가고 위에는 딸기가 장식된 초콜릿 케이크를 홀 케이크 S사이즈로, 그리고 딸기가 이렇게나? 싶을 만큼 올라간 딸기 타르트와 애플파이다.

이 메뉴에는 닌릴 님도 흥분하여 어서 내놓으라며 소란을 피우셨다.

그나저나 이걸 정말로 혼자서 다 먹을 셈인 거야?

정말 본인 책임으로 부탁드립니다.

"다음은……."

『네네, 나야~.』

키샤르 님이지.

그렇다면 당연히 그건가.

『나는 물론 미용 제품이 좋아~. 이번부터 금화 한 닢이니까 효과가 좋은 걸 갖고 싶어.』

고액 상품에 손을 대시는 겁니까.

이런 건 끝이 없긴 하지.

이게 갖고 싶다며 누나가 잡지를 보여줬던 걸 떠올렸다.

그때는 가격을 보고 잘못 봤나 했었다.

가격이 무려 108,000엔(세금 포함).

무슨 농담인가 싶었다고.

10만이라고, 10만.

사는 사람이 있기는 한 건가 싶었는데, 실제로 사려는 녀석이 옆에 있잖아? 하고 생각했더니 미용에 관한 여자의 집념은 무섭다 싶더라고.

그런 추억은 제쳐두고, 키샤르 님 걸 골라야지.

이 인터넷 슈퍼는 내가 썼던 곳과 거의 같아서, 국내의 유명 화장품 회사의 주요 시리즈는 어째선지 살 수 있다는 말이지.

그쪽을 보고 있는데, 오! 이런 건 어쩌려나.

"키샤르 님, 이건 어떨까요? 이 스킨이랑 크림으로 딱 금화 한 닢이에요. 피부에 탄력을 주고 젊은 피부로 만들어준다고 쓰여 있는데요."

내가 그렇게 말하자 덜컹덜컹덜컹 하는 소리가 났다.

『저, 젊은 피부라고? 그거, 그거야 그거! 그걸로 해줘!』

역시 피부에 생기가 사라지는 게 신경 쓰일 나이였던 건가. 그나저나, 몇 살인지 신경 쓰이는걸.

『우후후, 여성에게 나이를 묻는 건 예의가 아니지.』

……부들부들. 우으, 왠지 한기가.

"아, 그렇지. 지난번에 이월해뒀던 은화 한 닢은 어쩌시겠어요?"

『이번에 금화 한 닢으로 UP 해줬으니까, 그건 넓은 마음으로 없었던 걸로 해줄게. 그 대신에 다음에도 좋은 걸 골라줘.』

지난번에 이월했던 분은 그냥 넘어가 주려는가 보다.

그렇다고 해도 이번부터 금화 한 닢이니까.

복잡한 마음이야.

나는 키샤르 님을 위해 스킨과 크림을 구입했다.

"그럼 다음은 아그니 님이시죠?"

『그래, 나다. 나는 역시 맥주야. 그리고 뭔가 맛있는 안주가 있으면 그것도 보내줘.』

맥주와 안주라……

예산이 금화 한 닢이면, 이거 박스로 살 수도 있겠는데.

어디 어디. 아, A사의 프리미엄 맥주는 박스로 팔잖아.

이건 아그니 님도 맛있다고 했었으니까 사는 걸로.

그리고 평소처럼 K사의 프리미엄 맥주와 Y비스 맥주 여섯 개 팩.

다음으로 이번에는 S사의 프리미엄 맥주도 여섯 개 팩으로.

맥주와 잘 어울리는 거라고 하면 역시 튀김이니까, 남은 건 튀김을 중심으로 안주가 될 만한 걸 구입했다.

"다음은……."

『나, 루카. 망설였지만 역시 닌릴이랑 같은 거.』

루카 님도 케이크의 마력에 당하신 모양이네요.

하지만, 괜찮으려나?

본인 책임으로 부탁드립니다.

『괜찮아. 나는 닌릴과 달리 성장기. 그러니까 살찌지 않아.』

아, 그, 그렇습니까.

『이, 이, 이 몸도, 사, 살찌지 않았느니라!』

아, 닌릴(유감 여신) 님의 목소리가 들리네.

그 뒤집힌 목소리는 인정하는 거나 다름없는 것 같은데.

루카 님 몫으로 닌릴 님과 같은 케이크를 구입했다.

다음은 당연히…….

『다음은 나일세.』

『여어, 기다렸다고.』

『금화 한 닢씩이라. ㅋㅎㅎㅎㅎ.』

ㅋㅎㅎㅎㅎ라니, 기분 나쁘게 웃지 말아주세요.

『우선은 늘 사는 세계 제일의 위스키라네. 그건 빼놓을 수 없어.』

『그렇지.』

『그 외에는 지금까지 마셔보지 않은 게 좋겠다 싶네만…….』

"아, 그렇다면 비싸서 살 수 없었던 건 어떨까요?"

지금까지의 예산으로는 S사의 위스키를 사고 나면, 살 수 없었던 것도 꽤 있다.

『오오, 그거 좋은데. 어때? 대장장이의 신.』

『그렇군. 나도 괜찮다고 생각하네.』

"이건 어떨까요"

내가 두 사람에게 보여준 것은 까만 라벨이 붙은, 나도 아는 유명한 미국산 위스키다.

설명에 프리미엄 위스키라고 쓰여 있으니 괜찮겠다 싶은데.

『오, 이건 마셔본 적 없는 건데.』

『나도 마셔본 기억이 없군그래. 이걸로 하는 게 괜찮겠다 싶네만, 어떤가? 전쟁의 신이여.』

『나도 이게 괜찮을 것 같아.』

그런고로 구입.

그리고…… 이것도 아직 산 적이 없었던 것 같은데.

"이건 어떤가요?"

녹색 병에 담긴 스코틀랜드산 위스키다.

『이것도 마셨던 기억이 없군.』

『맞아.』

그런고로 이것도 구입.

다음은…… 오, 남은 예산으로는 이게 적당하고 괜찮을 것 같은데.

"마지막으로 이건 어떨까요?"

일본 메이커인 싱글 몰트 위스키다.

『이것도 본 적이 없는데.』

『나도 그렇다네.』

그런고로 마지막으로 이것도 구입했다.

후우, 다음은 종이 상자 제단에 각각을 올리고.

"여러분 받아주십시오."

종이 상자 제단 위에서 물건들이 사라져갔다.

곧바로 시끌시끌한 신들의 환성이 들려왔다.

휴우, 드디어 끝났네.

신들을 상대하는 건 쓸데없이 지친다니까.

저녁밥은 물론 모두의 요청대로 불고기 덮밥을 만들었다.

와이번 고기에 오랫동안 꾸준히 인기 있는 불고기 양념을 썼는데, 모두 맛있게 우걱우걱 먹었다.

역시 불고기 덮밥은 실패하지 않는다니까.

하지만 내일은 다시 해산물이야.

재료도 갖춰졌으니 드디어 해산물 BBQ다.

◇ ◇ ◇ ◇ ◇

아침 식사는 가볍게 마치고, 라고 해도 페르들은 아침부터 든
든하게 고기를 먹었지만.

점심부터는 해산물 BBQ라고 모두에게 말해두었다.

나는 그 해산물 BBQ 준비다.

조개류는 해감도 제대로 했으니 문제없다.

새우도 그대로 통구이 할 셈이라, 내장만 제거해두었다.

그럼 다음은 게 처리다.

게는 꽤 크기 때문에 다리를 잘라내고 굽는 편이 좋을 것 같다.

휙휙 게를 손질해간다.

다음은 포일 구이를 해도 괜찮겠는걸.

연어를 꼭 닮은 사켄이 있으니까, 된장을 써서 찬찬야키풍으로
만들어볼까.

나는 사켄을 손질해 뼈와 살을 분리했다.

커서 조금 고생하기는 했지만, 어떻게든 됐다.

모양이 별로인 건 지금은 그냥 넘어가기로 하고, 그 후로도 네
마리 정도 손질했다.

다음은 채소류도 필요한데.

포일 구이에 넣을 채소와 함께 인터넷 슈퍼에서 조달하도록

할까.

인터넷 슈퍼를 열어서 채소를 골랐다.

전에 BBQ를 했을 때 먹은 것들이 맛있었으니까, 그때 쓴 채소류가 좋겠지.

표고버섯이랑 피망이랑 아스파라거스랑 옥수수였지.

표고버섯과 피망은 포일 구이에도 쓸 수 있을 테니까.

그걸 생각하면 양파와 당근도 좋겠는걸.

그리고 내가 포일 구이를 만들 때면 반드시 넣는 팽이버섯도 구입했다.

팽이버섯은 싸고 맛도 좋고 식감도 좋아서 다양한 요리에 쓸 수 있어 편리하단 말이지.

채소를 다 샀으니, 우선은 BBQ에 쓸 채소의 밑 준비다.

피망과 옥수수는 그대로 구울 거니까 아무것도 안 해도 된다.

옥수수는 껍질이 그대로인 걸 샀는데, 그대로 구우면 쪄지듯이 구운 상태가 돼서 맛있다.

표고버섯은 밑부분을 잘라내고, 아스파라거스는 필러로 아래쪽 단단한 껍질을 벗기고, 양파와 당근은 두껍게 잘라둔다.

마지막은 포일 구이 준비다.

포일 구이는 두 종류 만들 생각인데, 사켄 찬찬야키풍 포일 구이와 흰 살 생선도 있으니 타이런트 피시 레몬 버터 간장 풍미 포일 구이로 정했다.

귀찮으니까 채소류는 양쪽 모두 같은 걸 쓸 예정이다.

표고버섯은 밑 부분을 잘라낸 다음 얇게 썰고, 양파도 반으로 잘라서 얇게 썬다.

당근과 피망은 채 썰고, 팽이버섯은 밑 부분을 잘라내고 손으로 풀어둔다.

우선은 사켄으로 찬찬야키풍 포일 구이 만들기다.

알루미늄 포일에 버터를 바르고 양파를 깐 다음, 그 위에 적당한 크기로 자른 사켄을 올리고서 가볍게 소금 후추를 뿌린다.

페르와 드라 짱과 스이의 몫은 큼직한 살로 했다.

그 위에 팽이버섯, 당근, 피망, 팽이버섯을 듬뿍 얹는다.

거기에 된장, 설탕, 술, 맛술을 적절하게 섞은 조미료를 뿌리고 그 위에 버터를 올린 다음 알루미늄 포일로 감싸면 사켄 찬찬야키풍 포일 구이 준비 완료다.

타이런트 피시 레몬 버터 간장 풍미 포일 구이도 비슷한 느낌으로 준비한다.

알루미늄 포일에 버터를 바르고 양파를 깐 다음 타이런트 피시 살을 올리고서 소금 후추.

그 위에 채소류를 얹고 버터를 위에 둔 다음 알루미늄 포일로 감싼다.

레몬즙과 간장은 먹기 직전에 뿌려서 먹으면 맛있다.

좋았어. 이걸로 해산물 BBQ 준비도 됐고, 넓은 정원에서 해산물 BBQ를 만끽해보도록 할까요.

『아직이냐?』

페르, 그 질문 몇 번짼지 알아?

"조금 더 기다려야 해."

페르도 드라 짱도 스이도 바비큐 그릴 위에서 구워지고 있는 해산물을 빤히 바라보고 있었다.

가리비와 닮은 옐로 스캘럽 껍질이 입을 벌리고, 두툼하고 커다란 조갯살이 얼굴을 내밀었다.

그 후에 다른 조개들도 하나둘 입을 열었다.

전부 정말 맛있어 보인다.

여기에 간장을 살짝 뿌리면.

"자, 이제 다 됐어."

옐로 스캘럽 껍데기를 까서 먹을 수 없는 부분을 제거하고 접시에 담았다.

빅 하드 클램도 마찬가지로 껍데기를 벗기고 접시에 담아서 모두에게 내주었다.

『음, 어제 노점에서 먹은 것보다 맛있다.』

『맞아. 네가 구우면 역시 다르다니까.』

『주인, 맛있어.』

후후후후후, 그렇지? 역시 그렇지?

이 세계에서는 나밖에 구할 수 없는 간장이라고 하는 신과 같은 조미료가 있으니까 말이야.

게다가 이 간장은 해산물과 최고로 잘 어울린다고.

간장을 뿌린 해산물이 맛없을 리 없다고.

나도 먹어야지.

가리비와 닮은 옐로 스캘럽, 이것부터 먹어볼까.

가리비와 닮은 조갯살은 두툼하고, 아무튼 컸다.

두툼한 조갯살을 한입 가득 물었다.

"맛있어!"

맛은 가리비랑 똑같았다.

씹을 때마다 가리비의 감칠맛이 입안 가득 퍼졌다.

간장과의 상성도 아주 좋았다.

하아~, 행복해.

맛있는 걸 먹으면 행복해진다니까.

음, 이제 슬슬 이쪽도 괜찮으려나.

"이쪽에 있는 새우랑 게도 다 구워졌어. 먹을래?"

보리새우와 닮은 버밀리온 슈림프는 소금을 뿌려서 통째로 구웠다.

대게와 닮은 브론즈 킹크랩은 구운 게다.

『먹겠다.』

『나도.』

『스이도.』

버밀리온 슈림프는 껍데기를 벗기지 않은 채로 요리해도 된다고 해서 그대로, 그리고 브론즈 킹크랩은 살을 빼서 접시에 담았다.

페르가 말하길 버밀리온 슈림프의 껍데기 정도라면 오히려 껍데기째로 먹는 편이 고소해서 맛있다고 한다.

자이언트 하드 클램과 옐로 스캘럽, 브론즈 킹크랩 껍질은 먹자고 들면 못 먹을 건 없지만, 너무 딱딱해서 입을 찌르는지라 없는 편이 좋다고 한다.

껍데기, 딱딱하지.

나는 버밀리온 슈림프 껍질도 벗겨서 먹을 거지만.

버밀리온 슈림프의 빨간 껍질을 벗기자 탱글하고 맛있어 보이는 새우 살이 드러났다.

덥석 입에 물자 탱글탱글한 새우의 식감과 단맛이…….

새우, 최고!

새우 맛있어!

꽤 커다란 새우였는데, 바로 다 먹어버렸어.

다음은 브론즈 킹크랩이다.

우선은 그대로.

고소한 냄새가 참을 수 없어.

게살을 입안 가득 넣자 게의 달콤한 맛이 입안에 좌악 퍼졌다.

하아~ 게는 어째서 이렇게 맛있는 걸까.

이번에는 간장을 살짝 떨어뜨려서.

으음, 간장도 잘 어울리네.

아, 그렇지. 이건 이렇게 해도…….

등딱지 속 내장과 발라낸 게살을 섞어서.

게 내장 무침이다.

"오오~, 이거 못 참겠네."

『웅? 뭐냐? 맛있어 보이는 걸 먹고 있구나. 나한테도 다오.』

『나도 줘.』

『스이도.』

게 내장 무침을 모두에게 내주었다.

『오오, 이건 먹어본 적 없는 맛이군. 감칠맛이 있어서 맛있다.』

『응, 맛있어.』

페르와 드라 짱에게는 호평이었지만 스이는 별로인 모양이다.

스이에게 게 내장은 아직 이른가 보다.

이건 맥주가 당기는걸.

인터넷 슈퍼를 열어서 A사의 신제품이라고 하는 맥주를 구입했다.

감칠맛과 깔끔함이 특징인 맥주라고 하는데, 해산물 BBQ에도 잘 어울렸다.

오 이쪽 포일 구이도 다 된 모양인데.

사켄 찬찬야키풍 포일 구이와 타이런트 피시 레몬 버터 간장 풍미 포일 구이.

타이런트 피시 레몬 버터 간장 풍미 포일 구이는 포일을 열어서 레몬즙과 간장을 뿌려 내주었다.

『으음으음, 이것도 맛있다.』

『이쪽 달콤 짭짤한 거 맛있어. 이쪽도 새콤해서 산뜻하고 맛있고.』

『이 생선 맛있어~.』

두 포일 구이 모두 호평이라 다행이야.

그럼 나도 먹어볼까.

찬찬야키는 달짝지근한 된장 맛이 맛있는걸.

연어와 달짝지근한 된장이 정말 잘 어울려.

흰쌀밥이 먹고 싶어지는 맛이야.

레몬 버터 간장 풍미 쪽도 버터와 간장과 레몬이 잘 어우러져서 흰 살 생선에 잘 맞네.

채소가 듬뿍 들어간 것도 좋아.

이것도 저것도 다 맛있어.

이건 다 신선한 해산물을 구했기 때문이야.

해산물 BBQ 최고!

그 후에도 우리는 해산물 BBQ를 마음껏 즐겼다.

오늘은 아침부터 모험가 길드에 와 있다.

접수창구에 갈 것도 없이 바로 2층의 길드 마스터 방으로 안내되었다.

방에 들어가자 마르크스 씨가 기다리고 있었다.

"여어, 잘 왔네. 여기 앉아."

마르크스 씨의 맞은편 자리에 앉았다.

"아니, 던전산 물품도 꽤 있는 데다 어스 드래곤 소재 같은 걸 보게 됐으니, 꽤 고민했다고."

"그래서 매입할 건 정하셨나요?"

"그래."

마르크스 씨가 매입하고 싶다고 말한 던전산 물품은 오크의 고환×31, 미노타우로스의 쇠도끼×15, 오크 킹의 고환×1, 레드 오거의 마석(중)×1, 자이언트 킬러 맨티스의 낫×38, 머더 그리즐리의 모피×21, 자이언트 센티피드의 외각×3, 킬러 호네트의 독침×286, 미믹의 보물 상자(소)×1이었다.

어스 드래곤의 소재 쪽은 피를 두 병 구입하겠다고 한다.

"던전산 물품도 어스 드래곤의 소재도 쉽게 구할 수 없는 거니까 사실은 좀 더 구입하고 싶은 마음이지만, 아무래도 이게 한계야."

마르크스 씨는 아쉬운 듯이 그렇게 말했다.

하지만 어스 드래곤의 피도 구입해주었으니, 생각보다 많이 처분할 수 있어 나로서는 잘된 일이었다.

당연하게도 여기서 매입품을 다 꺼내놓을 수는 없는지라 창고로 이동하자는 이야기가 되었다.

"아무래도 이 정도의 물건을 매입하게 되면, 가격을 책정하는 데도 시간이 걸릴 거야. 내일 오후까지 기다려주겠어?"

창고로 향하면서 마르크스 씨가 그렇게 말했다.

"네, 괜찮습니다."

꽤 이것저것 사주어서 양도 많으니까.

지금으로써는 해산물 구입 정도밖에는 달리 일도 없으니 전혀 문제없다.

창구에 도착해서 구입해주기로 한 물건들을 꺼냈다.

전부 꺼내고 돌아가려고 하는데 마르크스 씨가 나를 불러 세웠다.

"미안, 미안. 자네에게 전언이 있었어. 아침 일찍 상인 길드에서 심부름꾼이 왔었는데, 뭔가 자네에게 전할 말이 있으니 상인 길드로 와달라더군."

상인 길드에서?

일단 나도 상인 길드에 등록은 되어 있지만…….

뭐지?

뭐, 일단 가보기로 할까.

나는 상인 길드로 향했다.

상인 길드에 온 건 좋았지만, 대체 무슨 이야기인 걸까?

나는 상인 길드에 들어가 일단 창구로 향했다.

"저기, 무코다라고 합니다만. 상인 길드에 오라는 말을 전달받
았는데요……"

모험가 길드의 길드 카드와 일단은 상인 길드의 길드 카드를 접
수창구 직원에게 보여주었다.

그러자 안쪽 회의실 쪽으로 들어가라고 안내를 해주었다.

페르들도 함께 가도 괜찮은지 물어보았더니, 괜찮습니다라는
답이 돌아왔다. 페르들을 데리고서 접수창구 직원을 따라갔다.

회의실에 들어가자, 분명 상인 길드의 길드 마스터인 게르트
씨라고 했던가? 그 게르트 씨와 호리호리한 느낌의 마른 체구의
40대 전후로 보이는 남성이 의자에 앉아 있었다.

"상인 길드에 어서 오십시오. 자자, 이쪽에 앉으시죠."

게르트 씨가 권한 대로 호리호리한 마른 체구의 남성 옆 의자

에 앉았다.

페르들에게는 의자 뒤에서 기다리라고 해두었다.

"지난번에 잠시 뵀습니다만, 다시 인사드리겠습니다. 길드 마스터인 게르트라고 합니다. 잘 부탁드립니다."

"저야말로 잘 부탁드립니다."

"활약하신 이야기는 잘 듣고 있습니다. 드랭 던전을 답파하셨다죠? 그리고 이 도시에서도 문제가 되었던 크라켄을 토벌해주셨고요. 그야말로 파죽지세로군요."

어쩐지 게르트 씨의 눈이 번쩍하고 빛난 것만 같은데, 기분 탓일까?

"아, 네. 뭐……."

지금까지의 성과는 전부 페르들 덕분이지만.

이런 이야기를 하려고 부른 게 아닐 텐데, 대체 뭘까?

"저기, 그래서, 무슨 용건이신지요?"

"이런, 쓸데없는 말이 길었군요. 죄송합니다. 실은 말이죠, 카레리나시의 람베르트 상회에서 연락이 있었습니다. 이쪽 람베르트 상회의 분과 만날 수 있게 해달라는 연락이었지요."

게르트 씨의 이야기에 따르면 상인 길드에서도 모험가 길드처럼 전이 마법 도구로 편지 등을 주고받을 수 있다고 한다.

모험가 길드처럼 각 지부에 다 있는 건 아니지만, 주요 도시에는 설치해두고 있고, 이곳 베를레앙에도 있다고 한다.

그 마법 도구를 이용해 람베르트 씨에게서 연락이 왔다는 모양이다.

"구입 담당인 아드리안이라고 합니다. 앞으로 잘 부탁드립니다. 오늘은 회장님의 명을 받아서 무코다 님을 만나기 위해 베를레앙까지 왔습니다."

아드리안 씨가 마침 베를레앙 도시 근처에 있었던지라 연락을 받았다고 한다.

람베르트 씨와 관련된 건가.

혹시 그 물건의 재고가 부족해진 거려나?

"그럼 길드 마스터, 여기서부터는 개인적인 상담인지라."

아드리안 씨가 그렇게 말하자, 게르트 씨가 "그렇군요"라며 자리에서 일어났다.

"무코다 씨, 돌아가기 전에 잠시 드릴 말씀이 있으니 접수처에 이야기를 좀 해주십시오."

게르트 씨는 그렇게 말하고 방을 나갔다.

"그래서, 람베르트 씨가 뭐라시던가요?"

"네, 이쪽 편지를 보여드리면 아실 거라고 하셨습니다."

그렇게 말한 아드리안 씨에게 편지를 건네받았다.

읽어보니…….

역시 그, 비누니 샴푸니 하는 이야기였다.

물건이 꽤 잘 팔려서 상품마다 한 사람당 몇 개까지라는 제한을 둘 정도란다.

그래도 재고가 아슬아슬해졌는지 서둘러 구입하고 싶다고 쓰여 있었다.

그걸 위해 상인 길드의 전이 마법 도구까지 써서 연락을 한 모양이다.

람베르트 씨가 구입하고 싶다고 말한 것은 저렴한 비누×1000개, 장미향 비누×500개, 린스가 포함된 샴푸×1000병, 샴푸와 트리트먼트 ×400병, 헤어 마스크×100개였다.

총액이 금화 1185닢이다.

꽤 많은 양의 주문에 놀랐는데, 현재 판매에 제한을 두었는데도 날개 돋친 듯이 팔려 기쁜 비명을 지르고 있다고 한다.

지금은 상품이 얼마나 좋은지 아는 여성도 늘었고, 특히 젊은 여성이 주로 사 간다는 모양이다.

아름다워지고 싶다는 여성의 마음은 어느 세계나 마찬가지인가 보다.

"편지를 보고 사정은 알았습니다. 내일 아침까지는 준비해두겠습니다."

"알았습니다."

나는 베를레앙에서 지내고 있는 집의 위치를 아드리안 씨에게 가르쳐주고, 내일 아침에 와달라고 부탁했다.

자 그럼, 지금부터 준비를 해야겠군.

돌아가는 길에 잡화점에 들러서 나무 상자와 단지를 사야겠다.

혼자서 준비하는 건 큰일이지만, 아무리 그래도 비닐 파우치 같은 걸 이쪽 사람들에게 보여줄 수는 없으니 말이지.

무엇보다 신세를 진 람베르트 씨의 의뢰니까, 이건 열심히 할 수밖에 없지.

아드리안 씨의 이야기도 끝나고, 회의실을 나온 후 게르트 씨가 말했던 대로 창구에 가서 말을 걸었다.

"실례합니다. 무코다라고 합니다만 길드 마스터인 게르트 씨가 돌아가기 전에 알려달라고 말씀하셨는데요."

내가 그렇게 말하자 접수창구 직원은 "잠시 기다려주세요"라며 자리를 비웠다.

그리고 곧바로 게르트 씨가 나타났다.

"돌아가시는 길인데 죄송합니다. 부디 꼭 좀 부탁드리고 싶은 게 있어서⋯⋯."

게르트 씨의 이야기는 던전산 물품을 상인 길드에도 꼭 팔아주었으면 한다는 내용이었다.

역시 던전산 물품은 좀처럼 구하기가 어렵기도 해서, 이곳 상인 길드에서도 손에 넣고 싶은 모양이었다.

여기도 드랭의 상인 길드와 마찬가지로 특히 보석과 장신구류를 원한다고 했다.

그렇다면.

드랭에서 했던 아픈 경험이 떠올랐다.

보석의 가치 같은 건 잘 모르고, 산전수전 다 겪은 상인을 상대로 이길 수 있을 것 같지도 않단 말이지.

한심스럽지만, 뭔가 능숙하게 구슬려 넘어갈 것만 같은 기분이 안 드는 것도 아니다.

"그 물건을 파는 건 상관없지만, 거래는 모험가 길드를 통하여 괜찮을까요?"

내가 그렇게 말하자 잠시 사이를 두기는 했지만 게르트 씨도

OK 해주었다.

비용은 들어도, 역시 보석류를 잘 아는 모험가 길드의 사람과 함께 오는 편이 좋겠다 싶다는 말이지.

"모험가 길드의 길드 마스터인 마르크스 씨에게 상담해보겠습니다. 그러니 내일이나 내일모레쯤이 괜찮을 거라 생각합니다. 혹시 모험가 길드 쪽 상황이 여의치 않아서 연기하게 될 경우에는 연락을 드리겠습니다."

"저는 거의 매일 여기에 있으니 언제든 괜찮습니다. 그러니 상황이 되실 때 언제든 부탁드립니다."

"알겠습니다."

우리는 게르트 씨에게 배웅을 받으며 상인 길드를 뒤로했다.

"아드리안 씨, 이른 아침부터 죄송합니다."

"아뇨 아뇨, 이것도 일인걸요. 그럼 이게 대금입니다. 확인해보시지요."

1, 2, 3…… 대금화 118닢과 금화 다섯 닢으로 전부 해서 금화 1185닢.

"네, 확인했습니다."

"그럼 저는 서둘러 카레리나를 향해서 출발해야만 하는지라."

"조심히 가십시오. 아, 람베르트 씨에게도 안부 전해주세요."

이른 아침부터 호위 모험가를 데리고서 찾아와주었던 아드리안 씨들이 카레리나를 향해서 출발했다.

"후우, 끝났다. 어떻게 제시간에 맞춰서 다행이야."

어제는 밤늦게까지 혼자서 비누와 샴푸 등의 용기를 바꾸는 작업을 했다.

비누는 비닐과 상자 등을 제거해 상자에 담고, 샴푸 등은 단지 안에 넣을 뿐인 단순 작업이기는 했지만.

그래도 양이 양이니까 말이야, 시간이 꽤 걸렸다.

하지만 전에 용기 교체 작업을 했던 때보다는 효율적이었다고.

그게 린스 포함 샴푸와 샴푸와 트리트먼트에 관해서는, 무려 평범한 리필 제품 여섯 개분의 초특대 사이즈 리필 제품이 있었거든.

전에는 없었던 것 같은데, 이번에 찾아보니 있더라고.

꼼꼼하게 살펴본 건 아니지만, 레벨이 올라가면서 소소하게 상품 수가 늘어난 게 아닐까 싶다.

기본은 슈퍼니까, 상품이 늘었다고 해도 소소하게 이런 리필 제품의 종류가 늘어나는 정도겠지.

그건 덕분도 있어서 큰일이기는 했지만 어떻게든 밤샘까지는 하지 않고 마무리할 수 있었다.

그렇다고는 해도…….

"흐아암~ 졸려."

약간 수면 부족인 느낌이다.

진한 커피라도 마시고 잠을 깨야겠어.

모두에게 아침밥을 주고 나면 모험가 길드에 가야 하니까.

◇　◇　◇　◇　◇

요 며칠 사이에 완전히 얼굴을 익혔는지, 모험가 길드에 들어가자 바로 2층 길드 마스터 방으로 안내되었다.

"잠깐 앉아서 기다려주겠나? 금방 끝낼 테니까."

마르크스 씨가 그리 말하기에 자리에 앉아 기다렸다.

직원분과 자루를 확인하고 있는 걸 보면, 나에게 지불할 매입 대금을 최종 확인하고 있는가 보다.

그 일을 마치고, 마르크스 씨가 내 맞은편 자리에 앉았다.

"미안, 자네한테 지불할 대금 확인을 하느라. 그래서……."

매입의 상세 내역이 쓰인 종이인지, 마르크스 씨가 그것을 확인했다.

"어디, 자세히 설명하지. 던전산 물품 쪽이네만, 오크의 고환 ×31이 금화 24닢과 은화 8닢, 미노타우로스의 쇠도끼×15가 금화 30닢, 오크 킹의 고환×1이 금화 13닢, 레드 오거의 마석(중)×1이 금화 80닢, 자이언트 킬러 맨티스의 낫×38이 금화 76닢, 머더 그리즐리의 모피×21이 금화 52닢과 은화 5닢, 자이언트 센티피드의 외각×3이 금화 246닢, 킬러 호네트의 독침×286이 금화 143닢, 미믹의 보물 상자(소)×1가 금화 188닢. 그걸 전부 합하면 금화 853닢과 은화 3닢이다."

던전산 물품만으로도 꽤 큰 금액이 되었다.

"다음은 어스 드래곤 피 말인데, 한 병에 금화 180닢으로 사겠네. 두 병 해서 금화 360닢이야. 좀처럼 구하기 어려운 물건이니까, 꽤 덤을 붙였다네."

오오, 한 병에 금화 180닢이라니.

드랭에서 팔았을 때보다 비싸잖아.

"그러니까, 양쪽을 전부 더하면 금화 1213닢과 은화 3닢이야. 이번에도 대금화로 준비했으니, 확인해보라고."

네네, 어디 대금화 121닢이랑 금화 3닢이랑 은화 3닢, 정확하네.

"네, 틀림없습니다."

나는 매입 대금을 아이템 박스에 넣었다.

아, 상인 길드에 관한 걸 상담해야지.

"마르크스 씨, 상담하고 싶은 게 있는데요……."

마르크스 씨에게 상인 길드에서 던전산 물품을 매입하고 싶어한다는 말을 해 왔다고 전했다.

"그래서 말이죠, 상인 길드에서는 특히 보석류를 구입하고 싶은 모양인데, 저는 그런 물건의 가치는 잘 몰라서요……."

드랭의 상인 길드에서 있었던 일도 이야기했다.

"과연. 모험가들은 그런 부분에서 둔하지. 그보다, 역시 드랭의 우고르야. 견식이 높아."

"마르크스 씨는 우고르 씨를 아시나요?"

"뭐, 얼굴을 아는 정도지. 그게 유명한 이야기거든. 드랭의 길드는 부길드 마스터 우고르가 있어서 유지되는 거나 다름없다고."

그렇구나. 몰랐어.

하지만 드랭의 길드가 우고르 씨 덕분에 유지되고 있다는 건 맞는 애기 같네.

"거기 길드 마스터는 전 S랭크 모험가인데, 자기가 좋아하는 일에는 엄청나게 집착하면서 일하는 특이한 사람이라고 들었거든."

…………엘랑드 씨, 유감스러운 소문이 퍼지고 있잖아요.

뭐, 소문이라고 해도 거의 정답이지만.

성가신 일은 우고르 씨한테 맡겨두고, 드래곤에 관한 일에 폭주하니까.

"드랭의 길드 마스터인 엘랑드 씨 말인가요? 확실히 특이한 분이었죠……."

"아는 건가? 아, 그렇지. 여기 오기 전에 드랭에 있었으니까."

"네, 드래곤을 정말 좋아하는 매우 특이한 분이셨습니다. 하하하."

어스 드래곤에 뺨을 부비적거릴 것만 같았다고. 그 사람.

나쁜 사람은 아니지만, 그 평범하지 않은 드래곤 LOVE인 부분은 솔직히 질렸지.

뭐, 지금은 일단 엘랑드 씨 이야기는 제쳐놓고.

"그래서 말이죠, 가능하면 이곳에서 보석류를 가격 책정을 담당하고 있는 직원분과 함께 상인 길드에 갈 수 있었으면 해서요. 물론 비용은 지불하겠습니다."

"우리 길드에서 보석류를 제일 잘 아는 직원이라고 하면, 그 녀석인가. 그럼 소개할 테니 따라오게."

마르크스 씨의 뒤를 따라가서 소개받은 사람은 40대 중반의 통통한, 길드 안에서도 고참이라는 느낌을 주는 여성 직원인 카를롯테 씨였다.

"여기 카를롯테가 우리 길드에서는 보석류를 제일 잘 알아."

"무슨 일이신가요? 길드 마스터."

"실은 말이지……."

마르크스 씨가 카를롯테 씨에게 사정을 설명했다.

"어머어머, 재미있을 것 같네요. 우리 길드에 보석류 매입 의뢰 같은 건 그다지 없거든요. 이거 실력 발휘를 할 기회네~."

카를롯테 씨도 무척이나 의욕적이었다.

"나도 후학을 위해서 입회하도록 하지. 괜찮겠나?"

"그건 괜찮습니다만, 여러분 예정은 어떠신가요?"

마르크스 씨와 카를롯테 씨의 예정을 묻자 내일 점심 무렵이라면 괜찮다고 했다. 그런고로 내일 점심 무렵에 다 함께 상인 길드로 가기로 했다.

"그럼, 내일 점심때 다시 오겠습니다."

"그래, 기다리지."

"기다리고 있겠습니다~. 기대되네."

마르크스 씨와 카를롯테 씨에게 배웅을 받으며 모험가 길드를 뒤로했다.

오늘은 아침부터 아침 시장에서 열심히 해산물을 구입했다.

앞바다의 크라켄이 사라져서 조금씩 어획량도 원래대로 돌아온 것인지, 지난번에 왔을 때보다도 시끌벅적했다.

팔고 있는 해산물 종류도 늘었고.

그 덕분에 해산물 구입도 매우 만족스러웠다.

전에도 샀던 연어와 똑 닮은 사켄과 베를레앙의 명물인 타이런트 피시도 추가로 구입했다.

그리고 보리새우랑 닮은 버밀리온 슈림프와 대게랑 닮은 브론즈 킹크랩, 커다란 대합 같은 빅 하드 클램에 가리비와 닮은 옐로 스캘럽도 추가로 구입했다.

아무튼 엄청나게 맛있었으니까.

그리고 이번에는 굴이랑 꼭 닮은 카키라는 조개도 있어서 여러 가게를 돌면서 꽤 많은 양을 구입했다.

보통 굴에 배는 되는 크기에 알도 탱글한 게 맛있어 보였거든.

생으로 레몬즙을 살짝 뿌려서 먹고 싶지만, 그건 아무래도 생각에 그치기로 했다.

아직 죽고 싶지 않으니까.

게다가 사인이 기생충이라니, 절대 싫다고.

생은 안 되지만, 굴은 익혀도 맛있으니까.

굴 튀김도 좋고 그라탱 같은 것도 좋겠다, 그런 생각을 하다 보니 그만 많이 사버렸다.

그러나 후회는 하지 않아(부릅).

그리고 도미랑 닮은 타타이라는 생선도 샀다.

이 타타이라는 생선은 도미보다는 꽤 커서 1미터가 넘었지만.

역시 이 크기가 되면 직접 손질하는 건 무리일 것 같으니 가게 주인장에게 부탁해서 살을 발라냈다.

살도 흰 살이라 도미랑 비슷한 느낌인 것이, 구워도 끓여도 쪄도 맛있을 것 같았다.

이건 머리랑 뼈도 빈틈없이 돌려받았다.

가게 주인장은 어째서 그런 걸 가져가느냐는 표정을 했지만 말이지.

이걸로 탕도 끓일 수 있다.

아침 시장에서 해산물 구입을 마치고서, 당연히 이번에도 노점 순회를 했다.

지난번에는 가지 못했던 노점도 있었던지라 페르들도 기뻐했다.

모험가 길드에 가야 할 시간까지 우리는 노점 순회를 즐겼다.

◇ ◇ ◇ ◇ ◇

모험가 길드에 들어가자 바로 마르크스 씨와 카를롯테 씨가 나타났다.

"여어, 잘 왔어."

"기다리고 있었습니다. 드디어 상인 길드로군요. 기대됩니다~."

카를롯테 씨, 싱글벙글하네.

"제가 번거롭게 해드리네요. 두 분 모두 오늘은 잘 부탁드립니다."

"뭐, 나는 그냥 견학이지만. 그럼 바로 상인 길드로 가볼까."

"네."

우리는 상인 길드로 향했다.

상인 길드에 들어가 창구에 게르트 씨를 불러달라고 부탁했다. 그러자 게르트 씨가 바로 나타났다.

"오오, 무코다 님. 기다리고 있었습니다. 어라? 모험가 길드의 길드 마스터도 함께시군요."

"게르트 씨, 오랜만입니다. 나는 후학을 위해 견학을 할까 해서요."

"그러십니까. 자아, 여러분 이쪽으로 오시죠."

우리는 게르트 씨의 뒤를 따라서 회의실로 들어갔다.

우리가 회의실로 들어가자 뒤이어 바로 40대 전후의 수염을 기른 풍채 좋은 남성이 들어왔다.

"우리 길드에서 보석류 감정을 담당하고 있는 하인츠입니다."

게르트 씨가 그렇게 소개했다.

"우리 직원 중에서 보석 감정을 일괄 담당하고 있는 카를롯테입니다. 잘 부탁드립니다."

마르크스 씨도 카를롯테 씨를 소개했다.

…………어, 어쩐지 견디기 힘든 분위기인데요.

게르트 씨도 하인츠 씨도, 마르크스 씨도 카를롯테 씨도 웃는 얼굴인데, 눈이 웃고 있지 않아.

어쩐지 상인 길드 VS 모험가 길드의 구도가 되어버렸어.

다들 무서워.

이런 건 얼른 끝내는 게 제일이지.

"저, 저기, 게르트 씨. 던전산 보석류를 매입하고 싶다고 하셨으니, 우선은 꺼내도 괜찮겠습니까?"

"아, 잠시만 기다려주십시오."

그렇게 말하자, 게르트 씨가 준비했던 부드러운 천을 테이블 위에 깔았다.

"여기에 놓으시죠."

나는 펼쳐놓은 천 위에 보석류를 꺼내놓았다.

사파이어(중간 사이즈)에 알렉산드라이트(중간 사이즈), 그리고 옐로 다이아몬드(큰 사이즈)에 탄자나이트 목걸이.

"훌륭하군요."

"드랭에서 많이 매입하셔서 많지는 않습니다만……."

보석류는 드랭의 상인 길드에서 꽤 팔아버렸으니까.

꺼낸 보석을 "실례하죠"라며 하인츠 씨가 살펴보았다.

"이건…… 역시 던전산이로군요. 전부 훌륭한 품질입니다. 탁하지도 않고 상처도 적어요. 특히 이 옐로 다이아몬드……. 이건 제가 지금까지 봐온 보석 중에서도 가장 가치가 있는 겁니다."

눈물 모양으로 커팅된 옐로 다이아몬드를 열기가 담긴 눈으로 바라보면서 하인츠 씨가 그렇게 말했다.

"역시 그런가. 색이 있는 다이아몬드는 귀하니까 말이야. 게다가 황금색이라니……."

하인츠 씨의 옆자리에서 그걸 보고 있던 게르트 씨도 옐로 다이아몬드를 바라보면서 그렇게 말했다.

분명 황금색은 행운을 가져다준다며 귀하게 여겨진다고 했지.

게르트 씨와 하인츠 씨는 소곤소곤 작은 목소리로 협의를 했다.

옐로 다이아몬드를 매입할지 말지 협의하고 있는 것이리라.

하지만 이건 드랭의 상인 길드도 손을 대지 못한 물건이니까 말이지.

그곳의 베테랑 감정사인 루슬란 씨가 세계 최고봉이라고까지 말했던 물건인걸.

아무리 나라도 이건 어지간한 가격으로는 납득하지 못할 거야.

아, 그러고 보니 보석류라고 하면 그것도 되려나?

"죄송합니다만, 보석류라고 하면 이런 것도 있는데요."

나는 미믹의 보물 상자(대) 두 개도 꺼내서 보여주었다.

"오오! 이렇게 커다란 보물 상자는 보기 드뭅니다. 저도 이렇게 큰 보물 상자는 처음 봤습니다."

하인츠 씨가 흥분한 기색으로 그렇게 말하더니 찬찬히 보석 상자를 살펴보았다.

"쓰인 건…… 이쪽 보물 상자는 에메랄드와 다이아몬드로군요. 에메랄드는 꽤 커다랗고, 다이아몬드는 작지만 수가 많군요. 이쪽 보물 상자는 사파이어를 중심으로 다이아몬드와 아쿠아마린이 쓰였습니다. 으음, 양쪽 다 세심하게 디자인된 훌륭한 물건입니다."

흥미는 가져준 모양이다.

"그럼 잠시 기다려주시겠습니까?"

게르트 씨가 그리 말하고 하인츠 씨와 함께 회의실을 나갔다.

한 번 꺼냈던 보석류는 회수했다.

그리고 나와 마르크스 씨와 카를롯테 씨는 대접받은 차를 마시며 기다렸다.

"그나저나, 역시 던전산이로군요. 훌륭한 품질이었습니다."

카를롯테 씨가 절절한 목소리로 그렇게 말했다.

"나는 보석류에 관한 건 전혀 몰라서 말인데, 그 정도야?"

마르크스 씨가 그리 물었다.

남자 모험가는 다들 비슷하겠지.

"네. 아까 하인츠 씨도 말했지만, 특히 옐로 다이아몬드는 대단했습니다. 예상으로는 아무리 낮게 잡아도 금화 2500닢 아래로는 내려가지 않을 거라고 봅니다."

"그, 그거 하나에 금화 2500닢이라니……."

"물론 다른 보석류도 질이 좋았지만, 그중에서는 탄자나이트 목걸이가 훌륭했습니다. 탄자나이트 자체도 보기 드문데, 그 크기니까요. 디자인은 살짝 오래된 느낌이지만, 그건 어떻게 할 수 있는 부분이니까요. 탄자나이트만 빼내서 다른 디자인의 반지나 목걸이에 달아도 괜찮을 거예요."

아, 그렇구나.

드랭에서도 오래된 디자인이라는 말을 들었는데, 확실히 보석만 빼서 다른 데 바꿔 끼우면 지금의 유행에 맞는 장신구가 되는 건가.

과연. 장신구에 흥미도 없었던지라 그런 건 생각도 못 했었어.

카를롯테 씨의 의견에 감탄하고 있으려니 게르트 씨와 하인츠 씨가 돌아왔다.

"오래 기다리셨습니다. 그럼 저희가 매입하고 싶은 물건은……."

게르트 씨가 매입하겠다고 말한 것은 사파이어(중간 사이즈)와 탄자나이트 목걸이, 그리고 미믹의 보물 상자(대) 중에 에메랄드 쪽이었다.

"매입 가격 말씀입니다만, 사파이어(중간 사이즈)가 금화 310 닢, 탄자나이트 목걸이가 금화 230닢, 보물 상자(대) 에메랄드 쪽이 금화 380닢으로. 어떠십니까?"

그렇게 말한들, 적정 가격인지 나로서는 전혀 알 수 없다.

그럴 때를 위해서…….

"카를롯테 씨, 어떤가요?"

"제 의견을 말씀드리자면, 아무래도 탄자나이트 목걸이 가격이 너무 낮게 책정된 것 같습니다."

카를롯테 씨가 그렇게 말하자, 곧바로 하인츠 씨와 게르트 씨가 반론을 해왔다.

"보셨으니 아시리라 생각합니다만, 이 탄자나이트 목걸이는 디자인이 뒤처졌잖습니까."

"저희로서는 그걸 고려해서 정한 가격이니, 타당하다고 봅니다만."

하지만 방금 그건 카를롯테 씨가…….

"그건 이상하군요~. 디자인이 예스럽다는 건 알고 있습니다만, 탄자나이트만 빼서 다른 디자인의 반지나 목걸이에 바꿔 달면 되는 거 아닌가요? 그 목걸이의 탄자나이트 가격만 해도 금화 230닢이라는 건 좀 지나치게 낮은 가격인 것 같군요."

카를롯테 씨가 그렇게 말하자, 게르트 씨와 하인츠 씨가 작은 목소리로 이야기하기 시작했다.

"지나치게 낮지는 않다고 봅니다만, 그렇게 말씀하신다면…… 금화 250닢이면 어떻겠습니까?"

그 말에 나는 카를롯테 씨를 보며 "어떤가요?" 하고 물었다.

"보통이라면 그걸로 충분하겠지만, 이건 던전산이니까요. 탁하지도 않고 상처도 없는 고품질이라는 걸 생각하면 조금 더 고가가 되리라고 봅니다."

"그럼 금화 260닢으로. 이 이상은 좀……."

카를롯테 씨의 의견을 견제하듯이 게르트 씨가 그렇게 말했다.

"무코다 씨는 현재 돈이 꼭 필요한 상황은 아니시라고 봐도 되겠습니까?"

"네. 딱히……."

돈은 쌓여가기만 할 뿐이니까 딱히 곤란하지는 않아.

"그렇다면 여기서 팔지 마시고 다른 도시에서 파는 방법도 있답니다. 왕도에 가면, 조금 더 고가로 팔 수 있을 거라 생각됩니다."

특별히 지금 반드시 팔아야만 하는 것도 아니니 카를롯테 씨의 말대로 해도 괜찮으려나.

바로 왕도라는 곳에는 가지는 않겠지만, 나한테는 아이템 박스도 있고, 언젠가 가게 됐을 때 파는 걸로 해도 특별히 곤란하지는 않을 테니까.

"자, 잠깐 기다려주십시오. 그런 이야기라면 어떻게, 금화 280닢까지 내겠습니다. 부디 꼭 저희 길드에 팔아주십시오."

카를롯테 씨가 왕도 이야기를 꺼내자 게르트 씨가 당황한 듯 그렇게 말했다.

그리고 그 말을 꺼냈던 카를롯테 씨를 보니 미소 띤 얼굴로 고개를 끄덕이고 있었다.

"네, 그렇게 부탁드립니다."

내가 그렇게 말하자 게르트 씨도 안심했는지 미소를 보였다.

그렇게 되었으니 아이템 박스에 회수해두었던 것들 중에서 사파이어(중간 사이즈)와 탄자나이트 목걸이, 그리고 미믹의 보물 상자(대) 에메랄드 쪽을 다시 꺼내 테이블에 올려놓았다.

"그럼 전부 해서 금화 970닢으로 사겠습니다. 지금 준비할 테니 잠시 기다려주십시오."

하인츠 씨가 자리에서 일어났고, 잠시 후 다른 직원이 나타나 게르트 씨에게 자루를 건넸다.

"그럼 이쪽이 매입 대금입니다. 액수가 액수인지라 대금화로 준비했습니다. 확인해보시지요."

1, 2, 3…… 대금화 97닢으로 금화 970닢에 해당하는 금액이 있었다.

"네, 틀림없습니다."

"오늘 이렇게 던전산 물품을 매입할 수 있게 해주신 점, 감사드립니다."

거래를 마친 게르트 씨가 웃는 얼굴로 그렇게 말했다.

"아뇨, 저야말로 고맙습니다."

끝이 좋으면 다 좋은거지.

하지만 역시 카를롯테 씨와 함께 온 게 정답이었어.

이런 보석류에 관한 건 나로서는 잘 모르겠고, 탄자나이트 거래 과정을 생각해보면 역시 보는 사람에 따라서도 다소 다른 모양이야.

거래를 마친 우리는 상인 길드를 뒤로했다.

"아, 그렇지. 이번 비용 쪽은 어떻게 되나요?"

마르크스 씨에게 그렇게 묻자 "이번에는 무료다"라는 답이 돌아왔다.

"물론 오늘 제일 큰일을 해준 카를롯테에게는 길드에서 특별 보수가 나올 거야."

"정말인가요? 좋은 걸 구경할 수 있었던 데다가 보수까지 받을 수 있다니. 좋은 일이었네요."

그렇게 말하며 카를롯테 씨는 싱글벙글했다.

"마르크스 씨, 그래도 괜찮은 건가요?"

"그래. 자네 덕분에 우리 길드도 한몫 크게 벌었으니까. 이 정도는 은혜를 갚지 않으면 벌 받을 거야."

어라? 그런 거야?

뭐, 그렇게 말씀해주신다면 감사한 마음으로 그렇게 하기로 하겠지만.

그러면 모험가 길드에 가지 않아도 되니까, 모험가 길드로 돌아가는 마르크스 씨와 카를롯테 씨와는 도중에 헤어졌다. 그리고 우리는 집으로 돌아왔다.

◇ ◇ ◇ ◇ ◇

자, 그럼 저녁 식사 준비다.

오늘도 메뉴는 이미 정해져 있다.

후후후후후, 아침 시장에서 산 굴이랑 꼭 닮은 카키를 사용한 굴 튀김(카키 튀김?)이다.

타르타르 소스를 듬뿍 찍어서…… 응, 틀림없을 거야.

우으, 상상했더니 군침이 나오려고 해.

좋아, 만들어볼까.

우선은 인터넷 슈퍼에서 재료 조달이다.

카키는 껍데기를 까지 않은 상태이므로 그걸 까기 위한 목장갑과 테이블 나이프가 필요하다.

그리고 굴 튀김옷에 쓸 밀가루와 달걀과 생 빵가루, 그리고 곁들여 낼 양배추.

다음으로 이번에는 타르타르 소스도 만들 생각인지라, 달걀은 튀김옷에 쓸 것과 함께 넉넉하게 사기로 하고, 또 마요네즈랑 그거다.

내가 타르타르 소스를 직접 만들 때 쓰는 피클을 썰어 병에 담아놓은 것.

전에 인터넷에서 보고 쓰게 되었는데, 매우 편리하다.

다진 양파와 파프리카도 들어 있어서 그대로 마요네즈랑 섞으면 바로 수제 타르타르 소스가 완성되니까 말이지.

나는 감칠맛을 내기 위해 삶은 달걀도 섞지만.

이게 또 맛있다니까.

아, 그렇지. 타르타르에 섞을 다진 달걀을 만들 때는 이게 필요했어.

그물코 모양으로 구멍이 뚫린 포테이토 매셔다.

식칼로 달걀을 다지면 노른자가 칼날에 찰싹 달라붙거나 해서 성가신데, 이걸 쓰면 바로 다진 달걀이 완성된다.

좋았어. 포테이토 매셔도 구입했으니 준비 OK다.

카키 껍데기 까기부터 시작해야 하는데, 시간이 걸릴 것 같으니 동시 진행으로 밥을 짓고 타르타르 소스에 쓸 삶은 달걀을 만들기로 하자.

밥과 삶은 달걀 준비가 끝나면 다음은 껍데기 까기다.

이제 슬슬 다음 도시로 이동할 것도 생각해서 굴 튀김을 넉넉하게 만들어두는 것도 좋을지도 모르겠다.

그리고 다른 요리에 쓸 것도 생각해서 껍데기는 많이 까두자.

나는 열심히 카키 껍데기를 깠다.

"후우~, 이 정도면 되려나."

하나 하나가 크다고는 해도 꽤 많이 깠는걸.

다음은 점액과 지저분한 것들을 제거하는 밑 준비를 하고.

볼에 담긴 알맹이에 소금과 전분을 뿌리고 가볍게 주무른다.

그런 다음 물을 넣고서 조심스럽게 휘저으면, 더러운 것들이 떨어지면서 물이 탁해진다.

탁해진 물을 버리고 새로 물을 받기를 세 번 정도 반복하면 OK다.

밑 준비가 끝난 굴의 절반은 소쿠리에 담아서 아이템 박스에 보관해두자.

굴을 까는 사이에 밥도 다 지어졌고, 달걀도 다 삶아졌다.

제일 귀찮은 껍데기 까기도 끝났으니, 다음은 카키를 튀기면 되는데, 그 전에 곁들여 낼 양배추 채 썰기와 타르타르 소스 만들기를 해두자.

페르들은 채 썬 양배추를 그다지 먹지 않으니, 조금이면 된다.

다음은 타르타르 소스다.

완성된 삶은 달걀 껍데기를 까고 반으로 잘라 볼에 넣은 다음 포테이토 매셔로 부순다.

거기에 마요네즈와 잘게 다져 병에 담아둔 피클을 넣어서 섞으면 된다.

이걸로 초간단 수제 타르타르 소스 완성이다.

이번에는 넣지 않았지만, 여기에 레몬즙을 더해도 레몬 풍미가 나서 맛있다.

곁들여 낼 채 썬 양배추와 타르타르 소스가 완성되면 드디어 손질한 굴을 튀길 차례다.

알맹이를 키친 페이퍼로 가볍게 닦아서 물기를 제거하고, 전체에 밀가루를 얇게 뿌린다.

풀어둔 달걀물에 적신 다음 양손으로 감싸듯이 꼼꼼하게 생 빵가루를 묻힌다.

튀김에는 역시 생 빵가루를 추천한다.

바삭바삭해서 맛있거든.

빵가루를 묻히고 나면 180도의 높은 온도의 기름으로 노릇노

239

룻한 색이 나올 때까지 튀겨주면 완성이다.

지나치게 익히면 딱딱해지므로 단시간에 튀기는 것이 철칙이다.

꿀꺽……

노릇노릇하게 튀겨진 특대 굴 튀김.

바삭바삭하게 튀겨져서 맛있을 것 같아.

응, 이건 일단 맛을 봐야겠는걸.

그런 연유로, 직접 만든 타르타르 소르를 찍어서, 바사삭.

"오오, 촉촉해. 이거 맛있네."

맛도 굴이랑 똑같다.

게다가 알맹이가 커서 든든하기까지 하다.

음음, 이거 좋은걸.

그래, 잔뜩 튀기자.

"좋아, 전부 다 튀겼어."

접시에 곁들여 낼 채 썬 양배추를 담고 그 옆에 굴 튀김을 담는다.

굴 튀김 위에 직접 만든 타르타르 소스를 듬뿍 뿌리면 굴 튀김 완성이다.

굴 튀김을 담은 접시를 왜건에 싣고서 거실로 향했다.

"저녁밥 다됐어."

『오오, 기다렸다.』

『배고프다고.』

『스이도 배고파~.』

모두의 앞에 굴 튀김을 담은 접시를 내주었다.

『응? 이건 뭐냐? 이 냄새는 고기가 아닌 것 같구나.』

페르가 킁킁 냄새를 맡으며 그렇게 말했다.

"맞아. 이건 있지, 오늘 아침 시장에서 산 카키라는 조개 튀김이야. 맛있어."

『그러냐? 어디……… 오옷, 이건 분명 맛있다. 노점에서는 국물에 넣거나 굽거나 하기만 했다만, 이렇게 먹는 법도 있었구나. 으음, 맛있다.』

페르도 굴 튀김은 마음에 든 건가.

국물에 넣거나 굽거나 한 것밖에 없었다니, 이 세계에서는 그게 일반적이니까.

튀기는 사람은 나밖에 없을걸?

하지만 굴을 익히는 요리라고 하면 역시 튀김이지.

볶거나 그라탕을 만들어도 맛있지만, 역시 제일은 튀김이라고.

『이거 바삭바삭해서 맛있어. 게다가 안은 촉촉하고 즙이 넘쳐 나온다고.』

그렇지? 드라 짱.

굴 튀김은 바삭바삭하고 촉촉한 게 맛있다니까.

『주인, 이거 하얀 거랑 엄청 잘 어울려. 맛있어.』

응응, 역시 스이.

굴 튀김에는 역시 타르타르 소스가 꼭 있어야 하거든.

좋아, 나도 먹어볼까.

내 몫으로는 하얀 밥과 인스턴트 미소 장국, 그리고 메인인 굴 튀김이다.

어쩐지 굴 튀김 정식 같은걸.

우선은 메인인 특대 굴 튀김에 타르타르 소스를 듬뿍 묻혀

서…….

바사삭.

맛을 보았으니 맛은 이미 알고 있었지만, 역시 맛있어.

탱글탱글한 특대 굴 튀김에서 감칠맛 가득한 즙이 넘쳐 나와.

굴 튀김, 맛있어.

후르륵, 인스턴트지만 미소 장국도 맛있어.

이번에는 흰쌀밥을 먹고 다시 굴 튀김.

맛있어. 역시 해산물이 있다는 건 좋구나.

그것만으로도 이 도시에 온 보람이 있었어.

『한 그릇 더.』

예이예이.

모두들 굴 튀김이 마음에 든 모양이다.

모두의 접시에 굴 튀김을 추가로 담아주었다.

『그 하얀 걸 듬뿍 뿌려다오.』

『나도.』

『스이도.』

타르타르 소스, 인기 있네.

굴 튀김에 듬뿍 타르타르 소스를 뿌려주었다.

역시 해산물 튀김에는 타르타르지.

그러고 보니, 전갱이랑 비슷한 생선도 샀었지?

다음에는 전갱이 튀김을 해봐도 좋겠는걸.

아, 가리비가 아니라 옐로 스캘럽 튀김도 괜찮을 것 같은데.
그런 생각을 하면서 이 세계에 와서 처음 먹는 굴 튀김을 즐겼다.
페르와 스이는 평소처럼 몇 그릇이나 더 먹었다.

아침 식사를 마치고 거실에서 커피를 마시며 잠시 휴식을 취했다.

참고로 아침밥은 모두의 요청에 따라 고기 요리를 했다.

빠르게 오크 고기 생강 구이 덮밥을 만들었다.

냄새에 낚인 바람에 나도 그만 아침부터 과식을 하고 말았다.

"저기, 얘들아. 내일이면 이 집을 빌린 지 일주일이 되는데, 앞으로 사흘 정도 연장해도 될까?"

앞으로 한 번 정도 더 아침 시장에서 해산물을 구입하고 싶기도 하고, 여행할 동안 먹을 음식도 만들어두고 싶거든.

그러니 앞으로 사흘 정도 체재를 연장하고 싶다.

『으음, 사흘이라. 던전에 가는 게 늦어지는 것이 아니냐?』

페르가 떨떠름한 얼굴을 했다.

『뭐어? 사흘이나? 분명 여기 생선은 맛있지만, 얼른 던전에 가고 싶은데.』

드라 짱도 불만스러운 얼굴이다.

『스이는 있지, 던전 가고 싶지만 잠깐이라면 괜찮아. 그게 여기 물고기가 맛있으니까.』

내 편은 스이뿐이야.

사흘 정도는 괜찮잖아.

"페르도 드라 짱도 사흘만이니까 부탁할게. 해산물을 좀 더 사고 싶고, 여행 중에 먹을 음식도 만들어두고 싶어. 고작 사흘이니까, 괜찮지?"

『할 수 없군. 알았다. 그 대신 오늘은 숲에 간다. 요즘 줄곧 도시 안에 있었으니, 운동 겸 사냥을 하고 싶다.』

페르가 그런 말을 꺼냈다.

『정말이지 어쩔 수가 없네. 하지만 숲에서 사냥이라, 그거 괜찮은데? 나도 가고 싶어.』

숲이라.

오크 고기는 해체한 걸 받으면 되지만, 와이번과 블러디 혼 불고기도 떨어져가고 있으니까.

고기는 많을수록 좋으니, 고기 확보도 나쁘지 않으려나.

"그럼 오늘은 숲에 갈까? 하지만 그 전에 상인 길드에 연장 이야기를 하러 갔다가, 그다음에 사고 싶은 게 있으니까 잡화점에 들를 거야. 그리고 용건이 좀 있어서 모험가 길드에도 가야 하거든. 이왕 숲에 가는 거면 괜찮은 의뢰가 있으면 받아 가도록 하자."

『그래. 어차피 가는 거면 그편이 낫겠지.』

이야기가 정리되었고, 우리는 외출을 하기로 했다.

모험가 길드에 가야 할 용건이란, 어제 일도 있고 해서 마르크스 씨와 카를롯테 씨에게 답례품을 건넬까 하는 것이다.

여러 가지로 생각해봤는데, 역시 과자류가 좋으려나 싶었다. 그래서 어젯밤에 파운드 케이크를 구웠다.

파운드 케이크라면 우고르 씨에게 감사 인사를 드릴 때도 만들어봤으니 실패하지 않을 거라 판단해 결정했다.

하지만 이번에는 플레인 파운드 케이크 외에 얼그레이 찻잎을 넣어서 홍차 파운드 케이크도 만들어봤다고.

인터넷 슈퍼를 열어보니 홍차는 의외로 다양한 종류가 갖춰져 있었고, 좀 분발해서 캔에 든 살짝 고급인 녀석을 골라보았다.

홍차 파운드 케이크는 플레인 파운드 케이크에 넣은 바닐라 에센스를 넣지 않고, 비닐봉지에 담아서 봉으로 두드려 잘게 부순 홍차를 박력분과 베이킹파우더를 섞을 때 함께 넣어 만들면 된다.

갓 구워졌을 때는 역시 최고급 찻잎이라는 느낌으로, 아주 좋은 홍차 향이 났다.

이번에는 좋은 찻잎을 썼지만 티백 안에 있는 찻잎을 써도 OK다.

그럴 경우에는 이미 잘게 잘려 있으므로 부수지 않고 그대로 넣어주면 된다.

파운드 케이크는 소소한 답례품으로 쓸 수 있기도 했고, 오븐도 커서 이번에는 구울 수 있는 만큼 구웠다.

마르크스 씨와 카를롯테 씨에게는 홍차 파운드 케이크를 건넬 생각으로 준비했고, 이제 잡화점에서 바구니를 사서 그 안에 접시째로 넣어서 건네면 된다.

그럼 우선은 상인 길드에 가서 이곳 임대를 사흘 연장할 수 있는지 부탁해보기로 할까.

◇ ◇ ◇ ◇ ◇

상인 길드에 가니, 연장 수속은 순식간에 끝났다.

창구에서 사흘 연장하고 싶다고 전하자 추가 요금을 지불하면 그대로 연장할 수 있다고 했고, 추가 요금으로 금화 28닢을 지불했더니 그대로 수속도 끝났다.

그다음은 상인 길드 근처에 있던 잡화점에서 바구니를 두 개 구입해서 모험가 길드로 향했다.

모험가 길드의 창구에 가서 말을 걸자 접수창구 직원이 바로 길드 마스터를 불러주었다.

"여어, 어쩐 일인가?"

"마르크스 씨와 카를롯테 씨에게는 어제 신세를 졌잖습니까. 그래서 답례를 하고 싶어서요."

"뭐야? 그렇게 마음 쓰지 않아도 되는데."

"이거, 별거 아닌 과자인데, 드셔주세요. 이쪽은 카를롯테 씨에게 전해주실 수 있을까요?"

"그래, 알았어. 이거 마음 쓰게 해서 오히려 미안한걸. 감사히 받겠어. 이건 내가 책임을 지고 카를롯테에게 전해두지. 그나저나 과자라. 아내가 좋아하겠군."

그렇게 말하며 마르크스 씨가 싱긋 웃었다.

이런 험상궂은 아저씨한테도 아내가 있는 건가 싶어서 아내분에 관해 살짝 물어보았더니 기쁜 듯이 이야기해주었다.

물어보지 않은 것까지 줄줄.

마르크스 씨는 원래 A랭크의 모험가였다고 하는데, 모험가 시절에는 이곳저곳을 돌아다녔기 때문에 결혼은 하지 않았다고 한다.

글쎄, 고 랭크 모험가 될수록 혼기를 놓치는 사람이 많다는 모양이다.

고 랭크가 아니면 처리할 수 없는 안건도 많은지라 그 때문에 여기저기를 돌아다녀야만 하기 때문이란다.

"이 상처가 원인이 되어 40이 됐을 때 모험가를 은퇴하고 이 도시의 모험가 길드 마스터가 되었는데……."

글쎄 이 도시에 돈을 벌러 왔던 아내분과 우연히 재회하게 되었다고 한다.

아내분은 10년 전에 마르크스 씨가 모험가일 때 의뢰를 받아 찾아갔던 마을의 아가씨였고, 아내분이 먼저 마르크스 씨를 알아보고 말을 걸었다는 모양이다.

마르크스 씨도 마을에서의 일을 기억하고 있었고, 마을 제일의 왈가닥이라고 불리던 아가씨가 엄청나게 아름다워졌다는 사실에 놀랐다나 뭐라나.

그 후로 옛 인연으로 때때로 만나게 됐다고 한다.

그때, 아내분은 스물두 살로, 이 세계에서는 결혼이 늦었다고 여겨지는 나이였다.

병에 걸린 부모님을 위해 열심히 일해야 했기 때문에 결혼을 생각할 겨를이 없었다고 한다.

그러나, 그 부모님도 마르크스 씨와 재회하기 1년 정도 전에 잇

따라 타계했고, 이런저런 생각을 하게 되었다는 모양이다.

"아내가 말이지, 자신은 그대로 평생 결혼하지 못할 것 같으니 혼자서도 살아갈 수 있도록 우선은 읽고 쓰기를 하고 싶다고 했거든."

그래서 읽고 쓰기를 할 수 있는 마르크스 씨에게 가르쳐달라고 부탁을 했다고 한다.

이 세계의 결혼 적령기는 일러서 여성의 경우는 열여덟 살 정도까지는 모두 결혼하고, 빠르면 열다섯 살에 결혼해서 아이를 갖는 경우도 있다고 한다.

그리고 보통 혼기를 놓친 여성은 스스로 부끄럽게 여긴다는 모양이었다.

그래서 마르크스 씨는 그런 긍정적이고 씩씩한 아내에게 뿅 반해버렸다는 이야기다.

본인의 딸이라고 해도 좋을 정도의 나이 차이에도 불구하고 아내분에게 맹렬하게 대시해서 성공했다고 한다.

"작년에 딸이 태어났는데, 딸이 또 아내를 닮아서 귀엽다니까~."

쑥스러워하는 표정으로 그렇게 말하는 마르크스 씨.

해적 같은 외모로 행복 아우라를 마구 내뿜지 말라고.

젠장, 이런 해적으로밖에 보이지 않는 험상궂은 아저씨가 리얼충이었다니…….

"모험가 시절에는 결혼 같은 거 해서 뭐 하나 했었는데, 결혼은 좋아~."

절절하게 그렇게 말하고 응응 고개를 끄덕이는 마르크스 씨.

"너도 고 랭크 모험가지만, 혼기 놓치지 말라고."

그렇게 말하고 마르크스 씨가 내 등을 퍽퍽 두드렸다.

그렇게 세게 치지 말아주세요.

아니, 나도 상대가 있었으면 벌써 결혼했겠지.

행복 아우라를 마구 내뿜는 리얼충 마르크스 씨와는 더는 같이 못 있겠네.

철수다, 철수.

"그럼, 받을 만한 의뢰가 있는지 보고 오겠습니다."

나는 게시판이 있는 쪽으로 갔다.

게시판을 살펴봤지만, 별것 없었다.

숲 쪽으로 가는 의뢰는 괜찮은 게 그다지 없는데.

"뭐야? 의뢰를 받아주는 건가?"

아직도 있었던 거냐? 리얼충. 아니, 마르크스 씨.

"네. 제 사역마들이 운동 겸 숲에 가서 사냥을 하고 싶다고 해서요. 그 김에 받을 수 있는 의뢰가 있으면 받아볼까 했거든요."

"숲 쪽이라. 지금은 고 랭크가 맡을 만한 의뢰는 없는데."

마르크스 씨의 말대로 고 랭크에게 적당한 의뢰가 거의 없었다.

저급~중급 랭크에게 적절한 의뢰는 꽤 있지만 말이지.

음, 어떻게 할까…… 응?

나는 게시판 끄트머리에 붙어 있던 의뢰를 발견했다.

"마르크스 씨, 이 검치호랑이 의뢰는……."

"아, 그거 말인가. 그건 늘 붙어 있는 거라고 해야 할까……."

글쎄 이 도시에 가주 자리를 아들에게 넘기고 은거하고 있던 백작님인지 자작님인지 하는 귀족이 있는데, 그분의 취미가 박제를 모으는 일이라고 한다.

그분이 검치호랑이를 원하고 있다는 모양이었다.

"급한 건 아니라고 하고. 애초에 이 주변에서 검치호랑이를 본 적이 없거든. 의뢰 보수도 내용에 비하면 좀 낮기도 해서, 결국 이대로 나 붙어 있은 지도 1년 정도 됐지."

보수는 소재 포함해서 금화 70닢.

확실히 검치호랑이는 A랭크였지.

그걸 생각하면 이 보수는 확실히 낮네.

그보다, 나 검치호랑이 갖고 있는데 말이지.

드랭에 있을 때였던가? 페르랑 드라 쨩이 사냥하러 갔다가 드라 쨩이 사냥해 온 거다.

검치호랑이는 맛없어서 먹을 수 없다고 해서 그대로 넣어둔 채다.

분명 이대로는 아이템 박스 속에 방치될 뿐이니, 지금 방출해 버려도 괜찮지 않을까 싶어지는데.

"저기, 저 검치호랑이 갖고 있는데, 그걸 내놓으면 의뢰 달성이 되는 건가요?"

"응? 뭐야. 자네 갖고 있는 건가?"

"네. 여행 도중에 사냥했던 게 있거든요."

"그것도 간단히 사냥할 수 있는 게 아닌데…… 뭐, 자네니까. 갖고 있어도 이상할 것 없으려나?"

네? 나니까 이상할 것 없다는 건 뭐야?

어쩐지 마르크스 씨 안에서 내 취급이 이상한 것 같은데.

나는 지극히 평범하고, 고 랭크 마물을 거침없이 사냥해 오는 건 페르랑 드라 짱이랑 스이거든요.

"그 검치호랑이를 제출하면 그걸로 의뢰 달성이 되네. 이건 토벌계 의뢰가 아니니까. 토벌계 의뢰는 토벌해야 의뢰 달성이 되지만, 이건 소재 수집 의뢰야. 그 소재만 있으면 의뢰는 달성이지."

"아, 그 검치호랑이 몸통에 구멍이 뚫려 있는데, 괜찮을까요?"

드라 짱의 공격으로 배에 구멍이 뚫렸지.

"박제하는 건 머리라고 했으니 괜찮을 거라 생각하는데…… 검치호랑이를 보는 건 오랜만이기도 하니까, 어디 내가 한번 보지. 창고로 가자고."

그렇게 말하고 의기양양하게 성큼성큼 걷는 마르크스 씨의 뒤를 따라갔다.

"그럼 꺼내보라고."

나는 아이템 박스에서 검치호랑이를 꺼냈다.

"오오, 틀림없는 검치호랑이잖아. 자네 말대로 배에 구멍이 나 있기는 한데…… 음, 괜찮을 거야. 그나저나 이 구멍은 무슨 공격으로 낸 건가?"

"그게, 이건 말이죠……."

『나야! 내가 했다고.』

그렇게 말하며 드라 짱이 우리 주변을 날아다녔다.

『드라 짱, 염화는 나랑 페르랑 스이한테만 들리거든.』

『쳇, 그랬지. 나의 멋졌던 모습을 인간에게 들려주고 싶었는데.』

자자, 아무튼 드라 짱은 좀 진정해.

"이 검치호랑이는 여기 있는 픽시 드래곤이 사냥한 겁니다."

내가 그렇게 말하자 마르크스 씨가 조금 놀랐다.

"겉보기와 다르게, 그 조그만 드래곤은 강한가 보군."

그렇습니다.

우리 사역마들은 모두 강하답니다.

아, 창고에 온 김에 해체를 부탁해둘까.

"죄송합니다만, 별개로 오크 해체를 부탁하고 싶은데 괜찮을까요? 고기만 돌려주시고 다른 소재는 매입 부탁드립니다."

"오, 오크인가. 좋지."

그럼 그런 연유로, 나는 아이템 박스에서 오크를 열 마리 정도 꺼냈다.

"오크 열 마리인가. 오늘 저녁까지는 될 거야. 어이, 너희들. 할 수 있겠지?"

마르크스 씨가 해체 담당 직원들에게 말을 걸자 "네엡" 하고 기운찬 대답이 돌아왔다.

"해체 비용은 얼마 정도가 될까요?"

"무슨 말을 하는 거야. 덕분에 우리 길드도 엄청 벌었다고. 자네한테 비용 같은 건 받을 수 없어."

오오, 비용이 들지 않는 건가.

고마운걸.

"그럼 김치호랑이 의뢰 보수도 그때 함께 부탁해도 될까요?"

"알았어. 준비해두지."

『끝난 거냐? 어서 숲에 가자.』

페르가 안달이 났는지 그렇게 소리쳤다.

"그래, 지금 끝난 참이야. 이제 숲으로 갈까? 마르크스 씨, 그럼 숲에 다녀오겠습니다."

"그래. 아, 뭔가 거물을 사냥하면 여기로 가져오라고. 해체 비용은 공짜로 해줄 테니까. 그 대신 고기 이외의 소재는 전부 매입할 수 있게 해주고."

"알겠습니다."

그럼 숲을 향해 가볼까요.

이리하여 우리는 베를레앙을 나와 숲을 향해갔다.

페르의 등에 탄 채 달리기를 한 시간.

페르의 다리가 멈추었다.

『음, 이 근처라면 인적도 없으니 괜찮을 거다.』

"그럼 나는 여기서 여행하는 동안 먹을 요리를 만들거나 하고 있을 테니까, 결계만 펼쳐주고 가."

『알았다. 그럼 드라, 가자.』

『오옷.』

페르와 드라 짱이 사냥에 나서려 하자 가죽 가방 안에서 스이
가 뛰쳐나왔다.

『스이도 갈래.』

"어? 스이도 가는 거야?"

『스이도 풋풋 해서 쓰러뜨릴 거야.』

그렇게 되면 여기에 나 혼자 있어야 하는 거잖아.

"페르, 이 주변 마물은 페르의 결계로 막을 수 있는 거야?"

『당연한 얘기를. 문제없다.』

페르가 펼쳐준 결계의 방어력이 얼마나 대단한지는 알고 있고,
페르가 그렇게 말하면 괜찮으려나.

일단 신들에게서 받은 완전 방어도 있으니까⋯⋯ 응, 괜찮겠지.

"알았어. 이번에는 스이도 같이 가도 돼."

『만세!』

함께 가도 된다고 말하자 스이가 뿅뿅 뛰며 기뻐했다.

"아, 페르. 이거 가져가."

나는 페르의 목에 매직 백(중)을 걸어주었다.

"그리고 페르도 드라 짱도 스이도 이번에는 고기 확보의 의미
도 있으니까, 제대로 먹을 수 있는 걸 사냥해 와줘."

『크음, 알았다.』

『예이예이.』

『네에.』

일단 못을 박아두었다.

먹을 수 없는 걸 사냥해 오면 아이템 박스의 거름이 될 뿐이니까.

『그럼 드라, 스이. 가자.』

그 말과 함께 페르와 드라 짱과 스이는 숲속으로 들어갔다.

어디, 나는 열심히 여행 중에 먹을 밥을 만들어볼까.

우선은 고기를 중심을 한 요리를 넉넉하게 만들어두기로 했다.

여행 도중에 먹을 거니까, 간단하게 덮밥으로 하거나 빵에 끼워 먹을 수 있는 걸 의식해가며 메뉴를 생각해 만들어나갔다.

오크와 블러디 혼 불의 된장 절임과, 다음은 오크 생강 구이에 와이번과 블러디 혼 불 고기로 만든 쇠고기 덮밥.

살짝 호사스럽지만 와이번 고기 채소볶음에 오크 고기 채소볶음도.

양쪽 모두 덮밥에 어울리도록 마늘이 들어간 불고기 양념과 살짝 매운 불고기 양념으로 간을 했다.

그리고 오크와 블러디 혼 불을 섞은 고기로 햄버그와 고기 소보로, 볼로네제를 만들었다.

다음은 밥에 어울리는 메뉴를 생각하다 무심코 키마(keema) 카레도 만들었다.

물론 모두가 아주 좋아하는 튀김들도.

돈가스에 민치가스, 그리고 시 서펜트 튀김.

새 계열 마물 고기가 있으면 좋았겠지만, 애석하게도 다 떨어졌으므로 이번에는 시 서펜트 고기를 써서 대량으로 튀김을 만들었다.

물론 간장 베이스 양념과 소금 베이스 양념, 두 종류의 맛으로 했다.

그 사이에 오븐을 써서 와이번 로스트도 만들었다.

당연히 밥도 지었고, 양배추도 대량으로 채 썰어 준비해두었다.

"후우, 고기 요리는 이 정도면 되려나."

어느 틈엔가 꽤 여러 종류와 양의 요리가 완성되어 있었다.

역시, 이렇게 순탄하고 빠르게 요리를 할 수 있게 된 건 레벨이 올랐기 때문이겠지?

페르들에게 매일 요리를 해주고 있으니 익숙해진 것도 당연히 있겠지만, 다양한 동작이 지금까지보다 확실히 빨라졌단 말이야.

하지만 레벨 업 한 은혜를 느끼는 게 요리뿐이라는 것도 좀……

신들의 생각대로 된 듯 느껴지는 건 살짝 마음에 안 들지만, 다음 던전에서는 페르들에게 전부 맡기지 말고 나도 살짝 열심히 해볼까.

외부 브랜드 개방을 위해 열심히 하는 건 아니지만 자신이 얼마나 강해졌는지 조금 시험해보고 싶은 기분도 든다.

레벨 업을 한 덕분에 단순히 힘만 해도 전보다는 세졌을 터이니, 검으로 벤다고 해도 지금까지보다 빠르고 강하게 베어들 수 있을 터다.

게다가 마력도 올랐을 테니, 내 불 마법과 흙 마법도 위력이 올랐을지도 모르고.

좋아, 다음 던전은 그런 점도 포함해서 시험해봐야지.

아, 지금까지는 검만 썼는데, 창을 써보는 것도 괜찮을지도.

스킬에 검술이 있는 게 아니니, 검이 아니면 안 된다는 것도 아니니라.

게다가 내가 갖고 있는 건 쇼트 소드라고 불리는 종류의 무기라 어느 정도 거리를 둘 수 있는 창이라는 건 매력적이지.

좋아. 다음 던전 도시 에이블링에 가면 창을 사야지.

아차, 그런 것보다 지금은 요리하기에 집중이야.

페르들도 돌아오려면 아직 더 걸릴 것 같으니, 다음은 해산물을 사용한 요리다.

크라켄으로 만든 오징어구이는 간단하고, 지난번에 만들어 맛있게 먹었으니 또 만들어야지.

그리고 채소랑 크라켄(오징어) 소금 볶음도.

이건 소금 볶음만이 아니라 굴 소스 볶음도 만들었다.

다음으로 어제저녁에 먹은 굴 튀김이 엄청나게 맛있었기 때문에 다른 튀김도 만들기로 했다.

전갱이랑 닮은 아지로 튀김(겉보기는 전갱이 튀김이랑 똑같다)에 버밀리온 슈림프 튀김(이것도 그냥 새우튀김인데)이랑, 그리고 크라켄 튀김과 옐로 스캘럽 조갯살 튀김과 빅 하드 클램 튀김이다.

빅 하드 클램은 커다래서 절반으로 잘라 튀겼다.

다음은 흰 살 생선튀김도 맛있으니까, 아스피도켈론과 타이런트 피시도 튀겼다.

이것도 저것도 다 튀기면 맛있겠다 생각했더니, 튀김투성이가 되어버렸는걸.

해산물 튀김에는 이게 없으면 안 되지 싶어서 어제도 만들었던 타르타르 소스를 오늘은 이렇게나 많이? 싶을 만큼 만들었다.

도중에 참을 수 없어서 아지로(전갱이)와 옐로 스캘럽(가리비) 튀김을 맛본다는 명목으로 먹은 건 비밀이다.

"후우~ 오늘은 이 정도면 되려나."

오늘 하루로 여행 중에 먹을 음식을 많이 만들 수 있었다.

"그나저나 애들이 늦네. 밥도 안 먹고 정신없이 사냥하는 건가? 이제 슬슬 해도 저물 텐데……."

페르들이 사냥에 나선 것은 점심 전이다.

점심 식사 시간에도 돌아오지 않았었다.

모두 대식가라고는 해도 한 끼 정도 굶었다고 해서 어떻게 되지는 않을 테니, 저녁때까지는 돌아오리라고 생각하며 걱정하지 않았는데…….

그 후로 한 시간가량이 지나 해도 저물어 어둑해졌을 때가 돼서야 겨우 모두가 돌아왔다.

『미안하다. 늦어졌다.』

『그것참~ 사냥에 푹 빠졌지 뭐야.』

『재밌었어.』

정말이지, 역시 정신없이 사냥했던 거냐.

그나저나 많이도 잡아 온 모양이네.

매직 백에 다 넣지 못한 건지 커다래진 스이가 사냥감을 몸 안에 넣어서 운반해 왔다.

"도시 문이 닫히기 전에 돌아가야 하니까, 밥은 집에 돌아간 다음이야."

『크음, 할 수 없지.』

『배고픈데, 돌아간 다음에 먹어야 하는 거야?』

『배고파~.』

"너희가 늦어서 어쩔 수 없다고. 조금은 참아. 그리고, 사냥의 성과는…… 스이가 가져온 저거야?"

『그래. 스이, 갖고 있는 걸 꺼내라.』

『네에.』

스이가 꺼내놓은 것은 코카트리스×4, 록 버드×2, 그리고 처음 보는 것이 뿔이 난 경트럭 정도 크기의 커다란 토끼와 그것보다 조금 작지만 충분히 커다란 갈색에 등 부분만 금색이 도는 색을 띤 소였다.

감정해보니 토끼가 자이언트 혼 래빗이었고 소가 골든 백 불이라고 나왔다.

양쪽 모두 B랭크 마물인 모양이었다.

이번에는 제대로 먹을 수 있는 걸 사냥해 와줬구나.

『그리고 이거다.』

그렇게 말하고서 페르가 매직 백에서 꺼낸 것은…….

"뭐, 뭐, 뭐, 뭘 잡아 온 거냐———앗!!!"

페르가 꺼내 보여준 검붉은 거체에 나는 소리치지 않을 수 없었다.

◇ ◇ ◇ ◇ ◇

『큰 소리 내지 마라.』

『시끄럽네.』

『주인, 왜 커다란 목소리 낸 거야?』

모두에게서 딴죽이 들어왔다.

아니 아니 아니, 이건 내가 나쁜 게 아니거든.

큰 목소리를 낼 만도 하다고. 이런 걸 보면.

눈앞에 나타난 검붉은 거체를 응시했다.

이건, 어디를 어떻게 봐도…….

"이거 말이지……."

『그래. 레드 드래곤(적룡)이다.』

…………역시, 그럴 줄 알았어.

그보다, 레드 드래곤으로밖에 안 보여.

『대단하지? 우리가 사냥한 거라고!』

그렇게 말하며 의기양양한 표정을 짓는 드라 짱.

『스이도 풋풋 해서 맞췄어~.』

사냥감을 뱉어내고 원래 크기로 돌아온 스이가 그렇게 말하며 기쁜 듯이 뿅뿅 뛰었다.

"레드 드래곤………… 이런 걸 사냥해 와서 어쩌라는 거냐고……."

어스 드래곤 때도 큰일이었는데.

『이 레드 드래곤은 아직 젊은 성체라 조금 작은 것이 아쉽지만 말이다. 뭐, 그 덕분에 이 매직 백으로도 어떻게든 넣어 올 수 있었다.』

이게 작은 편이란 말이야……?

머리부터 꼬리 끝까지 12~13미터는 되겠는데.

『레드 드래곤 고기도 맛있다.』

페르 님, 이것도 먹을 거냐?

아니, 뭐 어스 드래곤도 먹을 수 있었고 그렇게나 맛있었으니까, 레드 드래곤도 맛있으려나?

어찌 됐든, 추측이지만 레드 드래곤 해체는 이곳 베를레앙의 모험가 길드에서는 무리일 테지.

역시 그 사람한테 부탁할 수밖에 없는 건가…….

드랭의 모험가 길드의 길드 마스터, 드랭의 정신 나간 엘랑드 씨에게.

"이거 해체하려면 드랭에 가야만 하잖아."

『그 이상한 엘프 말이냐?』

"드래곤 해체라고 하면 설비와 기술이 필요한 모양이니까 말이야. 게다가 엘랑드 씨한테는 드래곤을 사냥하면 반드시 가져가겠다고 어쨌든 약속을 하기도 했고. 다른 곳에 해체를 부탁하면, 그 사람은 길드 마스터를 그만두고 우리를 따라온다든가, 실제로 그럴 것 같으니까…….."

스토커야, 스토커.

『그 엘프의 상태를 봤을 때 그럴 법도 하다만…….』

엘랑드 씨를 떠올린 페르가 싫은 얼굴을 했다.

그 사람, 어스 드래곤에 얼굴을 부비적댈 기세였으니까…….

드래곤에 미치지만 않았으면 좋은 사람이기는 하지만, 우리한
테는 드라 짱도 있고, 그렇게 되어버리면 정말이지 귀찮을 거다.

"여기서 이리저리 생각해봐야 아무 소용 없고, 가서 모험가 길
드에도 들러야만 하니까…… 아무튼 돌아가자."

『그래.』

나는 모두가 사냥해 온 사냥감을 아이템 박스에 넣었다.

"아, 어째서 레드 드래곤 같은 걸 사냥해 왔는지는 집에 돌아가
서 자세하게 들려줘야 한다."

『당연하지. 우리의 멋진 모습을 자세하게 들려주지.』

어째선지 드라 짱이 의기양양해하며 그렇게 선언했다.

뭐, 어쨌든 지금은 도시로 돌아가는 게 우선이다.

우리는 서둘러 도시를 향해갔다.

◇ ◇ ◇ ◇ ◇

어찌어찌 문이 닫히기 전에 도시로 돌아올 수 있었다.

그리고 지금은 모험가 길드 안에 있다.

뭔가 소란스러운걸.

창구에 가보니 접수창구 직원이 바로 마르크스 씨를 불러주었다.

"무슨 일 있었나요?"

"아니, 실은 말이지……."

이 도시에서 조금 떨어진 산 근처에서 레드 드래곤이 목격되었

다고 한다.

목격된 것은 비행 중인 레드 드래곤이었기 때문에, 이 근처에 자리 잡고 사는 것은 아닐 테지만 경계해두지 않으면 안 된다는 모양이었다.

레드 드래곤인가…….

마치 타이밍을 맞춘 듯한 이야기인걸.

혹시 페르들이 사냥해 온 녀석인 거려나?

페르에게 염화로 물어보자.

『저기, 페르. 마르크스 씨가 말하는 레드 드래곤은…….』

『그래. 기척으로 보면 십중팔구 그 목격된 레드 드래곤일 테지. 그 녀석 이외에는 그렇게 커다란 기척은 그 주변에 없었다.』

그, 그렇구나.

이거 잠자코 있을 수는…… 없겠는걸.

이리저리 지시를 내리는 마르크스 씨를 보았더니 입을 다물고 있기가 불편해졌다.

"저기, 마르크스 씨. 잠시 창고까지 함께 가주실 수 있을까요?"

"응? 미안하지만 지금은 바쁜데."

"그 바쁜 문제와도 관계가 있는 일이라, 꼭 좀."

내가 그렇게 물고 늘어지자 뭔가를 느꼈는지 마르크스 씨가 창고까지 함께 와주었다.

"그래서, 무슨 일인가?"

"창고 문을 좀 닫아주시겠어요?"

내가 그렇게 말하자 마르크스 씨가 근처의 해체 담당 직원들에

265

게 지시를 내려 창고 문을 닫았다.

"저기, 여기면 괜찮으려나. 저기, 여러분. 놀라지 말아주세요."

마르크스 씨와 이 자리에 있던 해체 담당 직원 사람들에게 그렇게 말해두고서 나는 검붉은 거체를 아이템 박스에서 꺼냈다.

"레드 드래곤입니다."

·················.

············.

······.

"저기, 마르크스 씨?"

마르크스 씨와 해체 담당 직원분들은 레드 드래곤을 응시한 채 말없이 그대로 서 있었다.

레드 드래곤을 보게 되면 이렇게 되는 건가.

진정할 때까지 잠시 기다렸는데, 마르크스 씨를 비롯해 모두 한 마디도 하지 않았다.

"저, 저기, 괜찮으신가요?"

그렇게 말을 걸자 그제야 마르크스 씨가 퍼뜩 제정신을 차렸다.

"아, 아아, 미안. 너무 놀라서 한순간 정신이 나갔었어."

한순간이 아니었지만, 뭐 그건 내버려 두고.

"그래서, 이 레드 드래곤은······."

"네, 목격된 레드 드래곤이 틀림없을 겁니다."

"그, 그런가······. 단번에 문제가 해결됐군. 그나저나, 레드 드래곤을 토벌했다니 어마어마하군."

"토벌이라고 할까, 어쩌다 보니······."

그렇게 말하며 나는 페르들을 보았다.

사냥을 가고 싶다고 해서 데려갔더니 이런 상황이다.

딱히 드래곤을 사냥해 오라는 말은 한 마디도 안 했건만.

"그랬군. 자네 옆에서 얌전히 있어서 깜빡했는데, 자네 사역마는 전설의 마수 펜리르였었지. 펜리르라면 레드 드래곤을 상대하는 건 간단한 일인가?"

『그래. 나 혼자여도 레드 드래곤을 사냥하는 건 문제없는 일인데, 오늘은 드라와 스이도 있었으니까. 간단한 사냥이었다.』

페르가 소리를 내서 말하자 마르크스 씨가 한순간 깜짝 놀란 얼굴을 하더니 "그러고 보니 펜리르는 사람 말을 이해하고 말할 수 있었지"라고 말하며 혼자서 납득했다.

"레드 드래곤 사냥이 간단하다니······."

페르의 간단한 사냥 발언에 마르크스 씨가 살짝 어이없어했다.

그야 그럴 테지.

드래곤을 상대로 간단하다고 하니까.

그런 말을 할 수 있는 건 페르 정도일 거야.

"그러고 보니 자네, 모험가 랭크는 A랭크였지?"

마르크스 씨가 그렇게 갑자기 내게로 이야기를 돌렸다.

"네? 그렇습니다만."

"자네, 이제 S랭크여도 괜찮은 거 아닌가?"

"네? 아뇨 아뇨 아뇨, 저는 관계없습니다. 레드 드래곤을 사냥해 온 건 페르들이니까요."

"레드 드래곤을 간단히 사냥해 오는 그런 터무니없는 마수를 사역마로 두고 있으니, S랭크여도 문제없을 거야. 그보다, 자네가 S랭크가 아니면 지금 있는 몇 안 되는 S랭크 녀석들은 대체 뭐냐는 이야기가 될 거야."

그런 말씀을 하신들, 저보고 어쩌라는 겁니까.

"뭐, 됐네. 이런 걸 봤으니 A랭크인 채로 둘 수는 없어. 무조건 S랭크로 승격이다."

"에엑?! 레드 드래곤 건은 이곳의 문제가 될 것 같으니까 이제 괜찮다는 의미로 증거 삼아 보여드렸을 뿐이고, 이게 저한테 있다는 건 가능한 한 비밀로 부탁드리고 싶은데요."

"멍청하긴. 레드 드래곤을 토벌해놓고 비밀로 하라니 말도 안 되지. 어스 드래곤이라면 또 몰라도……."

마르크스 씨의 말에 따르면 행동 범위가 한정되어 있는 어스 드래곤이라면 어떻게든 됐을지도 모르지만, 날개가 있고 하늘을 나는 드래곤에 관해서는 행동 범위가 그야말로 대륙 전체라 해도 과언이 아닌지라, 그런 위협이 나타난 경우에는 대처법을 모험가 길드끼리 공유하는 것은 당연하다고 한다.

대처법이라는 것은 레드 드래곤을 너무나도 간단히 사냥할 수 있는 우리들, 이라고 할까. 페르들을 말하는 거지만.

"여차할 때를 생각해서 정보를 공유하는 건 기본 중의 기본이라고."

그렇게 말씀하시면…….

"그럴 거라면 어쩔 수 없기는 하지만, 일반 직원분들이나 모험가에게는 알려지지 않도록 부탁드릴 수 있을까요? 지나치게 소란스러워지는 건 싫어서.”

“그런 거라면, 정보 공유는 부길드 마스터 이상인 자들만인 걸로 해두지.”

그 정도라면 괜찮으려나.

“그렇게 부탁드립니다.”

“어이, 너희들 넋 놓지 말고 정신 차려!”

여전히 놀라서 멍하니 서 있던 해체 담당 직원들에게 마르크스 씨가 버럭 소리를 질렀다.

“잘 들어. 여기서 본 건 절대 입 밖으로 내지 마. 알았지?”

마르크스 씨가 그렇게 말하자 해체 담당 직원들은 끄덕끄덕 말없이 고개를 끄덕였다.

“그런데 말이지, 이건 어쩔 건가? 여기서 해체하는 건 무리야.”

마르크스 씨에게 그런 말을 듣고 말았다.

역시 여기서는 무리인가.

하지만, 괜찮아.

그 사람이라면 기꺼이 해줄 테니까.

“괜찮습니다. 드랭의 길드 마스터인 엘랑드 씨에게 부탁하겠습니다.”

“아, 그 사람 말이지. 그 사람이라면 드래곤 해체도 할 수 있는 건가?”

“네. 사실은 어스 드래곤도 엘랑드 씨에게 부탁했었거든요. 매우 기뻐하며 해주셨습니다.”

“하핫, 그렇겠지.”

마르크스 씨도 쓴웃음을 지었다.

엘랑드 씨의 드래곤을 좋아하는 정도는 장난이 아니니까.

"그래서, 이제 드랭으로 갈 셈인가?"

"아뇨. 던전 도시 에이블링에 들렀다가 드랭으로 가려고 합니다."

"던전인가?"

"네. 페르들이 가고 싶다고 해서요."

"이거 드랭에 이어서 에이블링의 던전도 공략되어버리겠군."

그건 알 수 없지만, 페르들은 공략할 마음으로 가득하겠지.

"일단 에이블링 모험가 길드에는 알려두지. 그럼, 언제 여기를 떠날 건가?"

"사흘 후에 떠날 예정입니다. 그때까지는 이 도시의 해산물을 잔뜩 사들이려고요."

"으하하하, 이 도시의 생선은 맛있으니까."

이어서 아침에 맡겼던 오크 고기를 돌려받고, 고기를 제외한 부분의 매입 대금과 검치호랑이의 의뢰 보수를 받았다.

매입 대금과 의뢰 보수는 금화 74닢이었다.

오크 고환은 현재 내가 제공한 효과가 높은 던전산이 잔뜩 있는지라, 자연산이라고 할까 평범한 건 가격이 내려갔다고 했다.

나는 고기가 손에 들어오면 그걸로 만족이지만.

그래서 오늘 페르들이 사냥해 온 코카트리스와 록 버드와 자이언트 혼 래빗과 골든 백 불 해체도 추가로 부탁했다.

자이언트 혼 래빗과 골든 백 불을 꺼내자, 마르크스 씨가 "또 보기 드문 걸 갖고 왔군" 하고 말했다.

이 둘은 B랭크지만 숲 깊은 곳까지 가지 않으면 발견할 수 없는 희귀한 마물이라고 한다.

고기도 매우 맛있는 데다 보기 드물어서 고가에 팔린다는 모양이다.

고기도 팔면 꽤 큰돈이 되는지 마르크스 씨에게 "정말로 팔지 않아도 괜찮은 건가?"라는 질문을 받았지만, 물론 돌려받기로 했다.

돈에는 곤란하지 않고, 이걸 팔기로 하면 고기를 좋아하는 모두에게 원망을 받을 게 분명하다.

"내일 가지러 오라고."

"네. 내일은 아침 시장에 갈 예정이니까, 그 후에 들르도록 하겠습니다."

우리는 모험가 길드를 뒤로하고, 겨우 집으로 돌아갔다.

집에 도착하자마자 배가 고프다며 합창을 했다.

나도 배가 고프고 지쳐서 낮에 여행 중에 먹을 생각으로 만든 튀김으로 저녁 식사를 해결하기로 했다.

아지로(전갱이) 튀김에 버밀리온 슈림프(새우) 튀김, 옐로 스캘럽(가리비)에 빅 하드 클램(대합) 튀김을 접시에 담아 내주었다.

물론 내가 직접 만든 타르타르 소스를 듬뿍 뿌려서.

『음. 맛있다. 특히 이게 맛있구나.』

버밀리온 슈림프 튀김을 머리부터 통째로 아그작아그작 씹어 먹으면서 페르가 그렇게 말했다.

『바다에서 나온 거랑 이 하얀 소스는 잘 어울리네. 전부 맛있어.』

드라 짱이 그렇게 말하며 타르타르 소스가 뿌려진 튀김을 차례대로 아그작아그작 먹고 있다.

『이거 맛있어~. 이거라면 스이 많이 먹을 수 있어.』

스이는 튀김이 매우 마음에 들었나 보다.

타르타르 소스를 뿌리면 맛있기는 하지.

좋아, 나도 먹어야지.

내 몫으로는 굴 튀김 때와 마찬가지로 흰쌀밥과 인스턴트지만 미소 장국도 함께 준비했다.

우선은 타르타르 소스를 듬뿍 뿌린 아지로 튀김이다.

아삭.

오오, 도톰한 살이 맛있잖아.

내가 만든 타르타르 소스랑 아주 잘 어울려.

금세 하나를 다 먹었다.

다음은 우스터 소스로 먹어볼까?

해산물 튀김에는 단연코 타르타르 소스파지만, 가끔은 우스터 소스로도 먹고 싶어진단 말이지.

우스터 소스를 살짝 뿌린 아지로 튀김을 한 입.

으음, 이것도 맛있어.

『음? 그 갈색이 도는 건 뭐냐?』

내가 우스터 소스를 뿌려서 먹고 있으려니 페르가 눈치 빠르게 발견하고 그렇게 물었다.

"이거? 이건 우스터 소스야. 이걸 튀김에 뿌려도 맛있거든. 나는 이 하얀 거, 타르타르 소스라고 하는데, 이쪽이 좋지만 가끔은 이 우스터 소스를 뿌린 것도 먹고 싶어지거든. 페르도 먹어볼래?"

『그래. 먹겠다. 그 김에 한 그릇 더 추가다. 거기에 그 우스터 소스라는 걸 뿌려다오.』

아, 페르는 벌써 다 먹어버렸구나.

나는 튀김을 접시에 더 담고 우스터 소스를 뿌려서 내주었다.

『으음. 이 우스터 소스라는 걸 뿌린 것도 맛이 있구나. 특히 이 생선과 이 조개에는 이쪽이 더 어울린다.』

아지로 튀김과 빅 하드 클램 튀김에는 우스터 소스 쪽이 더 맞는다고 하는 페르.

튀김에 따라서 타르타르 소스와 우스터 소스를 구분하다니, 페르도 꽤 미식가 같은 말을 하게 됐네.

『아, 치사해. 나도 그 갈색을 뿌린 거 먹고 싶다고.』

『스이도 먹고 싶어.』

드라 짱과 스이도 소스를 뿌려달란다.

드라 짱과 스이의 접시에도 튀김을 더 담고 우스터 소스를 뿌려 내주었다.

『오오, 이것도 맛있잖아. 하얀 것도 맛있지만 이쪽도 맛있어.』

드라 짱은 타르타르 소스와 우스터 소스의 우열을 가리기가 힘든 모양이다.

『이것도 맛있지만, 스이는 하얀 게 더 좋은 것 같아.』

스이는 나와 마찬가지로 타르타르 소스파인가 보다.

점심 식사를 거른지라 모두 허겁지겁 먹고 몇 번이고 더 달라고 했다.

흰색을 뿌려라 갈색을 뿌려라, 모두 제 취향에 따라 말하는지라 큰일이었다.

이러쿵저러쿵하며 저녁 식사를 마치고 겨우 한숨을 돌렸다.

나는 차가운 차를, 모두에게는 콜라를 내주었다.

모두 배불리 먹고 만족한 모양이었다.

낮 동안에 대량으로 튀겨놓았을 터인 튀김이 쑥 줄었다.

여행을 떠나기 전에 또 튀김을 만들어놔야겠군.

꿀꺽 차를 한 모금 마신 후, 이야기를 꺼냈다.

"그래서 그 레드 드래곤은 어떻게 잡은 거야?"

『처음에는 우리도 평범하게 사냥을 했었다. 하지만······.』

페르가 말하길, 처음에는 숲속에서 평범하게 사냥감을 사냥하고 있었다고 한다.

그 도중에 강한 기척을 느꼈다는 모양이다.

그래서 페르는 드라 짱과 스이에게도 상황을 전하고 다 함께 그 기척을 뒤쫓기로 했단다.

『그 끝에 발견한 게 그 레드 드래곤이었다. 그래서 사냥하기로 했다.』

발견했으니까 사냥하기로 했다니. 너 말이야…….

하지만 그런 페르의 이야기에 드라 짱은 응응하고 고개를 끄덕이고 있었다.

『레드 드래곤이라는 건 있지, 드래곤종 중에서도 으스대는 녀석들이라 나는 전부터 마음에 안 들었었다고.』

그러나 사냥하기로 했어도 레드 드래곤은 하늘을 난다.

그래서 셋은 연계하여 레드 드래곤을 사냥하기로 했다고 한다.

『그래서 화려하게 연계의 시작을 알린 게 나야. 그도 그럴 게 날 수 있는 건 나뿐이니까.』

드라 짱이 의기양양하게 이야기를 꺼냈다.

드라 짱의 이야기에 따르면 먼저 드라 짱은 레드 드래곤 근처까지 날아가 시비를 걸고서 페르와 스이가 있는 곳으로 유도를 했다고 한다.

그리고 레드 드래곤이 저공비행을 시작했을 때…….

『스이의 산탄으로 공격했지. 레드 드래곤 날개를 향해서 산탄을 쏘게 했고, 날개에 구멍을 뚫어버린 거야! 그렇지? 스이.』

※ 회상。

『응, 스이 있지. 빨간 드래곤한테 풋풋했어! 전에 페르 아저씨한테 배운 대로 날개에다가 했어~.』

드라 짱의 설명에 따르면 드래곤이라는 건 새처럼 날개를 써서 나는 것이 아니라 마력을 써서 난다고 한다.

물론 드라 짱도 마찬가지로 마력으로 날고 있단다.

그러나 드래곤이 마력을 써서 난다고 해서 날개의 도움을 전혀 받지 않는 것도 아니라고 한다.

날개는 그 나름대로 중요한 역할이 있는데, 속도를 조절하거나 진행 방향을 조절하거나 균형을 잡거나 할 때 반드시 필요하다는 모양이었다.

『그 날개에 구멍을 뚫었으니, 당연히 균형이 깨져서 뚝 떨어지는 거지.』

『그래. 거기서 바로 내 번개 마법으로 마무리했다.』

과연, 그렇구나.

드라 짱이 날고 있는 레드 드래곤을 유도해서 저공비행을 하게 만들고 그때 스이가 산탄으로 날개를 쏴서 레드 드래곤을 떨어뜨렸다는 말이로군.

그리고 지상에 추락한 레드 드래곤을 향해서 페르가 바로 번개 마법을 날렸다는 건가.

페르와 드라 짱과 스이 트리오는 지나치게 무적이야.

다 함께 일제 공격에 나서는 것도 대단한데, 연계하면 하늘을 나는 드래곤도 간단히 사냥해버리잖아.

아, 하지만 말이지…….

"저기, 다음에는 드래곤을 발견해도 그쪽에서 먼저 공격해 오지 않는 한은 그냥 내버려 둬."

『음? 어째서냐?』

"공격해 오지 않으면 딱히 그냥 내버려 둬도 상관없잖아?"

『그건 그렇지만, 드래곤 고기는 맛있다.』

맛있다니, 너.

"솔직히 말해서, 드래곤 같은 걸 사냥해 와도 처리하기 곤란하다고."

그게, 해체를 부탁할 수 있는 건 엘랑드 씨뿐이니까.

"생각해보라고. 드래곤 해체를 부탁할 수 있는 건 엘랑드 씨밖에 없잖아? 드래곤을 사냥할 때마다 일일이 드랭에 가지 않으면 안 되고, 소재는 너무 비싸서 전부 팔 수도 없단 말이야. 어스 드래곤 소재도 남은 게 꽤 많아서 아이템 박스의 비료가 되고 있으니까. 이걸 처리하는 것도 큰일이라고."

언제쯤 처리할 수 있을지 짐작도 안 된다.

겨우 여기 베를레앙에서 피를 두 병 팔았을 뿐이다.

그런 상황에서 이번에는 레드 드래곤 소재까지 더해졌다고.

엘랑드 씨에게 해체해달라고 부탁한다고 해도, 드랭에서는 어스 드래곤 소재와 던전산 물품을 꽤 매입해주었으니, 레드 드래곤 소재를 얼마나 사줄지 알 수 없단 말이지.

줄곧 아이템 박스에 보존해둔다는 방법도 있기는 하지만, 이미 그런 상태인 게 몇 개나 있다.

"앞으로는 역시 쓸데없이 드래곤은 사냥하지 않는 게 제일이라고 생각해."

『크으음.』

"뭐, 그렇게 간단히 드래곤과 마주치는 일은 없을 테지만. 아무튼 공격받지 않는 한은 먼저 손대지 않는 걸로 부탁할게."

『흥, 할 수 없지.』

페르는 불만스러운 모양이었지만, 어찌어찌 납득해주었다.

"드라 짱이랑 스이도 부탁한다."

『쳇, 어쩔 수 없네.』

『알았어.』

드라 짱도 약간 불만스러운 기색이었지만 납득해주었다.

스이는 드래곤에 특별히 연연하지 않을 테니까.

"그렇게 부루퉁하지 마. 어찌 됐든 이제 에이블링에 갈 거니까. 또 마물이랑 실컷 싸우게 될 거 아냐."

『음, 그랬지. 이 도시 다음은 지난번과는 다른 인간의 도시에 있는 던전에 가기로 했었지.』

『오오, 그랬었지! 또 던전에 가는 거였어. 기대되는걸.』

『던전, 던전! 기대돼~.』

에이블링의 던전은 어떠려나?

나도 이번에는 조금 열심히 해볼 셈이니까, 들어가기 전에 제대로 정보 수집을 해놔야지.

우리 일행은 바리엔펠드라는 도시에 와 있다.

　이곳은 목공품, 특히 소품으로 유명한 도시로, 그 이야기를 들은 내 바람에 따라 들르게 되었다.

　그중에서도 차 통이 유명한데, 그 디자인성이 훌륭해서 많은 귀족님들이 애용하고 계시다고도 한다.

　홍차라고 하면 한결같이 티백파였던 나지만, 인터넷 슈퍼에도 이런저런 찻잎을 취급하고 있다는 것을 알게 되어 최근에는 찻잎을 구매해서 우려 마시고 있다.

　그렇다고는 해도, 마찬가지로 인터넷 슈퍼에서 구한 컵 위에 걸쳐두는 손잡이 달린 차 거름망을 써서 끓일 뿐이지만.

　그래도 역시 향도 맛도 티백보다 훨씬 맛있어서, 홍차도 꽤 마시게 되었다.

　그런 이유도 있어서 차 통이라고 듣고 이건 꼭 갖고 싶다고 생각해 이 도시를 찾아오게 된 것이다.

　그래서, 우선 처음에는 모험가 길드에 얼굴을 비추었는데. 거기서 조금 있지…….

　바리엔펠드 자체가 그렇게 커다란 도시도 아닌지라, 모험가 길드도 그다지 크지 않았다.

　페르들에게는 밖에서 기다려달라고 하고 나 혼자서 접수창구로 향했더니, 질 나빠 보이는 모험가가 훌륭하게 시비를 걸어왔다.

페르들이 함께 없는 것만으로 시비에 걸리는 나.

뭔가 슬퍼졌어.

확실히 길드에 있는 다른 모험가들과 비교하면 연약한 잔챙이 같지만.

그야말로 틀에 박힌 것처럼 시비를 걸어오지 않아도 괜찮으련만, 하고 생각하면서 어쩌면 좋을지 몰라 곤란해하고 있을 때 도움을 준 모험가가 있었다.

B랭크 모험가로, 여기 바리엔펠드의 모험가 중에서도 조금은 얼굴이 알려진 늑대 수인인 솔로 모험가 마우리츠 씨였다.

그걸 계기로 친하게 지내게 되었고, 예의 차 통도 마우리츠 씨가 추천하는 가게를 안내해줘서 구할 수 있었다.

여러 가지 구경했는데, 내 눈에 띈 것은 짙은 갈색에 윤기가 도는 나무에 세세하게 기하학무늬를 세공해놓은 차 통이었다.

세세한 세공이 된 차 통은 훌륭하다 하기 충분했고, 조금 비싸기는 했지만 마음에 드는 걸 손에 넣을 수 있어서 개인적으로도 대만족이었다.

나중에 들은 이야기로는 이름난 장인분이 만든 것이라고 하니, 조금 비싼 것도 납득이 되었다.

일단 목적은 달성했지만, 모처럼 찾아온 것이니 페르들을 설득해서 이 도시에서 좀 더 머물기로 했다.

마우리츠 씨가 다른 좋은 가게를 소개해주겠다고 했으니까 말이지.

밤, 내가 이 도시에서 빌려 묵고 있는 집에 마우리츠 씨가 찾아왔다.

"여어, 무코다. 늦게 미안해. 내일 일로 좀 할 얘기가 있는데……."

마우리츠 씨가 190센티미터를 넘을 법한 큰 몸을 웅크리고서 면목 없다는 듯이 그렇게 말했다.

"누군가 했더니 마우리츠 씨였군요. 자, 들어오세요."

작은 도시인지라 평소 빌리던 커다란 저택은 아니지만, 그래도 이 도시에서는 그럭저럭 크고 호화롭게 지어진 이 집의 거실로 마우리츠 씨를 안내했다.

저녁 식사를 마친 후라 페르와 드라 짱과 스이가 거실에서 느긋하게 쉬고 있었다.

커다란 집이라며 놀라는 마우리츠 씨에게 자리를 권하고 홍차를 내놓았다.

"맛있는 차로군."

홍차를 마시며 후우 한숨을 내쉬는 마우리츠 씨.

"내일 만날 예정이었는데, 어쩐 일이세요?"

마우리츠 씨와는 내일 만나서 또 가게를 안내받기로 했었는데.

"아니, 그게 말이지……."

마우리츠 씨의 이야기를 들어보니, 내일 예정을 취소하고 싶다는 내용이었다.

세 살 연상에 약사를 하고 있는 마우리츠 씨 아내분의 부탁으로 이 도시 동쪽 깊은 숲에 서식하는 그린 게코라는 마물을 사냥해 와야만 한다고 했다.

마우리츠 씨의 설명에 따르면 이 그린 게코라는 도마뱀 마물을 통으로 구우고 난 뒤에 부숴서 분말 상태로 만들면 정력제가 된다고 한다.

게다가 오크의 그걸 쓴 정력제에 섞으면 더욱 효과가 훌륭해져서, 아이를 갖고 싶어 하는 부부는 큰돈을 써서라도 사고 싶어 하는 물건이란다.

그렇다고는 해도 이 그린 게코, 포획이 매우 어렵다고 한다.

그린 게코 자체는 마물이라고는 해도 몸길이 30센티미터 정도로 약하지만, 서식지역이 한정되어 있는 데다 개체 수도 적다는 모양이다.

또 그 서식지역이 문제인데, 숲 깊은 곳이라는 게 성가시다.

숲 깊은 곳에는 당연히 강한 마물도 많이 서식하고 있을 테니 말이다.

그러나 포획한다고 하면 지금 시기를 놓칠 수 없다.

그도 그럴 것이 지금은 그린 게코의 4년에 한 번인 산란 시기 직전으로, 수컷이든 암컷이든 체내에 영양분을 축적한 좋은 상태이기 때문이란다.

이러한 상태와 보통 때의 그린 게코는 약을 만들었을 때의 효과가 크게 다르다고 하니, 지금 시기에 포획하고 싶다는 것도 이해가 되었다.

"처음에는 혼자서 갈까 생각했는데, 숲 깊은 곳이라는 위치상, 그래서는 빈손으로 돌아오게 될 가능성도 있어서 말이야. 아내한테 부탁받은 일이기도 하지만, 나로서도 꼭 손에 넣고 싶거든. 그래서 생각했는데…… S랭크 모험가인 무코다에게 부탁이 있어. 나랑 임시 파티를 맺어주지 않겠나?"

그건 딱히 상관없지만, 신경이 쓰이는걸.

"그렇게까지 해서 손에 넣고 싶은 이유가 뭔가요?"

그 그린 게코라는 마물은 정력제로써 고가로 팔린다고 하지만, 마우리츠 씨의 이야기를 들어보면 아무래도 이유가 그것만은 아닌 것 같은 기분이 드는데.

"파티를 맺어준다고 하니 이야기하지 않으면 안 되려나……."

약사인 아내의 부탁이라는 것도 물로 있지만, 제일 큰 이유는 자신들 부부를 위해서라고 한다.

마우리츠 씨는 늑대 수인이고, 아내분은 인간.

나는 처음 알았는데, 이렇게 종족이 다른 부부의 경우에는 아이가 잘 생기지 않는다고 한다.

물론 절대 아이가 생기지 않는 것은 아니지만, 생긴다고 해도 겨우 한 명 정도.

아이가 없는 채로 생을 마치는 부부도 적지 않다고 한다.

마우리츠 씨 부부의 경우, 다행스럽게도 결혼 6년째에 딸이 생겼지만…….

"말로는 하지 않았지만, 솔직히 앞으로 아이가 하나나 둘은 더 태어났으면 싶은 게 본심이거든. 나도 다섯 형제니까. 아무리 해도 자꾸 그런 생각이 드는 거야. 게다가 취한 아내가 무심코 말하더라고. 아이가 더 갖고 싶다고."

마우리츠 씨 부부의 지인들은 모두 아이가 둘 셋은 있다고 한다.

그걸 보아온 아내는 정말로 그들이 부러웠던 건지도 모르겠다고, 마우리츠 씨는 이야기했다.

"우리 같은 부부로서는 딸이 생긴 것만으로도 행운이지만……."

세계는 달라도 불임으로 고민하는 부분은 똑같이 있구나.

그런 부부의 어려움을 특집으로 다룬 기사 같은 걸 본 기억이 있는데, 당사자에게는 절실하고도 중요한 고민이라고 했었지.

"그래서, 어떤가? 나랑 임시 파티를 맺어주겠어?"

이런 이야기를 들었는데 거절할 수 없지.

뭐, 나로서는 딱히 상관없지만 페르들에게도 물어봐야지.

"저기, 잠깐만 기다려주세요."

페르들에게 서둘러 염화를 보냈다.

『페르, 드라 짱, 스이. 이야기 들었어? 어떻겠어?』

『흐음, 나는 문제없다. 사냥을 할 수 있으면 그걸로 좋다.』

『나도야. 이제 슬슬 사냥에 나서고 싶던 참이었으니까.』

『풋풋해서 많이 쓰러뜨릴 수 있는 거야? 그럼 스이도 좋아~.』

모두의 OK도 나왔으니 문제없을 것 같다.

"마우리츠 씨, 그 이야기 받아들이겠습니다."

"그, 그런가! 다행이다. 고마워! 정말로 고마워!"

커다란 손으로 내 손을 잡고 휙휙 흔드는 마우리츠 씨.

"감사 인사는 그 그린 게코를 포획하고 나서 해주세요."

"하핫, 그렇군."

다음 날, 마우리츠 씨와 우리 일행은 바로 도시 동쪽에 있는 숲으로 가기로 했다.

◇ ◇ ◇ ◇ ◇

"오래 기다리셨나요?"

약속 장소인 동쪽 문 앞에서는 마우리츠 씨가 이미 기다리고 있었다.

"아니, 나도 지금 막 온 참이야."

"그럼 가볼까요? 그 동쪽 숲까지는 얼마나 걸리나요?"

"그다지 멀지는 않아. 지금부터 걸어가면, 빠르면 점심때는 도착할 거야."

그렇다면 걸어서 약 네 시간 거리라는 건가.

네 시간 도보…… 그건 아니지.

그런고로, 여기는 스이가 나설 차례려나.

가죽 가방을 톡톡 가볍게 두드리며 스이에게 말을 걸었다.

"스이, 일어나 봐. 좀 부탁하고 싶은 게 있어."

가방에서 기세 좋게 뛰쳐나온 스이.

『주인, 부탁이 뭔데?』

『동쪽 숲으로 가야 하는데, 스이가 이 아저씨를 태워줄 수 있을까?』

『좋아~.』

염화로 대화를 한 후, 스이가 2미터 정도 크기로 변했다.

갑자기 거대화한 스이를 보고 마우리츠 씨도 문지기 병사도 거기에 있던 여행자와 상인과 모험가들도 놀랐다.

병사와 모험가 중에서는 무기를 꺼내 든 자까지 있었다.

"저기, 이 슬라임은 제 사역마입니다……."

이미 늦었지만 여기서가 아니라 도시 밖으로 나가서 크게 변해 달라고 하는 편이 나았을지도 모르겠다.

하지만 저질러버린 건 어쩔 수 없지.

이건 얼버무릴 수가 없겠는걸.

일단 지금은 서둘러 출발하는 편이 좋겠어.

"마우리츠 씨, 스이에 올라타 주세요."

"네? 스이라니, 이 슬라임 말이야?"

"네, 그렇습니다."

"여기에 타라니……."

의미를 알 수 없다는 듯이 곤혹스러워하는 마우리츠 씨.

"괜찮으니까. 자자, 어서 타세요."

마우리츠 씨의 등을 밀어서 스이에 타게 했다.

그리고 나는 평소처럼 페르 등에.

좋아, 준비 OK.

"스이, 마우리츠 씨를 떨어뜨리지 않게 조심해줘."

『응, 괜찮아~.』

"페르는 스이의 속도에 맞춰주고."

『그래. 다소 늦어지기는 하겠지만 할 수 없지.』

"드라 짱은 평소처럼 뒤따라 와주고."

『그래, 알았어.』

"그렇지. 마우리츠 씨. 동쪽 숲은 가도를 따라서 이대로 곧장 가면 되나요?"

"응? 맞아. 이대로 쭉 가다가 가도 왼편에 보이는 깊은 숲이 동쪽 숲이야."

"알았습니다. 그럼, 출발이다."

내 신호와 동시에 모두가 움직이기 시작했다.

"허? 억? 잠깐…… 으아아아아아아아앗."

마우리츠 씨의 굵직한 비명이 메아리쳤다.

………………．

…………．

……．

『도착했다.』

"아, 고마워."

『주인, 이 아저씨 조금 축 늘어졌는데, 괜찮을까?』

마우리츠 씨가 스이 위에서 혼이 빠진 듯 멍하니 있었다.

"으앗, 마우리츠 씨. 괜찮으세요?! 도착했어요!"

내 목소리에 퍼뜩 놀란 마우리츠 씨가 스이에게서 뛰어내렸다.

"괘, 괘, 괜찮아. 나, 나는 괜찮아."

마우리츠 씨, 무릎이 작은 사슴처럼 부들부들 떨리고 있는데요.

대장부인 마우리츠 씨의 그런 모습에 웃음이 새어 나오려 했지만, 겨우 참아냈다.

"후우……. 일찍 도착한 만큼 탐색에 쓸 시간이 늘었군. 하지만 이런 방법으로 올 거라면 처음부터 말해줬으면 좋았잖아."

"죄송합니다. 여기까지 도보로 오면 점심때가 된다고 하셔서, 조금 일찍 도착하는 편이 좋으려나 싶어서요."

"뭐, 그렇지. 그나저나 자네 사역마는 이런 것까지 할 수 있는 건가…… 대단한걸. 역시 S랭크 테이머의 사역마는 달라."

마우리츠 씨의 그 말에 나는 애매하게 웃었다.

페르도 드라 짱도 스이도 밥을 노리고서 사역마가 되었다고는 절대로 말하면 안 되겠어.

"그럼, 가볼까. 경계는 게을리하지 마. 이 숲에는 고 랭크 마물도 여럿 있으니까 말이야. 아, S랭크인 무코다에게 할 말은 아니었나? 하하."

아뇨. S랭크이기는 하지만 저 자신은 약합니다.

그리고 염화로 페르에게 부탁을 했다.

『페르, 몰래 마우리츠 씨에게 결계를 펴줄 수 있을까?』

『할 수 없군.』

『아, 나한테도 부탁해.』

『알고 있다.』

『고마워.』

마우리츠 씨에게 무슨 일이 생기면 큰일이니까.

울창하게 우거진 숲속으로 들어가 계속해서 안으로 나아갔다.

때때로 "그에에에, 그에에에" 하고 새인지 뭔지 알 수 없는 기분 나쁜 울음소리도 들려왔다.

물론 경계는 빈틈없이 하고 있다.

페르들도 따라오고 있지만, 때때로 어딘가를 다녀오는 것을 보면 사냥을 하고 있는 것이리라.

숲에 들어오자마자 페르가 말한 대로 목에 매직 백을 걸어주었으니 괜찮겠지.

잠시 숲을 나아갔을 때, 마우리츠 씨가 말을 걸어왔다.

"여기서부터는 고 랭크 마물이 잘 나타날 거야. 그리고, 그린 게코의 서식 구역이기도 해."

"드디어인가요. 그래서, 그 그린 게코는 어떤 곳에 있나요?"

"야행성이라 낮에는 나무 구멍이나 돌과 돌 사이라든가, 어둡고 좁은 축축한 곳에 숨어 있는 경우가 많아."

"그렇군요. 그런 곳을 중심으로 찾아보는 편이 좋겠네요?"

"그래. 하지만 여기서부터는 더욱 위험해지니까 경계만큼은 게을리하지 말라고."

"알았습니다."

마우리츠 씨와 나는 그린 게코를 찾아, 그린 게코가 있을 법한 곳을 모조리 뒤지기 시작했다.

이 주변은 어떠려나?

눈에 띈 것은 커다란 나무뿌리.

그곳을 들여다보니, 그럴듯한 모습은 보이지 않았다.

으음, 찾을 수가 없네…….

원래 그 수 자체가 적다고 하니, 그렇게 금방 찾을 수는 없는 건가.

마우리츠 씨 쪽을 보니 그쪽도 꽝인지 고개를 저었다.

"좀처럼 찾을 수가 없네요."

"원래 수가 적으니까. 하지만 아직 포기하기에는 일러. 더 찾아보자고."

"그러네요. 찾아보죠."

우리는 다시 그린 게코를 찾기 시작했다.

얼마간 시간이 지났을 때, 썩어가는 쓰러진 나무 그림자를 들여다보던 마우리츠 씨의 움직임이 멈추었다.

"⋯⋯(있다!)."

말없이 그곳을 손가락으로 가리키는 마우리츠 씨.

그리고 허리에 찬 홀더에 꽂혀 있던 나이프를 꺼내더니⋯⋯.

푸욱──.

들어 올려진 나이프 끝에는, 그 칼날에 머리를 꿰뚫린 녹색 도마뱀, 그린 게코가 있었다.

"아자! 잡았어!"

"해냈네요. 마우리츠 씨!"

드디어 마우리츠 씨의 얼굴에도 웃음이 돌아왔다.

목적한 것을 확보할 수 있어서 나도 안심했다.

"이걸로 한 마리는 확보했어. 하지만, 욕심을 부리자면 앞으로 한두 마리 정도는 더 잡고 싶은데."

이 한 마리로 어느 정도의 정력제를 만들 수 있는지는 알 수 없지만, 분명 한 마리만으로는 많은 양을 만들지 못할 거라 생각된다.

원래 그다지 크지 않은 마물이니까.

마우리츠 씨가 잡은 그린 게코도 들은 것보다 훨씬 작은 것 같다.

일찌감치 숲에 도착하기도 했으니, 아직 시간은 있다.

좀 더 찾아보는 게 좋을지도 모른다.

"마우리츠 씨, 아직 시간은 있습니다. 조금 더 찾아보죠."

"미안하네."

재개된 그린 게코 찾기.

키 작은 나무에 무성한 잎을 헤치고 안쪽 줄기를 들여다보고 있으려니 바스락바스락하는 소리가 들렸다.

뭘까 싶어 뒤돌아보니⋯⋯.

"키에에에에엑."

단단한 부리를 가진 커다란 새──자이언트 도도──가 나를 내려다보고 있었다.

"으아아아아아."

생각한 것보다 가까운 거리에 놀라 엉덩방아를 찧고 만 나.

그러나 자이언트 도도가 그런 나에게 신경 써줄 리도 없었다.

"무코다!"

마우리츠 씨의 다급한 목소리가 들려왔다.

자이언트 도도가 나를 죽이려는 듯이 부리를 휘둘러 올린 그 순간⋯⋯.

『주인을 괴롭히면 안 돼!』

풋──.

뛰어온 스이가 쏜 산탄이 자이언트 도도의 가슴을 관통했다.

그 일격으로 숨이 끊어진 자이언트 도도가 풀썩 옆으로 쓰러졌다.

"스이~ 덕분에 살았어. 고마워."

스이를 안아 들며 부비부비했다.

『에헤헤~ 스이 대단해? 스이 대단해?』

"대단하지, 대단해! 앞으로도 나를 도와줘야 해~."

『응. 스이, 주인을 괴롭히는 거 해치울 거야!』

"고마워~ 스이."

의지할 수 있는 강한 동료가 있어서 정말 다행이야.

그나저나 언제나 먹고 있는 자이언트 도도가 이렇게 흉포했다니.

어쩌니저쩌니해도 고 랭크 마물이니까 당연히 것인지도 모르지만, 늘 죽은 것만 봤었으니까 그다지 실감이 안 들었단 말이지.

다부진 육식계 새였던 거구나.

조심해야지.

그런 생각을 하면서 사이가 처리한 자이언트 도도를 아이템 박스에 넣었다.

그리고…….

"어라? 마우리츠 씨. 왜 그러세요?"

마우리츠 씨가 나와 스이를 손가락질하면서 뻐끔뻐끔 입을 열었다 닫았다 하고 있었다.

"왜, 왜 그러세요가 아니라고. 뭐, 뭐, 뭐야 그 슬라임은? 커져서 나를 태운 데다, 그 공격력. 이런 슬라임은 본 적도 들은 적도 없다고!"

그런 말씀을 하신들.

"우리 스이는 특수 개체거든요."

그렇다. 이 한마디가 전부다.

그래서 강하다니까.

약간 자랑스러울 정도로.

"특수 개체라니, 특수 개체라고 해도 그렇게 엄청난 슬라임이 있겠냐고? 아니, 실제로 눈앞에 있지만……."

"뭐, 우리 스이는 특별하다는 거면 됐잖아요. 그보다도 어서 두 마리째를 찾도록 하죠."

"그, 그래."

다시 그린 게코 찾기로 돌아가려던 때, 사냥에 나섰던 페르와 드라 짱이 돌아왔다.

『음, 무슨 일이 있었나?』

『그래, 자이언트 도도가 나왔어. 스이가 쓰러뜨려줬지만.』

『스이가 쓰러뜨렸어~.』

『자이언트 도도라는 건 날지 않는 커다란 새잖아? 나도 쓰러뜨렸다고. 비슷한 록 버드도 쓰러뜨렸지.』

확실히 자이언트 도도와 록 버드는 비슷하네.

자이언트 도도가 약간 크고 단단한 몸을 한 칠면조를 크게 만든 흉포한 느낌이라면, 록 버드는 에뮤를 크게 하고 흉포하게 한 느낌이라고나 할까?

『나도 쓰러뜨렸다. 이 숲은 새 마물이 많은 느낌이다. 녀석들은 다리가 빠르지. 너는 주의하도록 해라. 뭐, 내 결계가 있으니 별 문제가 없을 테지만.』

『알았어.』

페르의 결계가 있다고 해도, 흉포한 마물이 눈앞에 나타나면 아무래도 겁이 난다니까.

솔직히 찔끔할 뻔했어.

나도 마물들의 흉악한 얼굴과는 마주하고 싶지 않으니, 가능한 한 경계는 해야지.

그리고…….

"마우리츠 씨, 어떻게든 한 마리 더 잡아서 다행이에요."

"그래. 어찌 되려나 했는데, 어찌어찌 확보해서 안심했어."

"그럼 돌아갈까요?"

"그래."

"아, 돌아갈 때도 스이 위에 타셔야 하는데."

"윽, 또 슬라임에 타야 하는 거야?"

"올 때도 탔으니까, 괜찮을 겁니다."

"뭐, 뭐 그렇겠지만……."

마우리츠 씨와 돌아가는 길 이야기를 하고 있으려니 "크오오오" 하는 외침과 쿵쾅쿵쾅하는 발소리가 들려왔다.

곧바로 예리한 눈초리가 된 마우리츠 씨가 무기인 핼버드를 들고 자세를 잡았다.

그리고 우리 앞에 모습을 드러낸 것은 거대한 곰──머더 그리즐리──이었다.

"크오오오오오오오오오!"

"페르, 부탁해!"

『말하지 않아도 잡는다.』

그렇게 말한 페르가 한 걸음 앞으로 나서자.

"크오옷?!"

머더 그리즐리가 페르를 보고 겁먹었다.

그리고 그대로 돌아서더니 쿵쾅쿵쾅 꽁지 빠지게 도망쳤다.

"에에엣……."

『힘의 차이를 느낀 것일 테지. 허나 나에게 덤비려 한 이상 놓치지 않는다. 드라.』

『알았어.』

페르에게 지명받은 드라 짱이 머더 그리즐리의 뒤를 쫓았다.

그리고…….

푸욱, 푸욱, 푸욱, 푸욱——.

머더 그리즐리의 등에서 얼음 기둥이 솟아났다.

가엾어라.

그러나 고기인 건 틀림없지.

제대로 아이템 박스에 회수해두었다.

"더, 더는 안 놀란다고. 네 사역마가 규격 외라는 건 슬라임으로 잘 알았으니까."

"우리 애들은 다들 강해요."

그리고 숲을 빠져나와 아침에 왔던 방법과 마찬가지로 마우리츠 씨는 스이를 타고, 나는 페르를 타고서 바리엔펠드로 돌아왔다.

◇ ◇ ◇ ◇ ◇

그리고 다음 날 저녁──.

다시 마우리츠 씨가 우리가 묵고 있는 집을 찾아왔다.

"여어, 무코다. 어제는 고마웠어."

거실로 안내해서 이야기를 들으니, 아내분이 두 마리의 그린 게코에 무척이나 기뻐하며 철야로 정력제를 만들었다고 한다.

완성된 것을 팔려고 내놓았더니, 금세 팔려나갔고 어디서 소문을 들었는지 귀족분들의 심부름꾼까지 나타났다고 한다.

"아니, 나도 이야기는 들었지만 이렇게까지 날개 돋친 듯이 팔릴 줄은 몰랐다니까. 어제오늘로 다 팔렸어. 전부 다."

산란기 직전의 그린 게코가 들어간 정력제가 발군의 효과가 있다는 것은 아는 사람은 다 아는 느낌이지만, 실제로는 좀처럼 시장에 나오지 않는 것인지, 마우리츠 씨도 그 정력제가 팔리는 기세에는 놀랐다고 한다.

"뭐, 우리 몫은 확실히 확보했지만 말이지. 아내와도 이야기해서, 둘째를 갖기 위해 노력하기로 했어."

아내와 아이 갖기 선언.

약사 부인의 이야기로는, 그린 게코가 들어간 정력제는 오크킹 소재로 만든 정력제만큼은 아니지만 그에 가까운 효과를 볼 수 있다고 한다. 고로 둘째도 무사히 생기지 않을까 싶은가 보다.

그건 잘됐지만, 일부러 나한테 아이 갖기 선언을 하러 올 건 없다고 생각하는데.

"그래서 말이지, 너한테 줄 게 있거든……."

그렇게 말하고 마우리츠 씨가 품에서 꺼낸 것은 자그마한 자루였다.

"이건 보수야. 정력제 매상의 절반이지."

"네? 절반이나 받아도 괜찮은 건가요?"

"그럼. 우리로서는 충분히 벌었으니까. 게다가 이렇게 단기간에 그린 게코를 포획할 수 있었던 것도, 내가 다치지 않고 무사히 돌아올 수 있었던 것도 네 덕분이라고."

"그렇게 말씀하신다면, 받도록 하겠습니다."

"그리고 여기."

이어서 마우리츠 씨가 품에서 꺼낸 것은 손바닥만 한 자그마한 나무 상자.

안에는 까만 환약 세 개가 들어 있었다.

"아내가 만든 정력제야. 뭐, 필요해지면 써봐. 한 번에 한 알이라고."

…………나한테 일부러 이러는 건가?

상대도 없는데, 이걸 어쩌라는 걸까…….

필요해지면?

현재로서는 그런 기미도 없거든요오오.

정력제가 담긴 상자를 내던지고 싶은 마음이었지만, 그건 참았다.

그리고 일단 받아두기로 했다.

그, 그게 그러니까, 만에 하나라도 필요해질 일이 있을지도 모르니까.

나, 나한테도 희망은 필요하다고. 희망이.

후기

에구치 렌입니다. 『터무니없는 스킬로 이세계 방랑 밥 5 믹스 프라이×해양의 마물』을 구입해주셔서 정말로 감사드립니다!

드디어 5권 발매입니다. 이러저러하는 사이에 5권까지 나오고 말았습니다. 여기까지 계속 발행할 수 있었던 것도 읽어주시는 여러분 덕분입니다.

독자 여러분에게는 감사의 마음으로 가득합니다.

5권은 바다의 도시 베를레앙 편입니다. 언제나 고기 고기 고기 라며 시끄러운 페르와 드라 짱과 스이 트리오도 해산물에 입맛을 다시니, 베를레앙 편을 즐겨주시면 기쁘겠습니다.

그리고 무려 이 5권에는 드라마 CD 포함 특별판도 발매됩니다!

이 드라마 CD는 드라마 CD를 위해 새롭게 쓴 것으로, 통상판을 보신 분은 부디 꼭 드라마 CD 포함 특별판 쪽도 잘 부탁드립니다.

특별판을 구입하신 여러분은 듣고 놀랄 만한 호화 성우진 여러분의 아름다운 목소리를 5권과 함께 즐겨주셨으면 합니다.

애니메이션을 잘 모르는 작가라도 들어본 적이 있는 목소리의 성우분들이 담당해주셔서 정말 깜짝 놀랐습니다.

드라마 CD에 참여해주신 성우분들에게는 정말로 감사드립니다.

그리고 그리고, 4권 때와 마찬가지로 5권 발매와 동시에 코믹스 2권도 발매되었습니다!

엄청나게 호평을 받고 있어 원작자로서도 참으로 기쁩니다.

서적의 일러스트를 그려주신 캐릭터 원안의 마사 선생님과 코믹스를 담당해주시는 아카기시 K 선생님에게는 정말로 감사드립니다.

두 분이 그려주신 덕분에 작품에 한층 살아난다고 생각합니다.

일러스트를 그려주신 마사 선생님, 코믹스를 담당해주시는 아카기시 K 선생님. 이번 드라마 CD에 참가해주신 성우진 여러분, 담당 편집자인 I님, 오버랩사 여러분, 정말로 고맙습니다.

마지막으로, 여러분 앞으로도 무코다와 페르, 드라 짱, 스이의 느긋하고 따스한 이세계 모험담 『터무니없는 스킬로 이세계 방랑밥』의 WEB, 서적, 코믹스 등도 잘 부탁드립니다.

6권에서 다시 뵐 수 있기를 기도하겠습니다.

Tondemo Skill de Isekai Hourou Meshi 5
ⓒ2018 by Ren Eguchi
First published in Japan in 2018 by OVERLAP, Inc.
Korean translation rights reserved by Somy Media, Inc.
Under the license from OVERLAP, Inc., Tokyo JAPAN

믹스 프라이 × 해양의 마물

터무니없는 스킬로 이세계 방랑 밥 5

2019년 7월 1일 1판 1쇄 발행
2023년 4월 15일 1판 5쇄 발행

저   자 에구치 렌
일 러 스 트 마사
옮 긴 이 이신
발 행 인 유재옥
본 부 장 조병권
담당편집 박치우
편집 1팀 김준규 김혜연
편집 2팀 정영길 조찬희 박치우 정지원
편집 3팀 오준영 이해빈
편집 4팀 전태영 박소연
디 자 인 김보라 박민솔
라이츠담당 김정미 맹미영 이윤서
디 지 털 박상섭 김지연
발 행 처 ㈜소미미디어
등   록 제2015-000008호
주   소 서울시 마포구 토정로 222, 403호 (신수동, 한국출판콘텐츠센터)
판   매 ㈜소미미디어
영   업 박종욱
마 케 팅 한민지 최원석 박수진 최정연
물   류 허석용 백철기
전   화 판매 및 마케팅 (070)4165-6888 Fax (02)322-7665

ISBN 979-11-6389-549-7
      979-11-6190-011-7 (세트)